B.C. Schiller
Böses Schweigen

AF178659

Das Buch

»*Bitte hilf mir*«

Diese dramatischen Zeilen erhält Levi Kant mitten in der Nacht von einem mysteriösen Boten. Als er entdeckt, wer die Verfasserin des Briefes ist, nimmt eine grausame Geschichte ihren Lauf.

Levi stellt mit Entsetzen fest, dass die Schauspielerin Sophie Bernstein bereits vor drei Jahren brutal ermordet wurde. Ein Täter wurde nie gefasst und über ihren Tod wird geschwiegen. Zusammen mit der Psychiaterin Olivia Hofmann beginnt Levi zu ermitteln.

So beginnt für alle die Reise in eine böse Vergangenheit. Denn Olivia sucht noch immer nach ihrem Mann und ihrer Tochter Juli, die vor Jahren verschwanden. Eine neue Spur führt sie zu einem Priester, der die Wahrheit über das Verschwinden ihrer Familie weiß, aber sein Schweigen nicht brechen darf ...

Die Autoren

Barbara und Christian Schiller leben und arbeiten in Wien und auf Mallorca. Sie waren über zwanzig Jahre in der Marketing- und Werbebranche tätig. Gemeinsam schreiben sie unter dem Autorennamen B.C. Schiller packende Thriller. Sie gehören zu den erfolgreichsten Spannungsautoren im deutschsprachigen Raum und haben bisher mit ihren Thrillern über 1.500.000 Leser begeistert.

B.C. SCHILLER

BÖSES SCHWEIGEN

THRILLER

Veröffentlicht bei
Edition M, Amazon Media EU S.à r.l.
38, avenue J. F. Kennedy, L-18055, Luxembourg
Juni 2020
Copyright © der deutschsprachigen Ausgabe 2020
By B.C. Schiller

Umschlaggestaltung: zero-media.net, München
Umschlagmotiv: © Evannovostro / Shutterstock; © TJmedia / Shutterstock;
© Marcin Perkowski / Shutterstock; © CZEll / Shutterstock
1. Lektorat: Wolma Krefting
2. Lektorat: Cathérine Fischer
Korrektorat: Manuela Tiller / Angelika Wiedmaier
Gedruckt durch:
Amazon Distribution GmbH, Amazonstraße 1, 04347 Leipzig /
Canon Deutschland Business Services GmbH, Ferdinand-Jühlke-Straße 7,
99095 Erfurt /
CPI books GmbH, Birkstraße 10, 25917 Leck

ISBN: 978-2-91980-851-9

www.edition-m-verlag.de

1

»*Bitte hilf mir!*«, las der Mann, als er den Umschlag öffnete.

Er ließ den Brief sinken und starrte aus dem Fenster. Gerade noch sah er, wie sich der schwarz gekleidete Kurier auf sein Fahrrad schwang und in der Dunkelheit verschwand. Vor wenigen Minuten hatte dieser Bote geklingelt und das Kuvert, auf dem unübersehbar sein Name ›Levi Kant‹ stand, vor der Tür abgelegt.

»*Bitte hilf mir!*«

Die Worte schienen in großer Eile auf das Papier geschrieben worden zu sein. Waren hingeworfen, als sei der Absender auf der Flucht gewesen und hätte in einer nur kurzen Atempause diesen Hilferuf verfasst. Es war ein Satz, der vor Angst glühte. Levi Kant konzentrierte sich und las weiter:

»*Wenn du das liest, bin ich wahrscheinlich schon tot. Ich werde beobachtet. Man verfolgt mich. Gehe ich abends nach Hause, so fürchte ich mich vor den unbeleuchteten Gassen. Ich denke, hinter jeder Ecke könnte jemand lauern, um mich zu töten.*

Wir haben uns nie kennengelernt, doch du bist der einzige Mensch, dem ich noch trauen kann. Vielleicht der einzige Lichtblick, der mir in meinem schwarzen Universum noch geblieben ist. Alle haben sie mich betrogen. Doch damit nicht genug: Jetzt wollen sie auch meinen Tod.

Unsere Schicksale sind durch die dunkle Vergangenheit eng miteinander verknüpft. Das Verhängnis begann mit dem Gemälde ›Die Kartenlegerin‹, das meiner Urgroßmutter geraubt wurde. Treffen wir uns in der Kapuzinergruft, dann erfährst du alles Weitere. Falls ich bis dahin nicht schon tot bin.«

Levi ließ den Brief sinken. Entzifferte die fast unleserliche Unterschrift: Sophie Bernstein, ein Name, der ihm nichts sagte. Er tippte ihn in seinen Computer. Sekunden später öffnete sich das Fenster eines Online-Archivs. Levi überflog die Schlagzeile: *»Junge Schauspielerin klagt erfolglos gegen bekannte Wiener Hoteldynastie«*.

Irritiert wanderte Levis Blick vom Datum des Artikels zu dem des Briefes in seiner Hand. Sowohl der Bericht als auch das Schreiben waren drei Jahre alt. Levi runzelte die Stirn: »Seit wann können Tote Briefe versenden?«

2

Der Himmel über Wien war wolkenverhangen und das Licht matt und fahl. Es war ein düsterer Herbstmorgen und die Schatten der Nacht verkrochen sich nur langsam hinter den schmucken Häusern der Berggasse im neunten Wiener Bezirk. Noch immer hüllten die nächtlichen Albträume die Häuser in schemenhaftes Grau.

Olivia Hofmann saß während der anbrechenden Morgendämmerung in ihrer psychiatrischen Praxis und hielt wie so oft um diese Tageszeit Zwiesprache mit ihrer Vergangenheit. Die Ordination hatte sie von ihrem Vater Leopold übernommen, der vor einigen Jahren an Alzheimer erkrankt und ebenfalls Psychiater gewesen war. Vor sich auf dem Schreibtisch hatte Olivia ein Foto liegen, das sie noch nicht zerschnitten hatte. Darauf war sie mit ihrem Mann Michael und ihrer kleinen Tochter Juli abgebildet. Juli war zu der Zeit fünf Jahre alt und trug einen bunten Rucksack. Ihre großen dunklen Augen strahlten erwartungsvoll. Das Bild war nur wenige Wochen vor ihrem Verschwinden entstanden.

»Mama, bekomme ich jeden Tag etwas, wenn ich in den Kindergarten gehe?«, fragte Juli altklug und grinste verschmitzt.

»Das würde dir so passen.« Olivia strich ihrer Tochter zärtlich über die schwarzen Locken. »Aber mal sehen, was es morgen für eine Überraschung gibt, wenn du brav bist.«

»Ich bin doch immer soooo lieb«, gluckste Juli. »Ui, ein Fotograf.« Juli stellte sich auf die Zehenspitzen, grinste und zupfte ungeduldig an der Jeans ihres Vaters. »Schau mal, wir werden fotografiert. Papa, du siehst ja gar nicht hin.«

»Hallo, Michael, deine Tochter redet mit dir. Was ist denn schon wieder los mit dir? Warum drehst du dein Gesicht nicht zur Kamera?«

»Hm? Ich war nur in Gedanken«, murmelte Michael zerfahren und ließ die Arme sinken. Ihr Mann lächelte halbherzig und bückte sich zu seiner Tochter. Mit festem Griff fasste er Juli unter den Achseln und drehte sich mit ihr im Kreis. »Lass uns Salsa tanzen, meine kleine Prinzessin, und alles andere vergessen«, flüsterte er und bewegte sich mit Juli zu einer imaginären Musik.

Auf dem Foto, das der Strandfotograf damals gemacht hatte, lächelte Olivia glücklich und hielt die Hand ihrer Tochter. Michael stand ein wenig abseits und blickte gedankenverloren in die Ferne. Er hatte die Arme vor der Brust verschränkt und wirkte abwesend. Ob er damals schon ein Doppelleben geführt hatte?

Seltsam, dass mir früher nie aufgefallen ist, wie deprimiert er aussieht. Olivia strich über Michaels Gesicht auf dem Bild. *Er wirkt, als würde ihn das alles nichts angehen, als wäre er mit seinen Gedanken bereits weit weg, vielleicht in seinem anderen Leben.*

Damals hatte für sie die Welt ihrer kleinen Familie noch in den buntesten Farben geleuchtet. Doch kurz darauf waren Michael und Juli von einem Tag auf den anderen spurlos verschwunden, und das Leben wurde für Olivia mit einem Schlag grau und düster.

Sie erinnerte sich an den merkwürdigen Anruf vor einigen Wochen. Eine Pensionsbesitzerin vom Semmering hatte

Michael und Juli gesehen. Ein paar Mal schon hatte Olivia die Reise aufgeschoben, denn sie war im Zwiespalt: Einerseits wollte sie natürlich Klarheit haben, was mit Michael und Juli passiert war. Auf der anderen Seite scheute sie die Gewissheit. Denn alles, was ihr blieb, war die Hoffnung. Aber sie wusste natürlich, dass sie die Realität nicht vor lauter Angst verdrängen konnte, deshalb hatte sie sich auch vorgenommen, heute auf den Semmering zu fahren. Ihr Bauchgefühl sagte ihr, dass sie dort vielleicht die Wahrheit über das Verschwinden ihrer Familie erfahren würde.

Seufzend legte Olivia das Foto zurück in die Schublade, griff zu ihrem Handy und rief ein Taxi.

Im Flur betrachtete sie kurz ihre Augenfältchen in dem großen Spiegel, und plötzlich fühlte sie sich nicht wie Ende dreißig, sondern wie weit über achtzig. Die Last der schlimmen Erinnerungen machte sich bereits in ihrem Gesicht bemerkbar. Langsam stieg sie die Treppe nach unten und trat hinaus auf die Straße, wo schon das Taxi auf sie wartete.

Nach einer einstündigen Fahrt über die Autobahn erreichten sie endlich die Abzweigung zum Semmering, und Olivia genoss die Ruhe in dem Wagen. Dichter Nebel lag auch am Vormittag noch über der hügeligen Landschaft und tauchte sie in eine verschwommene Atmosphäre, in der es keinen Tag zu geben schien. Die Scheinwerfer des Taxis versuchten vergeblich, das Grau zu durchdringen, und der Wagen kroch nur in Zeitlupe die Serpentinen am Semmering hinauf. Vor einem dunklen Fachwerkhaus mit ausladender Veranda, das direkt am Straßenrand stand, blieb der Wagen stehen. Olivia öffnete die rückwärtige Tür und stieg aus. Sie betrachtete die Fassade der Pension und den gemütlichen Steintisch mit einer kleinen Bank vor dem Eingang. Vielleicht hatten hier Michael und Juli bei ihrer Ankunft gesessen, nachdem sie aus Wien und aus Olivias Leben verschwunden waren. Seitdem waren fünf schmerzvolle

Jahre vergangen, fünf Jahre, die Olivia in dieser Ungewissheit lebte. Jetzt würde Olivia vielleicht etwas Neues erfahren. Wollte sie das wirklich? Nervös zerzauste sie ihre kurzen schwarzen Locken mit den Fingerspitzen und zog den Reißverschluss ihrer Lederjacke bis oben zu.

»Hier ist meine Nummer, wenn Sie ein Taxi zurück brauchen«, sagte der Fahrer und streckte Olivia seine Visitenkarte entgegen.

»Danke«, erwiderte Olivia abwesend und steckte die Karte in das Seitenfach ihres Rucksacks, ohne einen Blick darauf zu werfen. Dann straffte sie ihre Schultern und zog an der altmodischen Klingelschnur neben der Haustür. Der Klang der Glocke drang schrill durch das Grau, und hinter einem Fenster flammte ein Licht auf. Kurz darauf wurde die Haustür geöffnet und eine blonde Frau um die sechzig trat heraus, die mit ihren langen Zöpfen noch immer jugendlich wirkte.

»Endlich! Sie müssen Doktor Hofmann sein«, begrüßte die Frau Olivia. »Herzlich willkommen am Semmering! Ich bin Resi Weinzierl.« Sie streckte Olivia die Hand entgegen, die diese zögernd drückte.

»Freut mich, aber bitte sagen Sie einfach Olivia zu mir.«

»Immer rein in unsere warme Stube. Heute ist ein scheußlicher Tag. Wollen Sie einen Kaffee und einen Gugelhupf?«, fragte Resi, als sie in einen Raum traten, der wie eine große Küche und weniger wie eine Gaststube wirkte.

»Danke, nein. Ihr Haus sieht gar nicht wie eine typische Pension aus«, meinte Olivia, als sie sich kurz umgesehen hatte. Dann setzte sie sich an einen gemütlichen Holztisch.

»Richtig, das war früher nur unser Einfamilienhaus. Ich habe erst nach dem Ableben meines Mannes damit begonnen, Zimmer zu vermieten. Leider bekomme ich nur eine kleine Rente«, erklärte Resi und schaltete dabei konzentriert die Kaffeemaschine ein. »Das Ableben von meinem Hans kam so überraschend. Er saß dort, wo Sie jetzt sitzen, und plötzlich sackte er tot zusammen.«

»Oh, das tut mir leid.«

»Aber wieso denn? Es ist ja bereits zwanzig Jahre her. Der Nebel will sich heute gar nicht mehr auflösen. Diese Saison kann man vergessen, denn wer fährt bei diesem Wetter auf den Semmering zum Wandern?«, sagte Resi nach einem Blick aus dem Fenster mehr zu sich selbst.

»Können wir jetzt über Michael und Juli reden?«, unterbrach Olivia. Sie war viel zu ungeduldig, um sich noch länger über das Wetter oder die fehlenden Pensionsgäste zu unterhalten. Durch die Berichterstattung in den Medien, die mit dem Mord an der kleinen Rosa zu tun hatte, war auch über Olivias Familie berichtet worden, da bei der Mädchenleiche Julis rosa Halstuch gefunden worden war. Sie hatte daraufhin einen Anruf von Resi Weinzierl bekommen, die Fotos von Michael und Juli im Fernsehen gesehen hatte.

»Ja, die beiden waren in meiner Pension. Da bin ich mir sicher«, meinte Resi und füllte zermürbend langsam eine Tasse mit Kaffee für Olivia.

»Wann war das genau?«, fragte Olivia, die sich nur mühsam beherrschen konnte, denn Resi schien sich jeden Satz genau zu überlegen, ehe sie zu sprechen begann.

»Das war fast auf den Tag genau vor fünf Jahren«, erzählte Resi bedächtig und stellte die Tasse vor Olivia auf den Tisch. »Möchten Sie vielleicht doch ein Stück selbst gemachten Gugelhupf?«

»Vielleicht später«, erwiderte Olivia, die spürte, wie ihre Magennerven vibrierten, und jetzt beim besten Willen nichts essen konnte.

»Es war ein wunderbarer Spätherbst, nicht so eine trübe Suppe wie jetzt. Die beiden haben einfach vor der Tür gestanden. Das kleine Mädchen sah Ihnen wirklich ähnlich. Juli war ihr Name, oder? Sie war sehr hübsch«, machte Resi Olivia ein Kompliment. »Auch Franz hat sie sofort gefallen.«

»Franz? Wer ist das?«, fragte Olivia.

»Das ist mein Sohn«, erwiderte Resi kurz angebunden und ihre Miene versteinerte. »Aber Franz hat mit all dem nichts zu tun.«

»Womit?« Olivia verspürte plötzlich ein Unbehagen, die heimelige Wirtsstube schien mit einem Mal klein und beengt, ließ ihr keine Luft zum Atmen.

»Ach nichts«, winkte Resi ab und trocknete sich hektisch die Hände an ihrer Schürze ab.

»Kann ich das Zimmer einmal besichtigen, wo Michael und Juli geschlafen haben?«, fragte Olivia, die merkte, dass Resi nicht weiter über ihren Sohn reden wollte.

»Wieso das denn?« Resi blickte sie verwirrt an.

»Einfach so. Vielleicht spüre ich etwas, wenn ich das Zimmer sehe.«

»Sie haben Glück. Es ist gerade unbewohnt«, erwiderte Resi und griff nach einem Schlüssel, der an einem Bord neben der Kaffeemaschine hing. »So wie alle Zimmer um diese Zeit«, murmelte Resi leise, wieder eher an sich selbst gerichtet.

Mit klopfendem Herzen folgte Olivia der Pensionsinhaberin über eine schmale Holztreppe nach oben in den ersten Stock.

»Da sind wir.« Resi steckte den Schlüssel ins Schloss, drehte ihn zweimal um und stieß die Tür schwungvoll auf.

Mit angehaltenem Atem betrat Olivia den Raum. Es war ein Eckzimmer mit einem verglasten Erker, von dem aus man bei klarem Wetter das gegenüberliegende verlassene Hotel sehen konnte. Im Augenblick aber war alles grau und düster. Olivia trat an das Bett und strich mit der Hand über die Decke. Sie schloss die Augen und versuchte, den Herzschlag von Michael und das Lachen von Juli zu spüren, aber da war nichts, nur das feuchtkalte Leinen. *Was habe ich denn erwartet? Dass nach fünf*

Jahren noch immer ihre Aura zu spüren ist? Nein, das ist zu viel verlangt.

»Hier haben die beiden also geschlafen«, flüsterte sie und drehte sich zu Resi. Sie presste die Lippen zusammen und hielt die Tränen zurück. *Zeig jetzt keine Emotionen. Bleib stark,* dachte sie und blickte aus dem Erker nach unten in den Hof. Dort schälten sich die Umrisse eines breit gebauten Mannes aus dem Nebel, der eine Axt geschultert hatte.

»Wer ist das?«, fragte Olivia und deutete nach unten.

»Das ist Franz«, antwortete Resi.

»Ich würde gern auch mit ihm reden.«

»Das geht nicht!«

Olivia ignorierte den Einwand, öffnete schnell das Fenster, beugte sich hinaus und winkte. »Hallo!«

Der Mann blieb stehen und starrte zu Olivia hinauf. Seine Augen waren schwarz wie Kaffeebohnen und sein intensiver Blick schien Olivia zu durchbohren. Das Axtblatt glitzerte böse in einem einsamen Sonnenstrahl, der sich seinen Weg durch den Nebel bahnte.

3

Der erste Messerstich war nicht tödlich gewesen. Die junge Frau zog eine Blutspur wie eine rote Schleppe hinter sich her, als sie durch das Regenwaldhaus auf den Ausgang zuwankte. Beim zweiten und dritten Stoß fuhr die Klinge seitlich in die Hüfte und in den Bauch. Die weiteren Stiche verletzten die Hände, die das Opfer in Abwehrhaltung nach vorne gestreckt hatte. Der letzte Stoß mit dem Messer wurde mit so großer Kraft geführt, dass die Klinge das Brustbein durchstieß und die Lunge perforierte.

Die Frau fiel zu Boden und lag wehrlos auf dem Rücken. Blutige Luftbläschen sprudelten aus ihrem Mund und spritzten bis zur Glasscheibe des Affengeheges. Das Opfer hatte die Arme seitlich ausgebreitet, so als würde sie sich ihrem Schicksal ergeben. Weitere Messerstiche trafen sie in den Unterleib, doch da war sie bereits tot. Insgesamt wurde mehr als ein Dutzend Mal mit großer Brutalität auf Sophie Bernstein eingestochen.

Levi Kant saß am frühen Morgen vor seinem Laptop und klickte sich durch die Tatortfotos. Auf dem Bildschirm war Sophies Körper aus allen möglichen Perspektiven zu sehen. Auf einem der Bilder sah man einen panischen Affen mit gebleckten Zähnen und gesträubten Haaren durch die blutverschmierte Scheibe starren. Andere Fotos zeigten die breite Blutspur, die die tödlich verletzte Sophie auf ihrer Flucht durch das Regenwaldhaus im Tiergarten Schönbrunn hinterlassen hatte.

Ein Windstoß schlug das geöffnete Fenster zu und dabei löste sich wie so oft der Dichtungsgummi, der in die alten Fensterstöcke geklebt war, um die Kälte abzuhalten. Levi liebte seine in die Jahre gekommene Wohnung in der Nähe des Augartens im zweiten Wiener Bezirk, aber es mussten immer wieder Dinge renoviert werden, und bald waren die Fenster an der Reihe.

Seufzend loggte sich Levi aus und klappte seinen Laptop zu. Er hatte mit seinem früheren Passwort im Online-Archiv der Kriminalpolizei recherchiert und die Fotos der toten Sophie Bernstein betrachtet. Die Informationen dazu waren dürftig, denn die Ermittlungsakte war mit einem Sperrvermerk versehen, was ihn sehr wunderte. Soweit er das beurteilen konnte, gab der Mord an Sophie Bernstein keinen Anlass zu einer derartigen Geheimhaltungsstufe.

Sophie Bernstein war eine junge Schauspielerin gewesen, die man im Regenwaldhaus tot aufgefunden hatte. In der Nähe des Tatorts entdeckte die Polizei auch einen Rucksack mit dem Ausweis der Toten. Trotz vieler Spuren gab es keinen Hinweis auf einen möglichen Täter und der Fall wurde schnell herabgestuft und die Ermittlungen schließlich eingestellt. Da Sophie zu der damaligen Zeit weder einen festen Wohnsitz noch Angehörige gehabt hatte, wurde die Leiche nach der Obduktion verbrannt und die Urne mit der Asche im Krematorium eingelagert.

Das waren die spärlichen Angaben, die Levi herausfinden konnte. Er hatte das Gefühl, als hätte man damals den Fall so schnell wie möglich abschließen wollen, egal, ob ein Täter gefunden worden war oder nicht.

Levi streckte seinen Rücken und stand auf. Sofort begann sein rechtes Bein heftig zu pochen und erinnerte ihn an die Schussverletzung, die ihn damals beinahe das Leben gekostet hatte. Deshalb hatte er auch den Polizeidienst quittiert und arbeitete nun schon seit einigen Jahren als Dozent an der Polizeiakademie. Mit beiden Händen massierte Levi sein schmerzendes Bein und machte einige Dehnungsübungen. An schlechten Tagen krochen die schwarzen Bilder von dieser blutigen Nacht wieder in sein Hirn und er sah sich wehrlos am Boden liegen, während der Täter weiter auf ihn feuerte. Zum Glück hatte er damals eine schusssichere Weste getragen, sonst wäre er noch am Tatort unweigerlich verblutet. An seinen guten Tagen hinterließ er manchmal einen kleinen Blumenstrauß an der Stelle, wo es passiert war, um dem Schicksal zu danken, dass er noch am Leben war. Levi war zwar kein strenggläubiger Jude, trotzdem war er davon überzeugt, dass es eine göttliche Macht gab, die das Schicksal zu seinen Gunsten beeinflusst hatte. Plötzlich fiel ihm ein, dass er schon seit einigen Wochen keinen Blumenstrauß mehr abgelegt hatte, und er wusste auch, warum. Sein guter Freund Moses, der jüdische Blumenhändler vom Karmelitermarkt, war überraschend an einem Schlaganfall verstorben und Levi brachte es noch nicht übers Herz, die Blumen woanders zu besorgen.

Der Duft nach frischem Kaffee strömte auf einmal durch den Flur, zog durch die Ritzen der Tür in Levis Arbeitszimmer und vertrieb die düsteren Gedanken.

»Du bist schon wach?«, fragte Levi. Er trat hinaus auf den Flur und blickte in die Küche.

»Bereits eine ganze Weile und ich habe auch Kaffee gekocht«, erwiderte seine Frau Rebecca. Sie saß am Küchentisch und zerteilte gerade mit einem kleinen Löffel eine Kiwi.

Levi griff nach der Tageszeitung, die auf dem Tisch lag, und blätterte sie desinteressiert durch. Es war die übliche Mischung aus Horror, Angstmache und Promiklatsch. Plötzlich stutzte er, als ihm eine Überschrift auffiel. Der dazugehörige Artikel war kurz und bestand nur aus wenigen Zeilen, in denen stand, dass die Sopranistin Anna Magli in Begleitung ihres Managers eine Konzerttournee durch Österreich plante. Das Foto darüber war doppelt so groß wie der Text und zeigte Anna Magli und Noah Löwental in inniger Umarmung und glücklich lächelnd. Levi legte die Zeitung wieder auf den Tisch und runzelte die Stirn. Noah Löwental war seit ein paar Monaten auch der Manager von Rebecca.

»Wieso steht denn dein Name nicht in dem Bericht über Noah?«, fragte er verwundert. »Deine Klavierstücke von Erik Satie sind doch ein wichtiger Bestandteil dieser Tournee.«

»Du bist lieb«, antwortete Rebecca mit einem verlegenen Lächeln. »Aber ich bin nicht so interessant. In der Zeitung wird eben nur über bekannte Musiker wie Anna Magli berichtet.«

»Stört dich das überhaupt nicht?«

»Nein, das finde ich nicht so wichtig.« Rebecca stand auf und drückte Levi einen Kuss auf die Stirn. »Mir geht es nur um die Musik.«

»Das verstehe ich. Trotzdem finde ich es nicht richtig, wenn du dich so im Hintergrund hältst«, erwiderte Levi und goss sich frischen Kaffee in eine große Tasse. »Sei ein wenig selbstbewusster. Du bist eine geniale Pianistin.«

Rebecca schwieg einen kurzen Moment und bestrich ein Stück Brot mit Butter. »Was waren das für grässliche Fotos auf deinem Computer?«

»Woher weißt du davon?«

»Ich habe sie kurz gesehen, als ich in die Küche gegangen bin. Haben sie etwas mit dem Brief zu tun, den der Kurier gestern Abend gebracht hat?«

»Ja. Auch das ist merkwürdig. Ein Bote, der mitten in der Nacht einen Umschlag bringt und dann keine Quittung verlangt. Ich kann mich auch nicht erinnern, irgendwo den Namen der Kurierfirma gesehen zu haben.«

»Worum geht es denn in dem Brief?«, fragte Rebecca.

»Eine junge Frau bittet mich darin um Hilfe. Sie hat Angst um ihr Leben«, erwiderte Levi.

»Dann musst du damit sofort zu deinen ehemaligen Kollegen gehen«, unterbrach ihn Rebecca.

»Dafür ist es zu spät. Diese Frau ist bereits vor drei Jahren ermordet worden. Die Tote auf den Bildern ist sie.«

»Das verstehe ich nicht. Du erhältst jetzt ein Schreiben von jemandem, der vor drei Jahren ermordet wurde?«

»Ja, das ist in der Tat seltsam. Und noch etwas ist eigenartig. Der Brief wurde bereits vor ebenfalls drei Jahren bei einem Notar hinterlegt.«

»Dann ist es am besten, du kontaktierst dieses Notariat. Dort kann man dir sicher Auskunft geben.«

»Du hast wie immer recht«, meinte Levi. Er holte das Kuvert aus dem Arbeitszimmer, griff nach seinem Handy und wählte die Zahlenfolge, die auf dem Umschlag stand. Es knackte in der Leitung und eine unpersönliche Computerstimme teilte mit, dass es keinen Anschluss unter dieser Nummer gab.

»Die Nummer existiert nicht mehr«, meinte Levi und blickte Rebecca verdutzt an. »Wer versucht mit mir Kontakt aufzunehmen?«

4

Wien, 10. April 1945

Agnes Wiener blickte besorgt aus dem Giebelfenster ihrer kleinen Pension im zweiten Bezirk Leopoldstadt. Die Rote Armee war bereits bis an den Donaukanal vorgerückt, doch die abziehende Wehrmacht hatte alle Brücken zerstört und verschanzte sich jetzt im zweiten Bezirk. Von den Flaktürmen im Augarten donnerten noch immer die Geschütze des Naziregimes Richtung Donaukanal, und bei jedem Schuss wurde das alte baufällige Haus bis in die Grundfesten erschüttert. Unten auf der Straße rannten junge Burschen und alte Männer in Wehrmachtsuniformen konfus umher und versuchten mit ihren wenigen Waffen, die vorrückende Rote Armee aufzuhalten. Zwei Männer in den schwarzen Uniformen der SS gingen währenddessen von Haus zu Haus, um wehrfähige Jungen mit Gewalt für den letzten Kampf zu rekrutieren.

»Die glauben noch immer an den Endsieg«, murmelte Agnes kopfschüttelnd und malte mithilfe eines Wörterbuchs kyrillische Buchstaben auf eine große Holztafel. Darüber pinselte sie noch einen roten Stern und betrachtete dann seufzend ihr Werk. »›Zum roten Stern‹, so heißt jetzt meine Pension«, meinte sie zufrieden und sah sich auf dem alten, staubigen Dachboden suchend nach einem Versteck für das Schild um.

Noch war es gefährlich, sich als Russenfreund auszugeben; noch konnte man wegen Hochverrats erschossen werden. Aber es war bloß eine Frage von wenigen Tagen, wenn nicht sogar nur von Stunden, bis der Krieg vorbei sein würde. Auf dem Boden lag ein fleckiges Leintuch. Als Agnes es hochhob, sah sie, dass darunter ein Gemälde lag. Es war ›Die Kartenlegerin‹ von Anton von Kuhn. Das kostbare Kunstwerk hatte Rachel Morgenstern auf dem Dachboden von Agnes' Pension deponiert. Sie selbst versteckte sich mit ihrer Tochter Miriam in einem niedrigen Verschlag in einer dunklen Ecke des Dachbodens. Für dieses Versteck hatte Rachel bereits ihren gesamten Schmuck und alle Pelzmäntel Agnes überlassen. Nur von der ›Kartenlegerin‹ wollte sich Rachel nicht trennen, sosehr Agnes auch drängte. Schließlich gab sie sich mit Schmuck und Pelzen zufrieden. Besser den Spatz in der Hand als die Taube auf dem Dach, dachte sie damals.

»Wenn ich den Schmuck und die Pelze verkaufe, kann ich nach dem Krieg die Pension renovieren«, überlegte Agnes und breitete behutsam das Leintuch wieder über das Gemälde. Dann nahm sie das russische Pensionsschild und lehnte es verkehrt herum an die Wand. Staub wirbelte auf und sie musste laut niesen. Eine dürre Gestalt kroch aufgeschreckt aus dem Bretterverschlag in der hinteren Ecke und richtete sich vorsichtig auf.

»Wieso bist du hier oben? Und was ist draußen los?«, flüsterte Rachel.

»Die Russen sind in der Stadt«, erwiderte Agnes und betrachtete Rachel abschätzig. Nichts war mehr von der einst eleganten Frau übrig geblieben, nur noch ein ausgemergeltes Hühnergerippe mit dünnen Haaren.

»Dann ist der Schrecken bald vorüber.« Rachel seufzte und eine Träne rann über ihre schmutzige Wange, hinterließ eine helle Spur in dem fahlen Grau.

»Vielleicht. Aber noch wird gekämpft«, meinte Agnes und wurde plötzlich von einem lauten Klopfen unten an der Tür unterbrochen.

»Wer ist das?«, fragte Rachel panisch. Aufgescheucht durch den Lärm kroch eine weitere Gestalt aus dem Verschlag. Es war ein sechzehnjähriges Mädchen mit verfilzten schwarzen Haaren und abgenagten Fingernägeln. *Vor Hunger frisst sie ihre eigenen Nägel,* dachte Agnes angeekelt, als sie Miriam, die Tochter von Rachel, anschaute.

»Das werden SS-Männer sein. Die sind auf der Suche nach wehrfähigen Männern«, erwiderte Agnes. »Ich regle das.« Sie wischte sich die Hände an ihrer Schürze ab und ging zur Dachbodenluke. Der Boden ächzte unter ihren Schritten, die Bretter waren morsch und mussten dringend ausgewechselt werden. Sie dachte an die Renovierungskosten und blieb abrupt stehen.

»Ich will dein Gemälde, sonst verrate ich den SS-Leuten euer Versteck«, sagte sie einer plötzlichen Eingebung folgend und drehte sich um.

»Das geht nicht. Wir mussten dem Maler versprechen, das Gemälde immer in unserer Familie zu behalten, sonst bringt es Unglück. Du hast doch schon alles bekommen, was wir besitzen.« Rachel begann zu zittern. »Bitte, Agnes, tu uns das doch nicht an.«

»Du hast die Wahl. Entweder kriege ich ›Die Kartenlegerin‹ oder die SS nimmt euch beide mit.«

Das Klopfen wurde stärker, steigerte sich bereits zu einem wütenden Trommeln.

»Aufmachen, sonst treten wir die Tür ein!«, rief eine zornige Männerstimme.

»Also was ist? Stell dich nicht so dumm an!«, zischte Agnes und setzte einen Fuß auf die oberste Sprosse der Leiter. »Bekomme ich jetzt das Bild?«

»Agnes, so versteh doch. Ich darf das Bild nicht an Fremde verschenken. Das habe ich Anton von Kuhn damals versprechen müssen.«

»Hör doch mit diesem Geschwätz auf!«, erwiderte Agnes giftig und stapfte in den hinteren Teil des Dachbodens. Mit wenigen Griffen hatte sie die Bretter des Verschlags aus der Verankerung gerissen und deutete auf die zerschlissenen Matratzen dahinter, die jetzt den Blicken preisgegeben waren. Außer einem zerbrochenen Spiegel, einigen zerfledderten Büchern und einem Stapel Tarotkarten hatten die beiden Frauen nichts mehr besessen. »Dann sucht euch gefälligst ein anderes Versteck.«

Wütend ging sie zurück zu der Luke und wollte gerade die wackelige Leiter hinuntersteigen. Da sah sie, wie Rachel eine Tarotkarte von der Matratze aufhob und hastig einige Zahlen auf die Rückseite schrieb. »Nimm diese Karte. Zerteile sie in zwei Hälften und bring eine davon zu Esther, dem Judenmädchen mit dem ›Mantel der Unvergessenen‹«, flüsterte Rachel ihrer Tochter zu und drückte ihr hastig die Karte in die Hand. »Das ist der Beweis, wer der rechtmäßige Besitzer des Gemäldes ist.«

»Was habt ihr da?«, fragte Agnes schnell. »Los, gib her!« Sie streckte die Hand aus, doch Miriam hatte die Tarotkarte bereits in ihren Lumpen verborgen. »Her damit!«, befahl Agnes, während das Klopfen unten immer heftiger wurde.

»Aufmachen!«

»Ich komme!«, rief Agnes mit fester Stimme, während sie die Leiter hinab und zur Tür eilte und den Schlüssel im Schloss umdrehte. Mit einem Mal war sie selbstsicher, denn sie hatte eine Entscheidung getroffen.

»Ein Glück, dass Sie hier sind. Sie müssen mir helfen!«, rief sie atemlos und griff sich theatralisch an die Brust. Vor ihr standen zwei junge SS-Männer, vielleicht achtzehn Jahre alt. »Jüdische Kommunisten haben meine Pension besetzt und wollten mir gerade mein Gemälde rauben«, sagte Agnes aufgeregt und begann zu weinen.

»Wo sind sie?«, fragte einer der Männer und zog seine Pistole.

»Oben auf dem Dachboden«, flüsterte Agnes. »Sie sind über das Nachbarhaus eingedrungen.«

»Wie viele sind es?«, erkundigte sich der andere SS-Mann lauernd.

»Zwei Frauen. Partisaninnen.«

»Na, dann los.« Die beiden SS-Männer trampelten die Treppe hinauf, stiegen die Leiter hoch und zwängten sich durch die Luke.

Ein kalter Windhauch wirbelte den Staub auf, als auch Agnes auf den Dachboden gelangte. Das Giebelfenster war eingeschlagen und ein wackeliger Stuhl stand darunter. Mitten im Raum wartete Rachel Morgenstern mit funkelnden Augen. Sie hatte ›Die Kartenlegerin‹ an die Wand gelehnt und das Tuch weggezogen.

»Das ist mein Bild! Sie wollte es mir stehlen!«, rief Agnes außer sich. Sie bückte sich und hob das russische Schild mit den kyrillischen Buchstaben auf. »Sehen Sie selbst. Es sind jüdische Kommunisten. Dieses Schild wollten sie an meine deutsche Pension hängen. Eine von den beiden ist durch das Fenster geflüchtet.«

»Da ist niemand«, sagte Rachel verzweifelt. Der SS-Mann atmete tief durch, verpasste Rachel einen Schlag und kroch durch das Giebelfenster hinaus.

»Stehen bleiben!«, rief der Soldat dem Mädchen hinterher. Es war Miriam, die leicht wie eine Feder über das Dach huschte. Der SS-Mann legte sein Gewehr an und drückte ab. Miriam zuckte getroffen zusammen und verlor den Halt. Sie rutschte die Dachschräge hinab und krallte sich an der rostigen Regenrinne fest. Unter dem Gewicht ihres Körpers riss die

Rinne aus der Verankerung, und Miriam stürzte nach unten in den Hinterhof.

»Miriam!«, kreischte Rachel und beugte sich aus dem Fenster.

Zögernd hob der junge SS-Mann erneut sein Gewehr und schoss. Die Kugel traf Rachel in die Brust und sie brach zusammen. Blut floss aus ihrem Mund, doch noch einmal richtete sie sich auf. »›Die Kartenlegerin‹ wird dir kein Glück bringen«, murmelte sie Agnes zu. Dann war Rachel tot.

Miriam hatte großes Glück, als sie vom Dach fiel, denn sie landete auf einem Haufen Lumpen. Hastig schlüpfte sie vom Hof und verbarg sich in einem zerbombten Haus. Dort verband sie notdürftig ihre Verletzung und wartete auf die Nacht. Erst im Schutz der Dunkelheit wagte sie sich aus ihrem Versteck und sah ein dürres Mädchen in einem übergroßen Mantel die Straße entlangeilen. Sie erinnerte sich, das Mädchen einmal in der Zahnarztpraxis ihres Vaters gesehen zu haben.

»Du bist doch Esther mit dem ›Mantel der Unvergessenen‹«, rief sie der dünnen Gestalt zu.

»Wer will das wissen?«, fragte das Mädchen vorsichtig.

»Ich bin Miriam Morgenstern, die Tochter des Zahnarztes.«

»Ja, ich bin Esther. Mein Versteck wurde zerbombt und ich trage schwer an dem ›Mantel der Unvergessenen‹.«

»Du musst etwas für mich aufbewahren«, sagte Miriam hektisch und zog die schmutzige Tarotkarte aus ihrer zerlumpten Jacke. Mit zittrigen Fingern riss sie die Karte entzwei und hielt eine Hälfte Esther entgegen. »Hebe diese Hälfte für mich auf.«

»Warum nur die halbe Tarotkarte?«, fragte Esther.

»Weil ich die andere Hälfte behalte. Die beiden Teile sind das unsichtbare Band, das mich wieder hierherführen wird. Dann hole ich mir zurück, was unserer Familie geraubt wurde.«

5

Levi betrachtete den mysteriösen Briefumschlag und drehte ihn in seinen Händen. Die Telefonnummer darauf existierte nicht mehr, aber vielleicht gab es noch das Notariat unter der Adresse, die auf die Rückseite gedruckt war.

Er schlüpfte in seinen Mantel und ging nach unten zu seinem weißen Saab 900. Das Auto war ein älteres Cabrio und Liebhaberstück, von dem sich Levi einfach nicht trennen konnte. Die Adresse befand sich am Parkring, in unmittelbarer Nähe des Gartenbaukinos, das Levi früher oft mit Rebecca besucht hatte.

Vor dem Gebäude stand ein Lieferwagen mit geöffneten Hecktüren, in den Möbelpacker Pappkartons stapelten.

»Ist hier das Notariat Rohrhofer?«, fragte er einen der Arbeiter.

»Erster Stock.« Der Mann deutete mit seiner behandschuhten Hand nach oben.

Levi stieg die breite Marmortreppe zur ersten Etage hinauf. Auch hier standen Pappkartons neben den geöffneten Eingangstüren, und als Levi eintrat, sah er in den Büroräumen nur leere Schreibtische und Regale.

»Kann ich bitte den Notar Rohrhofer sprechen?«, fragte Levi einen jungen Mann in schwarzem Anzug. »Ich habe gestern einen Brief mit dieser Adresse als Absender erhalten.«

»Da müssen Sie unsere Frau Berger fragen«, meinte der Mann und deutete auf eine lederverkleidete Tür, die in diesem Moment schwungvoll aufgerissen wurde.

»Das Notariat ist ab heute geschlossen«, erklärte eine Frau mit streng nach hinten gezurrtem Zopf. Eine Brille baumelte an einem schwarzen Band um ihren Hals. »Für immer!«, setzte sie mit ausdrucksloser Miene hinzu.

»Kann ich den Herrn Notar wenigstens kurz sprechen? Es geht um diesen Brief.« Levi hielt den Umschlag in die Höhe.

»Doktor Rohrhofer hat einen Schlaganfall erlitten. Der Arme liegt im Koma.« Jetzt erst zeigte Frau Berger Emotionen, als sie sich räusperte. »Die Ärzte haben kaum Hoffnung, dass er je wieder aufwachen wird.«

»Das tut mir leid. Aber vielleicht können Sie mir weiterhelfen. Es geht um einen Brief, den mir Ihr Notariat gestern Nacht geschickt hat.«

»Wir verschicken nachts keine Briefe«, erwiderte Frau Berger irritiert.

»Dann war das eine Ausnahme. Gestern Abend kam ein Kurier in meine Wohnung und brachte mir diesen Brief«, erklärte Levi etwas genervt. »Sie müssen doch noch wissen, wen Sie gestern beauftragt haben?«

»Ich erinnere mich noch sehr gut an das, was ich gestern gemacht habe«, antwortete Frau Berger ungehalten. »Tatsache ist, dass gestern überhaupt keine Post verschickt wurde. Und schon gar nicht nachts.«

»Das kann nicht sein. Hier steht doch die Adresse des Notariats als Absender.« Levi tippte auf den Briefumschlag.

»Merkwürdig«, meinte Frau Berger und betrachtete das Kuvert gründlicher. »Worum geht es denn in dem Brief?«

»Eine Frau namens Sophie Bernstein bittet mich um Hilfe«, erklärte Levi.

»Ach, die Sophie!« Frau Berger nickte wissend. »Ich seh sie noch vor mir. Sie kam vor Jahren völlig hysterisch in unser Notariat. Redete immer davon, dass sie verfolgt wurde und dass man ihr nach dem Leben trachtete. Wenn Sie mich fragen, war das junge Fräulein völlig paranoid.« Frau Berger machte eine kurze Pause und dachte nach. »Jetzt fällt mir auch wieder ein, dass sie bei ihrem letzten Besuch einen Brief für unseren Notar dabeihatte.«

»Den ich gestern erhalten habe«, ergänzte Levi.

»Nein, der muss noch im Safe sein«, widersprach Frau Berger resolut.

»Sehen Sie doch einmal nach«, insistierte Levi.

»Bitte, wie Sie wollen.« Frau Berger drehte sich um und ging zwischen den Kartons hindurch zurück in das Arbeitszimmer des Notars. Der Tresor war ein prächtig verziertes Stück aus der K.-u.-k.-Zeit und stand an der Wand hinter dem Schreibtisch. Frau Berger bückte sich und betätigte einen altmodischen Drehknopf. Als die Tür aufschwang, griff sie nach den Unterlagen, die darin lagen, und legte sie auf den Tisch.

»Das ist aber komisch«, murmelte sie, als sie alles durchgesehen hatte. »Hier ist kein Brief von Sophie.«

»Im Safe ist auch nichts mehr«, sagte Levi und deutete auf die leeren Fächer. Frau Berger sagte nichts dazu.

»Wieso hat der Notar den Brief nicht schon vor drei Jahren abgeschickt?«

»Wieso hätte er das denn tun sollen?«, fragte Frau Berger.

»Weil Sophie vor drei Jahren ermordet wurde. Aber erst gestern Nacht wurde der Brief bei mir abgegeben.«

»Wie entsetzlich.« Erschrocken hielt sich Frau Berger die Hand vor den Mund. »Aber ich habe keine Ahnung, wer den Brief aus dem Safe genommen und an Sie geschickt hat.«

»Wer könnte es gewesen sein? Eines steht jedenfalls fest: Sophie war es nicht.«

6

SOPHIE WILL NICHT STERBEN

Sophie Bernstein ist ganz allein. Sie hat niemanden mehr auf der Welt, als sie ihre Urgroßmutter Miriam auf dem jüdischen Friedhof Kiryat Shaul in Tel Aviv begräbt. Es ist die berühmte Stadt der Toten mit über 80.000 Gräbern, und eine letzte Ruhestätte dort ist dementsprechend teuer. Doch Miriam hat sich dieses Grab gewünscht und dafür auch jeden Schekel gespart. Aber das Geld reicht nicht, und Sophie muss ihr ganzes Erspartes abheben, um für die Kosten aufzukommen. Das ist sie ihrer Urgroßmutter schuldig, die sich um Sophie gekümmert hat, seit Großeltern und Eltern bei einem Bombenanschlag in Israel ums Leben gekommen waren. Als Sophie nach dem Begräbnis in die winzige Wohnung im Stadtteil Neve Tzedek zurückkehrt, besitzt sie nichts mehr außer einer halben Tarotkarte.

»Finde die andere Hälfte der Tarotkarte in Wien, dann gehört dir das Gemälde ›Die Kartenlegerin‹ und du bist reich«, erinnert sich Sophie wieder an die Worte ihrer Urgroßmutter.

Am nächsten Tag kündigt sie die Wohnung und verschenkt die Möbel. Sie leiht sich von einem Schauspielkollegen Geld für ein One-Way-Ticket nach Wien. Da sie Schauspielerin ist, bewirbt sie sich bei verschiedenen Bühnen um ein Engagement. Sie hat Glück und bekommt einen Zeitvertrag für eine kleine Rolle am Burgtheater.

Wenn sie nicht ins Theater muss, hält es Sophie in der winzigen Kellerwohnung kaum aus. Sie braucht frische Luft. Ohne ein bestimmtes Ziel eilt sie durch die Stadt. Die vielen Menschen, die mit finsteren Mienen durch den Regen hasten, verunsichern sie. An einer Hauswand klebt ein Plakat, das auf eine Ausstellung im Jüdischen Museum von Wien hinweist. Da sie ganz in der Nähe und bereits völlig durchnässt ist, geht sie hin. Das Museum befindet sich im Misrachi-Haus am Judenplatz im ersten Bezirk. Zum Glück ist der Eintritt frei. Als Sophie den Ausstellungsraum betritt, wird sie sofort von einem unförmigen Flickenmantel magisch angezogen, der in einer Glasvitrine gezeigt wird.

»Esthers ›Mantel der Unvergessenen‹«, liest sie den Text darunter. Eine Seite des Mantels ist aufgeschlagen und anstelle des Innenfutters sind Dutzende bunter Taschen aufgenäht. Sophie erinnert sich an die Worte ihrer Urgroßmutter Miriam: »Ich habe die halbe Tarotkarte dem Mädchen Esther zum Aufbewahren in ihrem Mantel gegeben.«

Ist es diese Esther, die die andere Hälfte erhalten hat? Aber Mädchen mit dem Namen Esther gab es sicher viele in Wien.

Endlich kann sie sich von dem Anblick des Mantels losreißen und schlendert weiter durch die Ausstellung. Aber der Rest interessiert sie jetzt nicht mehr. Ihre Gedanken kreisen unaufhörlich um diesen ›Mantel der Unvergessenen‹.

Auf dem Weg zum Ausgang kommt sie an einem Ständer mit Broschüren vorbei. Sophie nimmt sich eine davon und wie gebannt starrt sie auf die Titelseite. »Das Gemälde ›Die Kartenlegerin‹ von Anton von Kuhn ist erstmalig für geladene Gäste im Palais Fürstenhof zu besichtigen«, liest sie und betrachtet die Abbildung darunter. Sophies Herz schlägt wie verrückt und sie atmet hektisch. Miriam hat ihr das Gemälde oft beschrieben und jetzt sieht sie es zum ersten Mal. Dann entdeckt sie an der Wand ein Plakat mit einer größeren Darstellung. Sie zieht ihr Handy aus der Manteltasche und fotografiert es. Geht dann verstört aus dem Museum. Ihr Bild befindet sich in einem Hotel. Sie muss dem derzeitigen Besitzer begreiflich machen, dass ›Die Kartenlegerin‹ ihr gehört. Dass dieses Gemälde ihrer Urgroßmutter im Krieg geraubt wurde.

Als Sophie an einem Kopierladen vorbeikommt, hat sie eine spontane Idee. Sie will ständig an ihre Mission erinnert werden. Deshalb lässt sie sich das Foto von ihrem Handy fünfzigmal ausdrucken.

Mit der Rolle unter dem Arm kehrt sie in ihre Kellerwohnung zurück. Sorgfältig breitet sie die Kopien auf dem Boden aus und pinnt dann ein Bild nach dem anderen an die Wand.

»Endlich habe ich dich gefunden.«

Am Tag der Präsentation fühlt sich Sophie wie gerädert. Sie lag die ganze Nacht wach und dachte an die Geschichte des Gemäldes. Sie stellte sich Wien im Krieg und ihre Urgroßmutter Miriam als junges Mädchen vor. Unruhig warf sie sich von einer Seite zur anderen. Schon im Morgengrauen steht sie auf und schminkt sich sehr sorgfältig.

»Bald gehörst du mir, meine Liebe«, wiederholt Sophie immer wieder, während sie vor der Wand mit den Ausdrucken auf und ab geht, um die Zeit totzuschlagen. Dann ist es so weit und Sophie macht sich auf den Weg. Vor dem Palais Fürstenhof parken teure Limousinen. Elegant gekleidete Männer und Frauen werden von Pagen mit Schirmen durch den Regen ins Innere des Gebäudes geleitet. Doch wie soll sie unbemerkt in das Hotel kommen? Unauffällig blickt Sophie sich um. Sie entdeckt ein junges Paar in ihrem Alter, das gerade die Treppe zum Entree hinaufschreitet. Sophie knipst ihr Schauspiellächeln an und geht mit ausgebreiteten Armen auf die beiden zu.

»Hallo, wie geht's?«, fragt sie und küsst die völlig überraschte Frau auf beide Wangen. »Wir kennen uns doch von dem VIP-Abend im Burgtheater.«

»Burgtheater?« Die junge Frau ist verwirrt, täuscht dann aber ein plötzliches Erkennen vor. »Ja, natürlich. Sind Sie auch hier eingeladen?«

»Ja, und ich bin schon so gespannt auf das Gemälde.« Aus den Augenwinkeln beobachtet Sophie, wie zwei Security-Männer die Einladungen kontrollieren und goldfarbene Armbänder verteilen.

Mit gesenktem Kopf passiert Sophie neben dem jungen Paar die Kontrolle.

»Darf ich Ihre Einladung sehen?« Ein Sicherheitsmann stellt sich Sophie in den Weg.

»Oh, die haben meine Freunde, da vorne sind sie!« Sophie zeigt auf das Pärchen, das soeben das Foyer betritt.

»Gehört die Dame zu Ihnen?«, ruft der Kontrolleur dem Paar hinterher. Der junge Mann dreht sich um und misst Sophie mit kaltem Blick.

»Nein, ich habe diese Frau noch nie gesehen.«

»Bedaure, aber ohne Einladung dürfen Sie hier nicht hinein«, bleibt die Security hart.

»Sie verstehen nicht«, erklärt Sophie schnell. »Ich muss das Kunstwerk sehen. Denn es gehört mir!«

»Was reden Sie da für einen Unsinn? Entweder Sie verschwinden oder ich rufe die Polizei«, flüstert der Mann ihr zu, um kein Aufsehen zu erregen. »Haben Sie das verstanden?«

»Kann ich mit dem derzeitigen Besitzer sprechen?« Sophie will nicht aufgeben, nicht so kurz vor dem Ziel. »Vielleicht weiß er gar nicht, dass sich ›Die Kartenlegerin‹ unrechtmäßig in seinem Besitz befindet.«

»Gibt es ein Problem?« Ein blonder Mann in einem maßgeschneiderten Nadelstreifenanzug tritt zu dem Security-Mann.

»Diese Dame wollte unerlaubt zu dem Bild im Clubzimmer, Herr Direktor Wiener«, erklärt der Sicherheitsbeamte dienstbeflissen. »Ich wollte sie gerade hinausbegleiten, aber sie rührt sich nicht vom Fleck. Sie behauptet ganz dreist, das Bild gehöre ihr.«

»Wie?« Wiener verzieht amüsiert den Mund. »Sie behaupten, ›Die Kartenlegerin‹ gehöre Ihnen?«

»Richtig. Sie wurde meiner Urgroßmutter Miriam bei Kriegsende geraubt. Deshalb bin ich hier in Wien.« Sophie will noch von der halben Tarotkarte erzählen, doch Wiener schneidet ihr das Wort ab.

»Sie haben eine blühende Fantasie, mein Fräulein. Nur leider hat das nichts mit der Wirklichkeit zu tun.« Er dreht sich zu dem Angestellten und zischt: »Wirf sie raus!«

Der Mann packt Sophie am Arm und zieht sie aus dem Foyer. Auf der Treppe gibt er ihr noch einen Schubs.

»Lass dich hier nie wieder blicken!«

Sophie taumelt die Stufen hinunter, verliert das Gleichgewicht und landet mit dem Gesicht voran in einer Pfütze. Eine große Krähe stolziert an ihr vorbei und starrt sie mit schwarzen Augen traurig an, so als wüsste der Vogel bereits über ihr weiteres Schicksal Bescheid.

7

Olivia saß in der Wirtsstube und trank einen lauwarmen Kaffee. Resi lehnte mit verschränkten Armen an der Spüle und beobachtete sie unentwegt.

»Was ist? Warum sehen Sie mich so an?«, fragte Olivia, der die Blicke unangenehm waren.

»Gibt es eigentlich eine Belohnung?«, erwiderte Resi plötzlich mit einem lauernden Unterton.

»Eine Belohnung? Wofür denn?«

»Na, ich habe Ihnen doch gesagt, dass Michael und Juli hier waren.«

»Das bringt mich nicht viel weiter.« Olivia brauste kurz auf, zügelte aber im letzten Moment ihr Temperament. »Ich bin genauso klug wie zuvor.«

Ein Schatten schob sich am Fenster vorbei und Olivia drehte sich um. Es war Franz.

»Vielleicht hat Ihr Sohn etwas gesehen«, sagte sie und stand auf.

»Lassen Sie meinen Franz aus dem Spiel!«

Olivia reagierte nicht darauf, sondern beobachtete Franz. Er stapfte in seinen Gummistiefeln und mit geschulterter Axt über den Hof und verschwand dann in der großen Scheune, die neben dem Pensionsgebäude stand.

Nachdenklich sah Olivia dem Sohn der Wirtin hinterher. Sie hatte das ungute Gefühl, dass etwas mit ihm nicht stimmte. »Alles klar!« Olivia holte ihr Handy hervor. »Ich rufe mir draußen ein Taxi. Hier drinnen ist der Empfang so schlecht.«

Im Freien hielt sie ihr Gesicht in den Himmel. Die Luft war feucht und das Atmen fiel ihr schwer. Sie führte das ausgeschaltete Handy an ihr Ohr und ging langsam über den Hof. Sie spürte die Blicke von Resi im Nacken. Erst als Olivia um eine Ecke des Hauses bog, war sie außer Sichtweite. Sie lief ein Stück die Einfahrt entlang und näherte sich der Scheune von der anderen Seite.

Noch einmal holte sie tief Atem, dann schlüpfte sie durch eine angelehnte Seitentür. Drinnen war es dunkel, und Olivia konnte sich nur tastend vorwärtsbewegen. Sie versuchte, die Dimensionen der Scheune abzuschätzen. Das Gebäude war aus Holz gebaut und nach oben bis zum Dachfirst offen. Zwischen den Brettern der Seitenwände drang ein wenig Helligkeit herein und zerteilte die Düsternis im Inneren wie Messerklingen. Auf halber Höhe der Wände umrundete eine Galerie die riesige freie Fläche und erweiterte sich an der Stirnseite zu einer breiten Plattform.

Doch wo war Franz? Wieso hatte er kein Licht gemacht? In dieser Dunkelheit konnte er doch unmöglich arbeiten.

»Franz? Wo sind Sie? Ich möchte mit Ihnen reden!«

Ihre Worte verhallten ungehört. In der Scheune war es vollkommen still, und unwillkürlich hielt auch Olivia den Atem an. Plötzlich hörte sie ein leises Scharren, so als würde Metall über den Boden gezogen. Vorsichtig tastete sich Olivia weiter, versuchte in den Lichtstreifen etwas zu erkennen. Doch alles, was sie sah, waren die Umrisse von Gerümpel und alten Maschinen. Ein Luftzug strich über ihre Wange und sie schreckte zusammen. Plötzlich hatte sie das Gefühl, dass Franz dicht neben ihr stand. Panisch wirbelte sie herum und stieß gegen eine Gestalt.

Im letzten Moment unterdrückte sie einen Schrei. *Jetzt keine Angst zeigen!*

»Franz? Haben Sie mich aber erschreckt«, sagte Olivia und bemühte sich, ihre Stimme fest klingen zu lassen. Franz antwortete nicht, nur seine schwielige Hand berührte ihren Nacken und seine kalten Finger strichen ihren Hals entlang. Die feinen Härchen auf ihrer Haut sträubten sich und ein kalter Schauer erfasste ihren Körper.

»Es ist gefährlich, in der Dunkelheit allein durch die Scheune zu schleichen. Sie könnten sich verletzen«, flüsterte Franz mit schleppender Stimme.

»Ich habe keine Angst«, erwiderte Olivia. »Warum wollen Sie nicht mit mir sprechen? Was verheimlichen Sie?«

»Hören Sie endlich auf!«, fuhr er sie an. »Mutter hätte Sie nicht anrufen sollen. Ich habe sie gewarnt. Diese Frau stellt sicher nur lästige Fragen, habe ich gesagt. Und ich habe recht. Sie fragen unentwegt.«

»Ich will doch nur wissen, worüber Sie mit meinem Mann Michael geredet haben. Das ist doch nicht weiter schlimm. Haben Sie vielleicht auch mit Juli gesprochen?«

»Juli«, wiederholte Franz träumerisch. »Was für ein hübsches Kind. Sie duftete wie der Sommer.«

»Was sagen Sie da?« Olivia hielt den Atem an. Was hatte Franz mit Juli zu tun?

»Juli ist im Sommer. Der Juli duftet!«, redete Franz weiter. »Die Blumen blühen, die Vögel zwitschern. Es wird dann immer so eng in meinem Kopf.« Franz hob die Axt und atmete heftig aus und ein. »Wie heißen Sie?«

»Mein Name ist Olivia«, antwortete Olivia mit fester Stimme. »Legen Sie bitte die Axt weg.«

»Olivia. Riechen Sie nach Oliven?« Franz leckte sich mit der Zunge über die Lippen. Dann beugte er sich vor und schnüffelte an Olivias Hals.

»Aufhören!«, rief Olivia und schüttelte sich vor Ekel. Mit beiden Händen stieß sie Franz von sich. Dieser taumelte zurück, hob die Axt und schlug sie kraftvoll neben Olivia in die Holzwand, wo sie zitternd stecken blieb.

»Sie sind böse!« Mit beiden Zeigefingern formte Franz das Hexenkreuz und machte einige Schritte rückwärts. »Sie sind böse! Auch Michael war böse. Nur Juli habe ich gemocht!«

»Was wissen Sie über die beiden? Sie verheimlichen mir etwas. Reden Sie verdammt noch mal mit mir.« Olivia ging auf Franz zu, doch dieser wich wimmernd vor ihr zurück.

»Seien Sie endlich still!« Franz drückte beide Hände gegen seine Ohren. »Michael hat gesagt, dass Sie tot sind, dass er mit Juli ganz allein auf dieser Welt ist. Und plötzlich tauchen Sie hier auf.«

»Michael hat gelogen. Ich lebe, wie Sie sehen!« Olivia spürte einen Stich in ihrem Herzen. Dass Michael allen erzählt hatte, sie wäre tot, kränkte sie noch immer zutiefst. Auf diese Weise hatte er sie aus seinem Leben ausradiert. Aus psychologischer Sicht ein kluger Schachzug, denn so vermied er Schuldgefühle. Als Psychiaterin hatte Olivia schon oft Patienten mit diesen Ausreden für ihr schuldhaftes Verhalten therapiert, aber das war nur ein schwacher Trost.

»Haben Sie das verstanden: Ich lebe!«, wiederholte sie noch einmal, wie um sich selbst zu bestätigen. ˋ

»Aber vielleicht sind Sie doch bald tot. Wenn Sie jetzt da hinunterstürzen, dann sind Sie tot und es war doch nur ein Unfall.« Franz wies zu der Plattform, die wie ein riesiges Sprungbrett mitten in die Leere hineinragte. »Dann hat Michael nicht gelogen. Dann sind Sie wirklich tot.«

»Das ist doch kompletter Unsinn. Damit können Sie mich nicht einschüchtern.«

»Kommen Sie mit auf die Plattform.«

»Nein, das reicht jetzt.« Olivia riss sich zusammen und wollte sich an der Wand entlang wieder zum Ausgang tasten. Doch Franz packte sie am Arm und zog sie ganz nahe zu sich heran.

»Ich habe gesagt, Sie sollen mitkommen.« Seine Stimme hatte einen eisigen Klang bekommen, und in einem dünnen Lichtstreifen konnte Olivia die schwarzen Augen erkennen, in denen der Wahnsinn glomm.

»Nein, ich gehe nirgendwo mit Ihnen hin.« Olivia riss sich los und bewegte sich vorsichtig entlang der Wand in Richtung Ausgang. Franz folgte ihr mit schleppenden Schritten. Sie hörte, wie er die Axt aus der Wand zog. Hastig drehte sie sich um und begann zu laufen, stolperte über eine Egge, konnte aber gerade noch das Gleichgewicht halten, und hastete weiter.

»Sie sind böse«, schnarrte Franz monoton hinter ihr. »Böse müssen sterben.«

Plötzlich wurde das große Scheunentor aufgerissen und graues Licht flutete den Raum. Im Zwielicht konnte Olivia Resi erkennen, die resolut in die Dunkelheit stapfte.

»Was machen Sie hier?«, fragte Resi zornig, als sie Olivia erblickte.

»Ich wollte Franz nur ein paar Fragen stellen. Denn er verhält sich ziemlich merkwürdig.«

»Mein Sohn hat mit dieser ganzen Sache nichts zu tun. Franz macht die Fragerei nur nervös.« Resi trat näher und stellte sich zwischen Franz und Olivia. »Leg die Axt weg, mein Junge!«, befahl sie ihrem Sohn. Gehorsam lehnte Franz die Axt an die Bretterwand. Dann beugte er sich über die Schulter seiner Mutter.

»Verschwinden Sie und lassen Sie uns für immer in Ruhe«, herrschte Franz sie an und sein heißer Atem strich über Olivias Gesicht.

»Lass gut sein.« Resi tätschelte seine Wange. »Gehen wir hinüber in die Gaststube«, sagte Resi und zog Olivia mit sich nach draußen. »Sie dürfen meinen Jungen nicht unter Druck setzen«, flüsterte Resi. »Er ist doch so sensibel.« Resi zögerte einen Augenblick, dann sprach sie weiter. »Mir ist noch etwas eingefallen, auch wenn ich keine Belohnung dafür bekomme. Es gibt jemandem, mit dem Ihr Mann öfter Gespräche geführt hat.«

»Ja? Und wer ist das?«, fragte Olivia hoffnungsvoll und vergaß für einen Moment die seltsame Begegnung mit Franz.

»Das war Thomas. Michael ist zu ihm gegangen.«

»Thomas? Wer ist das?«

»Thomas ist unser Gemeindepfarrer.«

»Der Pfarrer?« Olivia konnte sich nicht erinnern, dass Michael gläubig gewesen war. Sie blickte umher und entdeckte den Kirchturm. »Ist der Pfarrer jetzt in der Kirche?« Sie deutete auf den barocken Zwiebelturm, der ein wenig aus dem Nebel ragte.

»Kann schon sein.« Resi zuckte mit den Schultern.

»Dann besuche ich ihn jetzt.« Olivia drehte sich um und schritt über den Hof auf die Straße.

»Wenn Ihr Mann zum Pfarrer ging, dann wollte er wahrscheinlich beichten und sein Gewissen erleichtern!«, rief Resi ihr hinterher.

»Wieso sollte er das tun?«, fragte Olivia und blieb stehen.

»Warum geht man wohl zur Beichte? Weil man schwere Schuld auf sich geladen hat.«

8

Das Palais Fürstenhof lag im dritten Bezirk und grenzte direkt an die berühmte Ringstraße. Von Ferne gesehen wirkte das zweistöckige Hotel mit seiner barocken Fassade und dem beeindruckenden Entree wie eines der vielen Palais von Wien. Doch wenn man durch die riesige Eingangshalle ging, offenbarte sich dem Gast auf der Rückseite des Gebäudes ein beeindruckender Park, der das Hotel zu einer einzigartigen Naturoase mitten in der Innenstadt machte. Im Zentrum befand sich die marmorne Treppe, die zu einem verschnörkelten Springbrunnen führte und über die früher viele illustre Persönlichkeiten in ihren Roben zu den berühmten Festen geschritten waren. Jetzt war die Treppe schon etwas zerbröckelt und einige Jahre nicht mehr restauriert worden, so wenig wie die ganze rückwärtige Fassade des Palais. Und die einzigen Gäste auf der Treppe waren jetzt nur mehr einige Krähen, die auf den geborstenen Stufen stolz herumspazierten.

In dem barocken Entree mit seiner mit Fresken geschmückten Kuppeldecke herrschte geschäftiges Treiben. Unmengen an Koffern wurden von Hotelpagen umhergeschoben, während die eingetroffenen Gäste sich mit einem Glas Champagner erfrischten. Vor dem Portal warteten geduldig die Fotografen, die wie immer auf der Suche nach Prominenten waren, von denen einige immer noch gern in diesem alten Luxushotel abstiegen.

Ein schlanker Mann, der ein rosa Stecktuch in der Brusttasche seines eng geschnittenen dunklen Anzugs trug, stand inmitten der Halle und blickte suchend umher. Er war Mitte vierzig, hatte blonde Haare und leichte Schatten unter den Augen, die auf chronische Schlaflosigkeit hindeuteten. Marius Wiener war seit dem Tod seiner Großmutter der alleinige Eigentümer des Palais Fürstenhof.

Als sein Handy klingelte, warf Marius einen gestressten Blick auf das Display und verließ dann mit schnellen Schritten die Halle. Im Dienstbotenkorridor öffnete er eine versteckte Tapetentür, die lautlos aufschwang, und trat in einen Vorraum, wo sich ein kleiner Aufzug befand. Zielstrebig stieg er in die enge Kabine, die keine Stockwerksanzeige, sondern nur ein Schloss hatte. Dann zog er einen kleinen Schlüssel aus seiner Hosentasche, der an einer dünnen Kette baumelte. Damit aktivierte er den Aufzug und fuhr nach oben in den zweiten Stock des Hotels.

Mit einem leichten Ruck blieb der Aufzug stehen und Marius öffnete die Tür. Über dicke Teppiche, die seine Schritte dämpften, ging er durch einen Korridor, dessen Wände mit rotem Samt bespannt waren. Vor einer gewaltigen Doppeltür blieb er stehen und öffnete sie. Er betrat einen großen quadratischen Raum. Hier waren die Wände mit schwarzer Seide verkleidet. Dieser Saal befand sich in einem der Seitentrakte des Hotels und war nur für ausgewählte Mitglieder und mithilfe eines ständig wechselnden Kennwortes zugänglich. Es war der geheime Club des Hotels, über den in den Medien die verschiedensten Gerüchte kursierten. Niemand wusste, wer genau die Mitglieder des Clubs waren und was dort gemacht wurde. Aber jedermann ahnte, dass dort Geschäft und Vergnügen regierten.

In der Mitte des Raums stand ein runder Tisch mit zwölf Stühlen. An den Wänden lehnten samtbezogene Betschemel. Gegenüber der Flügeltür befand sich ein großer Kamin aus weißem Marmor und darüber hing ein großes Gemälde. Es zeigte eine schwarzhaarige Frau mit Kopftuch, im Mund eine dünne weiße Shagpfeife und vor sich ein Tisch mit ausgebreiteten Tarotkarten. Das Kunstwerk wirkte düster. Der Künstler hatte die verdeckten Karten in den Blickpunkt gerückt, die geheimnisvoll von einem goldenen Lichtstrahl beleuchtet wurden. Marius blieb vor dem Gemälde stehen, hob den Arm und ballte seine rechte Hand zur Faust.

»Du bist schuld, dass Vater tot ist«, flüsterte er. »Du hast immer nur Unglück über unsere Familie gebracht. Wie hast du es geschafft, ihn in den Tod zu treiben? Alle reden von Selbstmord, aber es war dein Werk. Du bist der Teufel!«

Einmal die Woche kam Marius allein in das Clubzimmer. Dann sprach er mit dem Bild, als wäre es ein menschliches Wesen. Und er wusste, dass ihm die Kartenlegerin schweigend zuhörte, wenn er seine Anklagen über sie ergoss. Wenn er davon erzählte, dass seine Frau bisher nur Fehlgeburten hatte, dass sein Vater Selbstmord begangen hatte, dass seine Mutter bei einem Autounfall ums Leben gekommen war und dass er als kleiner Junge bei seiner hartherzigen Großmutter alleine zurückgelassen worden war. Denn auch der Großvater war bereits nach dem Krieg unter mysteriösen Umständen in russischer Gefangenschaft verschollen.

Mit diesen Anschuldigungen wollte er den Bann des Bösen brechen, wollte er den Fluch des Gemäldes von seiner Familie nehmen. Vor Wut zitterte er am ganzen Körper und musste sich zurückhalten, um nicht das Bild von der Wand zu reißen und es zu zertrümmern. Aber dazu war er einfach zu feige und dieses Gefühl machte ihn noch unglücklicher. An Tagen wie diesen wusste er, dass er sich wie ein Psychopath verhielt, wie jemand, dem die Wirklichkeit zu entgleiten drohte. Denn die Realität besagte, dass dieses Gemälde das Kapital des Hauses war. Auch das war ein Fluch. Denn ohne ›Die Kartenlegerin‹ wäre seine Familie ein Nichts, es war eine inbrünstige Hassliebe, die ihn mit dem Bild verband.

»Keine Angst, ich verbrenne dich nicht. Du hast Großmutter all das hier schließlich ermöglicht«, flüsterte er, *um* ›Die Kartenlegerin‹ zu besänftigen. »Ohne dich wäre sie ewig in der kleinen Pension in der Leopoldstadt geblieben.«

Er wollte weiterreden, aber in diesem Moment klopfte es dreimal. Marius drehte sich um und wischte schnell eine Träne aus dem Augenwinkel. Die Tür öffnete sich und ein älterer Mann in einem grauen Dreiteiler trat ein.

»Es freut mich, Sie zu sehen, Nikolaus«, sagte Marius und zupfte sein rosa Stecktuch zurecht, bevor er mit ausgebreiteten Armen auf den Gast zuging.

»Ich hatte heute solch eine Sehnsucht nach der Abgeschiedenheit des Clubzimmers«, sagte Nikolaus Czech, der Innenminister, mit einem maliziösen Lächeln und knöpfte sein Jackett auf. »Oh, wie ich sehe, haben Sie umgestellt«, stellte Czech fest und deutete auf die samtbezogenen Betschemel, die an den Wänden lehnten.

»Ja, es ist alles bereits für den Abend hergerichtet, an dem die Novizinnen ihre Sünden beichten. Auf diesen Schemeln knien die Mädchen und gestehen«, sagte Marius mit einem boshaften Grinsen. Er ging zu einem Sideboard, auf dem eine Karaffe mit Whiskey stand, und goss zwei Gläser voll. »Ich bin schon auf die Sünden gespannt«, fuhr er fort und reichte Czech eines der Gläser aus geschliffenem Kristall. In Wirklichkeit hasste Marius diese speziellen Veranstaltungen, aber er musste seine Förderer bei Laune halten.

»Das wird mit Sicherheit ein gelungener Abend.« Czech prostete Marius zu, verschränkte dann die Arme vor der Brust und trat vor den Kamin. »Ich frage mich manchmal, wie es Ihre selige Großmutter geschafft hat, das Gemälde unbeschadet durch die Wirren des Kriegs zu bekommen.«

»Sie hütete das Gemälde wie ihren Augapfel, es war schließlich das Einzige, das ihr noch geblieben war.« Marius stellte sich neben Czech. »Wir hatten natürlich Glück, dass die Werke von Anton von Kuhn bei Sammlern so begehrt sind. In den letzten Jahrzehnten sind die Preise in die Höhe geschossen. Und dieses Bild ist ja eines seiner bedeutendsten Werke. Es ist unbezahlbar.«

»Soweit ich informiert bin, kam Ihre Großmutter doch aus eher ärmlichen Verhältnissen. Wie konnte sie sich denn das Bild überhaupt leisten? Anton von Kuhn war ja vor dem Krieg schon ein bekannter Künstler«, erwiderte der Innenminister interessiert.

Marius schwieg eine Weile und beugte sich dann zu Czech. »Das muss aber unter uns bleiben. Meine Großmutter war eine rechtschaffene Frau, ich will nicht, dass ihr Andenken beschmutzt wird.«

»Niemand hat das vor«, beeilte sich der Innenminister zu bekräftigen.

»Anton von Kuhn hatte ein Auge auf meine Großmutter geworfen. Sie war sehr gut aussehend, als sie ein junges Mädchen war. Einmal hat sie einen Kuss akzeptiert und dafür das Bild erhalten. Was für ein besonderes Geschenk. Finden Sie nicht?« Marius lächelte und beobachtete die Reaktion des Innenministers.

Czech nickte wissend und meinte: »Das kann man wohl sagen und noch dazu für so ein junges Ding. Sie verstehen sicher, was ich meine.«

»Natürlich. Aber nach dem Krieg entwickelte sich meine Großmutter zu einer ehrgeizigen Geschäftsfrau, und sie erkannte das Potenzial des leer stehenden Hotels und wollte es kaufen.« Marius hatte diese Geschichte schon an die hundertmal erzählt und auch dafür hasste er sich. »Aber ihr fehlten die nötigen Geldmittel. Da fiel ihr ›Die Kartenlegerin‹ ein. Großmutter schlüpfte in ihre besten Kleider und ging zur Bank. Der Direktor wollte sie zunächst abwimmeln, aber dann ließ er sich breitschlagen und hat das Gemälde begutachtet. Den Rest kennen Sie sicher aus der offiziellen Hotelbroschüre.«

»Wirklich eine bemerkenswerte Frau, Ihre Großmutter.«

»Wie wahr!« Marius nickte bestätigend. Dann hob er sein Glas in Richtung des Bildes. »Auf ›Die Kartenlegerin‹.« *Auf das Unglück, das sie über jeden bringt, der mit ihr zu tun hat,* dachte er insgeheim.

Plötzlich wurde lautlos eine Tapetentür geöffnet und ein Mädchen huschte herein. Es trug eine Zofenuniform und balancierte ein Tablett mit einem Streuselkuchen auf ihren Handflächen.

»Vielleicht eine kleine Stärkung, meine Herren?«, fragte es mit absichtlich kindlicher Stimme. »Das ist der berühmte Kuchen des Hauses.«

»Das Rezept haben wir selbst entwickelt«, ergänzte Marius und griff nach einem Stück.

»Möchten Sie auch probieren?«, fragte das Mädchen den Innenminister und beugte sich nach vorne, um das Tablett auf einem niedrigen Beistelltisch abzustellen. Als das Mädchen sich bückte, sah Marius, dass es keine Unterwäsche trug. Czech leckte sich die Lippen und strich dem Mädchen über den Po.

»Ich lasse Sie dann mal alleine«, meinte Marius und stand auf. Er trat hinaus auf den Korridor und schloss die Flügeltüren hinter sich. Das Mädchen war vielleicht vierzehn Jahre alt. Doch das wusste der Innenminister nicht. Czech wusste auch nicht, dass eine versteckte Kamera in dem Clubzimmer alles aufzeichnete. Marius hatte mit den Jahren viel von seiner Großmutter Agnes gelernt. »Junge, man muss sich im Leben nach allen Seiten absichern«, waren immer ihre Worte gewesen.

9

Es war der Tag nach der Unterzeichnung des österreichischen Staatsvertrags, und der Himmel über Wien leuchtete blau. Überall waren nur strahlende Gesichter zu sehen und aus allen Rundfunkempfängern tönte ununterbrochen die Magnettonaufzeichnung von der Rede des österreichischen Außenministers Figl auf dem Balkon des Schlosses Belvedere.

In der Pension Wiener wurden die Tische mit weißen Tischtüchern gedeckt und mit Blumengestecken für den abendlichen Freiheitsball dekoriert. Agnes Wiener hatte das ungenutzte Erdgeschoss in einen großen Saal umgebaut und dort fanden jetzt wöchentlich Tanzabende und Bälle statt. Die Tische rund um die Tanzfläche waren festlich geschmückt, und neben dem Gemälde von Anton von Kuhn hing die österreichische Fahne.

In Gedanken war Agnes noch immer bei ihrem Traumschloss. Das ehemalige Palais Fürstenhof stand seit dem Krieg leer und verfiel mit den Jahren zusehends. Türen und Fenster waren vernagelt, und Propagandaplakate der Parteien klebten an den Wänden. Agnes ging an dem rostigen Zaun entlang, hinter dem der verwilderte Park lag, stellte sich dann auf die Zehenspitzen und versuchte zwischen den Brettern hindurch in eines der Fenster zu schauen. Sie sah ein plüschiges Zimmer mit roten Tapetenwänden und einen verstaubten Lüster, der am Boden lag. Aber dieser eine Blick genügte für eine flüchtige Idee, die nach und nach Gestalt annahm und aus der sich ein Plan formte. Auf dem heutigen ›Freiheitsball‹ war der richtige Zeitpunkt, diesen Plan in die Tat umzusetzen.

Zielstrebig ging sie auf einen groß gewachsenen Mann zu, der interessiert das Gemälde ›Die Kartenlegerin‹ betrachtete.

»Dieses Kunstwerk verleiht Ihrem Haus eine gewisse großbürgerliche Grandezza«, sagte Karl Großmann und deutete auf das Bild. Gelangweilt drehte Großmann das Sektglas zwischen seinen Händen und sah sich um. »Sie haben ja alles so hübsch dekoriert. Das Geschäft mit Ihrer kleinen Pension scheint zu florieren«, meinte er dann herablassend.

»Ich kann nicht klagen«, erwiderte Agnes mit einem angedeuteten Lächeln. Karl Großmann war Direktor der Bank, bei der Agnes ihr Konto hatte und über die sie ihre Geschäfte abwickelte. Seit ihr Mann in Russland verschollen war, trug sie immer Schwarz und wurde deswegen auch oft ›Schwarze Witwe‹ genannt.

»Wie gefällt Ihnen ›Die Kartenlegerin‹?«, fragte sie Großmann beiläufig.

»Ausgezeichnet und ich kann nicht glauben, dass Sie ein derart wertvolles Gemälde besitzen.«

»Warum nicht? Weil ich nur eine kleine Pension führe?«, hielt Agnes verstimmt dagegen.

»So meinte ich das nicht«, relativierte Großmann. »Aber es ist eine Menge Geld wert.«

»Deswegen stehen wir auch davor.« Agnes hob den Kopf, um Großmann in die Augen zu sehen. »Ich will das leer stehende Palais Fürstenhof kaufen.«

»Das alte Palais beim Schwarzenbergplatz?«

47

»Genau das meine ich. Daraus möchte ich ein Luxushotel machen. Ich habe da schon eine gewisse Vorstellung.«

»Und mit welchem Geld wollen Sie das Haus kaufen?«, wunderte sich Großmann. »Wir kennen doch Ihre finanzielle Lage.«

»Ich nehme einen Kredit auf«, erwiderte Agnes.

»Sie wissen genau, dass verheiratete Frauen das nur mit Zustimmung ihres Gatten dürfen«, meinte Großmann und trank sein Glas in einem Zug leer.

»Aber ich bin doch Witwe.«

»Nicht, solange Ihr Mann nicht für tot erklärt wurde. Außerdem, welche Sicherheiten haben Sie? Die Pension vielleicht?« Großmann lachte höhnisch auf.

»Ich dachte an das Gemälde«, erwiderte Agnes mit eisiger Stimme. Ein Mann wie Großmann würde ihren Traum von einem Luxushotel nicht verhindern. Agnes bekam immer das, was sie wollte. Auch wenn man dafür über Leichen gehen musste. »›Die Kartenlegerin‹ ist die Sicherheit für den Kredit.«

»Oh, das ist natürlich etwas anderes.« Großmann nickte nachdenklich und winkte einem Kellner, damit er ihm ein neues Glas brachte. »Aber dafür müssen Sie beweisen, dass dieses Gemälde auch wirklich Ihnen gehört.«

»Wie soll das gehen? Anton von Kuhn ist schon lange tot und kann das nicht mehr bestätigen.«

»Dann kann ich Ihnen auch nicht helfen.« Großmann schüttelte bedauernd den Kopf. »Es tut mir leid.«

Ein junger Kellner kam mit einem Tablett voller Gläser vorbei und Großmann griff nach einem davon. Er zuckte kurz zusammen, als er den jungen Mann sah, dann wandte er hastig den Blick ab. Agnes beobachtete seine Reaktion mit einem zufriedenen Lächeln.

»Verschwinde, Fritz!«, fauchte Agnes den Kellner an. »Ein hübscher Junge, nicht wahr?«, meinte sie lauernd und drehte sich zu Großmann. Ihre Augen verengten sich zu schmalen Schlitzen. Sie dachte an Rachel Morgenstern, der sie das Bild gestohlen hatte. Sie dachte an den Tag, an dem sie die SS ins Haus ließ und Rachel erschossen wurde. Und sie dachte an Fritz, den sie auf den homosexuellen Großmann angesetzt hatte, um ihn zu erpressen.

»Ich bin die Eigentümerin des Gemäldes. Es gibt ein vom russischen Kommissar beglaubigtes Schreiben.«

»Ach, hören Sie doch damit auf. Was glauben Sie, was ich in den vergangenen Jahren schon alles zu sehen bekommen habe? Jede Menge Schenkungen, die von den Siegermächten beglaubigt wurden und die nicht der geringsten Prüfung standhalten«, winkte Großmann ab.

»Aber wenn Ihr Notar die Besitzverhältnisse des Gemäldes bestätigt, dann habe ich nichts mehr zu befürchten.« Agnes knetete ihre Hände und blickte auf ›Die Kartenlegerin‹, von der es hieß, dass sie Unglück bringt. Das stimmte zu einem gewissen Teil, denn als Agnes das Gemälde in ihrer Wohnung versteckt hatte, erfuhr sie, dass ihr Mann in Russland vermisst wurde. Damit war jedoch die Schuld beglichen, dachte Agnes, ab jetzt würde ihr das Bild nur noch Glück bringen.

»Unser Notar wird das niemals machen«, hörte sie die Stimme von Großmann.

»Doch, das wird er!« Agnes packte Großmann am Arm und zog ihn in eine ruhige Ecke. »Hören Sie mir jetzt gut zu. Ich habe mitbekommen, wie Sie Fritz angesehen haben. Aber Fritz ist eine verlotterte Existenz, der sich für ein paar Schillinge kaufen lässt. Er hat Sie im Prater fotografiert.«

»Was soll das? Sind Sie verrückt geworden? Jetzt reicht es aber. Noch eine solche freche Bemerkung und ich zitiere Sie morgen früh in mein Bankinstitut, um Ihr Konto zu schließen«, drohte Großmann, doch Agnes sah die aufkommende Panik in seinem Blick.

»Wie gesagt, Fritz hat Sie fotografiert. Mit einer amerikanischen Kamera mit Selbstauslöser. In dem Stundenhotel am Hohen Markt.« Agnes beobachtete scharf die Reaktion von Großmann. Er wurde kreidebleich und der Schweiß trat ihm auf die Stirn.

»Was wollen Sie damit andeuten? Dass ich mit diesem jungen Mann etwas hatte?«, fragte Großmann leise und blickte nervös umher, ob jemand ihrem Gespräch lauschte. Aber die anderen Gäste tanzten, tranken und redeten über den Staatsvertrag. Niemand achtete auf Agnes und den Bankdirektor Großmann.

»Genauso ist es. Und Fritz wird der Polizei auch alle Details berichten. Als Opfer, das von Ihnen zu perversen Handlungen gezwungen wurde.«

»Das können Sie nicht machen. Wir sind doch Freunde«, krächzte Großmann mit erstickter Stimme. Er winkte wieder einem Kellner, griff mit fahrigen Bewegungen nach einem weiteren Glas Sekt und trank es in einem Zug leer.

»Freunde?« Agnes lachte böse auf. »Ich habe keine Freunde.« Sie grub ihre Nägel tief in den weichen Stoff von Großmanns Sakko. »Dort drüben steht der Notar Albin Rohrhofer. Wir gehen jetzt alle in mein Büro und setzen eine Besitzurkunde für das Gemälde auf. Wenn das erledigt ist, dann suche ich um einen Kredit an und das Bild dient als Sicherheit.« Agnes schwieg und wartete auf eine Regung ihres Gegenübers. Er vermied den Augenkontakt mit ihr, als er die entscheidende Frage stellte.

»Dafür bekomme ich die Fotos?«

»Erst, wenn das Palais Fürstenhof mir gehört.«

»Dann schweigen Sie?«

»Ja, dann schweige ich für immer.«

10

Als die Stimmen der beiden Männer die Stille durchdrangen, erwachten die bunten Paradiesvögel aus ihrer schläfrigen Ruhe. Hektisch flatterten sie von Ast zu Ast und stießen dabei schrille Pfiffe aus. Andere Vögel wurden durch den Radau aufgeschreckt und stimmten in das Pfeifen ein. Die Geräusche in dem Regenwaldhaus breiteten sich wellenförmig zu einer grellen Kakofonie aus, die in den Ohren gellte. Die beiden Männer, die auf einem schmalen Kiesweg zwischen dschungelartigen Bäumen, Büschen und Farnen standen, konnten sich deshalb nur schreiend verständigen.

»Ich mache das nur, weil du mein Freund bist. Hast du mich verstanden, Levi?«, rief Chefinspektor Reiter genervt gegen den Lärm an.

»Danke für deine Hilfe. Ich weiß das zu schätzen.« Levi hatte seinen früheren Kollegen Reiter nach dem Besuch im Notariat angerufen und sich mit ihm in dem Regenwaldhaus im Tiergarten Schönbrunn verabredet. Er wollte den Schauplatz des Mordes an Sophie Bernstein mit eigenen Augen sehen, um ein Gefühl für die brutale Tat zu bekommen.

»Es freut mich natürlich, dich so bald wiederzusehen«, ergänzte Reiter.

»Hätte ich auch nicht gedacht, aber es kommt im Leben immer alles anders als geplant«, erwiderte Levi. Ihm fiel auf, dass Reiter kein Streichholz mehr zwischen den Zähnen kreisen ließ.

»Hast du wieder mit dem Rauchen begonnen?«, fragte er ganz direkt.

»Wie kommst du darauf?« Reiter zuckte überrascht zurück.

»Das fehlende Streichholz zwischen den Lippen ist ein Indiz.«

»Gute Beobachtungsgabe.« Reiter lächelte und klopfte Levi anerkennend auf die Schulter. »Tja, der ewige Stress lässt mich immer wieder rückfällig werden. Aber bald hör ich mit dem blöden Laster wieder auf. Ich habe jetzt nur wenig Zeit, in einer Stunde muss ich zum Polizeipräsidenten. Du hast am Telefon gesagt, dass wir uns an einem ehemaligen Tatort treffen. Ich habe auch die Unterlagen mit, die du sehen möchtest. Sagst du mir jetzt, was wir in diesem Höllenlärm hier machen?«

»Schau dir das mal an. Das habe ich gestern Nacht bekommen«, erklärte Levi und zog das Kuvert mit dem Brief von Sophie Bernstein aus seiner Aktentasche.

»Ein Liebesbrief?«, machte Reiter einen müden Scherz, doch als er Levis Miene sah, wurde er schnell wieder ernst.

»Nein, leider nicht. Eine junge Frau hat mir geschrieben, dass sie um ihr Leben fürchtet und ich ihr helfen soll. Ich habe den Brief mit dreijähriger Verspätung bekommen, aber niemand weiß, wer ihn abgeschickt hat«, erzählte Levi weiter.

»Ja und?« Reiter blickte ihn fragend an.

»Die junge Frau wurde hier ermordet.«

»Was? Der Brief stammt von Sophie Bernstein?« Reiter streckte die Hand nach dem Blatt Papier aus. »Gib schon her.« Reiter überflog das Schreiben und gab es dann Levi zurück.

»Und der Kurier war kein Fahrradbote?«

»Er war zwar genauso gekleidet, mit Helm, Rucksack und schwarzem Trainingsoutfit. Ich habe leider nicht weiter darauf geachtet. Doch niemand aus dem Notariat hat einen Kurier bestellt. Auch bei den Kurierdiensten wusste niemand etwas davon. Und sehr merkwürdig ist, dass die Akte einen Sperrvermerk hat.«

»Tja, das hat mich auch etwas verwundert«, erwiderte Reiter. »Ich habe deshalb auch nur die frei zugänglichen Ermittlungsakten bei mir.«

»Was steht über den Fall in den Akten?«, fragte Levi und wies auf die Papiere, die Reiter unter dem Arm trug. In diesem Moment kreiste ein bunter Vogel über ihren Köpfen und setzte dann mit einem schrillen Krächzen zum Sturzflug an. Levi und Reiter duckten sich gleichzeitig, die Papiere flogen auf den Boden und flatterten kreuz und quer durcheinander. Der bunte Vogel landete auf einem Ast und pickte mit seinem spitzen Schnabel darauf herum.

»Das ist ja der reinste Horror hier.« Reiter schnaubte und wedelte mit den Armen, um den Vogel zu verscheuchen. Dann bückte er sich und klaubte seine verstreuten Unterlagen auf.

»Du hättest die Akten auch in digitaler Form auf einem Tablet mitbringen können«, meinte Levi und half Reiter beim Aufsammeln.

»Ich bin noch immer der altmodische Typ«, erwiderte Reiter. »Mag Papier in den Händen halten. Da merkt man sich auch die Details besser, sagen die Psychologen.«

»Ist das hier der exakte Tatort?«

»Nein, etwas weiter vorn, in dem dunklen Eck«, antwortete Reiter. »Komm, ich zeige dir die Stelle.« Reiter ging zwischen wuchernden Farnen einen gepflasterten Weg entlang. »Wie sie gestorben ist, weißt du ja schon, denn du hast dich mit deinem alten Passwort in unser Archiv eingeloggt. Pass auf, dass dir da niemand auf die Schliche kommt«, meinte Reiter lächelnd mit erhobenem Zeigefinger.

»Dieser Fall hat mich berührt und ich wollte mich sofort informieren.«

»Ich verpfeife dich nicht.«

»Hier ist es schwül wie in einem Dschungel«, sagte Levi und wischte sich mit einem Papiertuch den Schweiß vom Nacken. »Wie sind Sophie und ihr Mörder überhaupt in der Nacht hier hereingekommen?«

»Das ist kein Problem. Es gibt nächtliche Events im Zoo und auch Führungen. Da kann man unbemerkt in das Regenwaldhaus gelangen, ohne dass es jemandem auffällt. Hier sind wir.« Reiter blieb auf einem kleinen gekiesten Platz stehen, der von dichten Sträuchern umgeben war.

»Da ist sie also gestorben.« Levi kniete sich nieder und betrachtete den Tatort. Er war geschickt gewählt, denn er lag abseits des Hauptweges und in der Nähe einer Seitentür und war von der Seitenwand der Affenkoje verdeckt. Auch wenn sich jemand in dem Regenwaldhaus aufgehalten hätte, wäre ein Hilfeschrei in dem allgemeinen Lärm untergegangen. Es sah nicht nach einer spontanen Tat aus.

»Wahrscheinlich wurde Sophie in eine Falle gelockt«, spekulierte Levi, als er wieder aufstand. »Der Mord war geplant.«

»Das ist deine Theorie. Im allgemeinen Ermittlungsprotokoll steht, dass es ein Streit gewesen sei. Und da Sophie nirgends gemeldet war, ging man von einer Auseinandersetzung im Obdachlosenmilieu aus«, las Reiter aus dem Bericht vor. »Ein Mord im Affekt.«

»Kommt dir das nicht auch an den Haaren herbeigezogen vor?«, fragte Levi. »Der Tatort wurde bewusst ausgewählt. Und nur weil man in Österreich nicht gemeldet ist, muss man ja nicht obdachlos sein. Sophies Kleidung machte auch nicht den

Eindruck, als hätte sie auf der Straße gelebt. Hat das jemand überprüft?«

»Nicht, dass ich wüsste«, gab Reiter zu und kratzte sich verlegen an der Schläfe.

»Gab es eine Soko, die sich mit dem Fall befasst hat?«

»Machst du Witze? Es gab Routinebefragungen bei den Sozialstützpunkten und natürlich auch bei den Beteiligten an dem Prozess. Aber meine Abteilung hat die Ermittlungen auch nicht weitergeführt«, erwiderte Reiter.

»Sondern wer?«

»Der Schönbrunner Zoo ist im Besitz des Bundes. Deshalb ist auch das Innenministerium dafür zuständig. So steht es jedenfalls hier im Protokoll.«

»Das stinkt doch zum Himmel«, murmelte Levi und ging an der Wand vorbei bis zur Glasscheibe der Affenkoje. »Man kann nichts sehen, selbst wenn man vor der Glaswand steht«, meinte er. »Das war kein spontaner Mord.«

Gerade als Levi sich mit dem Rücken zur Glasscheibe drehte, um wieder zurückzugehen, hörte er hinter sich ein lautes Keuchen und wirbelte herum. Ein riesiger dunkler Schatten schwang sich hinter der Scheibe von einem Ast und raste laut brüllend auf Levi zu. Vor Schreck zuckte Levi zusammen und wich schnell zurück. Der Schatten materialisierte sich zu einem großen haarigen Affen, der mit gefletschten Zähnen so angriffslustig mit seinem Kopf gegen die Glasscheibe donnerte, dass sie in ihrer Verankerung knirschte und kleine Betonteile herabrieselten.

»Mein Gott, was ist das nur für ein aggressives Tier?« Levi atmete tief durch und drehte sich von dem Affen weg, der auf und nieder sprang und mit seinen Fäusten unentwegt gegen die Scheibe trommelte.

»Der Affe wäre ein Augenzeuge. Er ist in der Mordnacht hier in seinem Gehege gewesen.« Reiter tippte auf das Foto, auf dem hinter der blutverschmierten Glaswand der Schädel des Affen zu sehen war.

»Ein Affe als Zeuge, wie originell. Mehr hat das Innenministerium nicht herausgefunden?«

»Ich habe keine Ahnung, welchen Spuren die Kollegen vom Innenministerium nachgegangen sind. Aber anscheinend kam nichts dabei heraus. Denn später gab es dann die Weisung vom Polizeipräsidenten, den Fall zu den Akten zu legen.«

»Kann der Mord etwas mit dem damaligen Prozess zu tun haben?«, rief Levi gegen den erneut anschwellenden Lärm der Vögel an. »Sophie Bernstein verklagte doch die Eigentümer des Palais Fürstenhof auf Herausgabe eines Gemäldes, das Raubgut aus der Nazizeit gewesen sein soll. Ich habe in einem Medienarchiv davon gelesen.«

»Das haben wir überprüft. Doch dafür gab es keinen Hinweis. Sophie Bernstein behauptete, ein Gemälde aus dem Besitz der Familie Wiener gehöre ihr. Sie erzählte eine abenteuerliche Geschichte und dass sie die rechtmäßige Erbin des Werkes sei.«

»Um welches Bild handelte es sich denn? Ich habe nur von einem berühmten Gemälde gelesen.«

»Es ist ›Die Kartenlegerin‹ von Anton von Kuhn.«

»Jetzt verstehe ich«, antwortete Levi. Das Bild war eines der wertvollsten Gemälde des Jugendstils, das sich noch in Privatbesitz befand. Er konnte sich auch verschwommen an die Berichterstattung in den Zeitungen erinnern, dort wurde allerdings nie der Name der Klägerin genannt, deshalb war ihm Sophie Bernstein auch kein Begriff gewesen.

»Der Streitwert bei dem Prozess ging in die Millionen. Und als Sophie Bernstein den Rechtsstreit verlor, musste sie Privatinsolvenz anmelden. Sie hat alles verloren, was sie noch besaß. Sie tauchte irgendwo unter und wurde nach einem Selbstmordversuch dem psychosozialen Notfalldienst überstellt.«

»Wer hat bei der Krisenintervention ihre Akutbetreuung übernommen?«, fragte Levi.

»Moment, ich schau mal nach.« Reiter blätterte seine Unterlagen durch. »Das war eine alte Bekannte von dir«, sagte er, als er den Namen las.

»Wen meinst du?«

»Doktor Olivia Hofmann.«

11

Rebecca Kant klappte den Deckel ihres Klaviers zu und blickte nach draußen auf den mächtigen Flakturm im Augarten-Park. Sie wohnte jetzt schon seit bald zwei Jahrzehnten hier in diesem alten Gemeindebau, und manchmal verfluchte sie die hohen Fenster, wenn die Kälte sich in ihre Zimmer schlich. Sie liebte diese Gegend, denn sie war nach vielen einsamen Jahren für sie zur Heimat geworden. Aber das war, bevor sie ihren Mann Levi kennengelernt hatte. Jetzt stand sie am Fenster und schaute nachdenklich auf die Straße. Es war bereits dunkel und in der Fensterscheibe spiegelte sich ihr Gesicht mit den schwarzen Haaren, die von vereinzelten silbernen Strähnen durchzogen waren. Sie hatte gerade die ›Gnossiennes‹ von Erik Satie gespielt und die Klänge schwebten noch immer durch ihr Musikzimmer, als hinter ihr leise die Tür geöffnet wurde.

»Wie war dein Tag?«, fragte Levi und drückte ihr einen Kuss in den Nacken.

»Ich habe heute viel geübt. Es ist mir gut dabei gegangen«, erwiderte Rebecca, während sie mit dem Davidstern-Anhänger spielte, den sie an einer Kette um den Hals trug. In der Fensterscheibe wirkten ihre Züge glatt und sie sah aus wie ein junges Mädchen. Damals standen ihr noch alle Türen offen und das Leben war voller Überraschungen. Lustvoll hatte sie auf Partys und jüdischen Festen Klavier gespielt und sich in den berühmten Komponisten Marcel Tudow verliebt. Sie verbrachten einige glückliche Jahre miteinander, bis Marcel ihr mitteilte, dass er wieder zu seiner älteren Frau nach New York zurückkehren würde. Für Rebecca brach eine Welt zusammen und sie zog sich ganz in ihr Schneckenhaus zurück. In dieser schwierigen Zeit hatte sie das Klavierspielen nicht mehr so wichtig genommen, und es war aus dem Zentrum ihres Lebens verschwunden. Erst als sie Levi zufällig beim Taubenfüttern im Augarten-Park auf einer Holzbank kennengelernt und sich durch die langen Gespräche so etwas wie Liebe entwickelt hatte, rückte das Klavier wieder in den Mittelpunkt, und deshalb verbrachte sie jetzt auch wieder jede freie Minute damit, ihre Technik zu verbessern. Levi war es auch gewesen, der die Zusammenarbeit mit dem jungen Manager Noah Löwental förderte. Leider hatte Noah im Moment keine Zeit für sie und deshalb bekam sie auch keine weiteren Engagements. Doch das hatte sie Levi noch nicht gesagt.

»Ein schönes Stück, das du da grade gespielt hast«, fand Levi. »Was war das?«

»Erik Satie«, antwortete Rebecca, die wusste, was Levi wie immer darauf antworten würde.

»Das höre ich zum ersten Mal«, sagte Levi dann auch, und Rebecca musste ein Lächeln unterdrücken. Sie hatte dieses Stück schon Dutzende Male gespielt, aber Levi hatte einfach kein musikalisches Gehör, für ihn klang alles gleich.

»Was machen deine Studenten?«, fragte Rebecca und drehte sich zu ihrem Mann um. »Gibst du ihnen wie immer spannende Fälle zu lösen auf?«

»Ich arbeite mit ihnen an dem ungelösten Fall der Sophie Bernstein«, erklärte Levi. »Danach habe ich mich mit meinem Ex-Kollegen Reiter im Tiergarten Schönbrunn getroffen. Dort wurde Sophie ermordet und ein Täter nie ermittelt. Aber vielleicht finden wir jetzt doch noch ihren Mörder.«

»Ist das realistisch? Es sind doch schon ein paar Jahre vergangen.« Rebecca blickte skeptisch zu Levi auf.

»Es gibt eine Menge Ungereimtheiten bei diesem Fall, deshalb gebe ich die Hoffnung nicht auf. Ich glaube, dass der Mörder mächtige Fürsprecher hat, die schützend die Hand über ihn halten. Aber wir werden sehen. Ich habe übrigens meiner Nichte versprochen, ihr heute Abend im Kaffeehaus zu helfen.«

»Das ist ein feiner Zug von dir. Du weißt ja, Sarah kann sich im Augenblick keine festen Angestellten leisten.«

»Dafür ist doch Familie da – um sich gegenseitig zu helfen«, meinte Levi mit einem kleinen Lächeln.

»Das hast du schön gesagt.« Rebecca stand auf und gab Levi einen Kuss auf den Mund. Sie wartete, bis er die Wohnung verlassen hatte, und blickte dann hinunter auf die Straße. Levis weißer Saab hob sich deutlich gegen das abendliche Dunkel ab. Ihr Mann warf noch einen Blick nach oben und Rebecca hob grüßend die Hand. Als Levi den Wagen startete und in der Nacht verschwand, schlüpfte Rebecca aus T-Shirt und Jogginghose und trat hinaus in den Flur. Wie immer dachte sie an einen Wunsch, wenn sie auf die Chamsa trat, die ›schützende Hand Miriams‹, die in einen Teppich eingewebt war, der dort lag. Die fünf ausgestreckten Finger sollten Neid und Missgunst abwenden und Wünsche erfüllen können. Auf der Mitte der Handfläche war das Symbol Chai eingearbeitet, was so viel wie ›Leben‹ bedeutet. Denn das Leben stellt für das Judentum den höchsten Wert dar. Und ›Lechaim‹ war der Trinkspruch, den Rebecca sagte, wenn sie bei Freunden mit einem Glas Wein anstieß. Auf das Leben. Nachdem Rebecca ihren Wunsch in Gedanken formuliert hatte, ging sie hinüber in ihr Schlafzimmer.

Vor dem großen Spiegel blieb sie stehen und betrachtete sich prüfend. Mit Ende vierzig hatte sie noch immer einen jugendlichen Körper, obwohl die Jahre natürlich Spuren auf ihrer Haut hinterlassen hatten.

»Du bist attraktiv«, motivierte sie sich und öffnete dann den Kleiderschrank. Weit hinten fand sie das enge schwarze Kleid, das sie nur einmal bei einer Bar-Mizwa getragen hatte. Rebecca nahm es vom Haken und schlüpfte hinein. Es passte wie angegossen. Zuletzt probierte sie verschiedene High Heels und Pumps, entschied sich dann aber doch für flache Lackschuhe mit schwarzen Samtschleifen. Als sie sich fertig geschminkt hatte, griff sie nach ihrem Telefon und rief ein Taxi.

»Bringen Sie mich bitte zum Parkring«, sagte sie dem Fahrer und lehnte sich im Fond zurück. Sie spürte ein wenig die Nervosität, die sich langsam in ihrem Inneren breitmachte. *Hoffentlich ist die Stimmung heute Abend gut und es kommen genügend Gäste,* dachte sie und sah die hell erleuchteten Fassaden der Gründerzeitbauten am Ring wie glitzernde Juwelen vorbeiziehen.

Als sie bei der angegebenen Adresse ausstieg, war ihre Nervosität verflogen und sie fühlte sich bereit für das nächtliche Abenteuer. Zügig ging sie auf ein Haus zu, dessen unbeleuchtete Front von der Dunkelheit beinahe verschluckt wurde. Nur ein bläuliches Licht erhellte einen düsteren Torbogen, neben dem ein Mann in einem schwarzen Anzug angelehnt stand. Als er Rebecca bemerkte, stieß er sich von der Mauer ab und begrüßte sie.

»Rebecca, schön, Sie zu sehen«, sagte der Mann mit einer angenehm melodiösen Stimme. Dann ergriff er Rebeccas Hand und deutete einen Kuss darauf an. »Sie sehen wie immer bezaubernd aus. Man erwartet Sie drinnen bereits sehnsüchtig.«

»Danke für das Kompliment, Jean, das hört man als Frau gern. Ist heute wieder viel Betrieb?«, fragte Rebecca vorsichtig und blickte an der dunklen Fassade hinauf.

»Lassen Sie sich von der Dunkelheit nicht täuschen. Es ist wie immer viel los. Das heutige Motto lautet Schattenspiele, alles bleibt im Dunkeln und in Schweigen gehüllt.«

»Sie machen mich neugierig. Ich bin gespannt«, meinte Rebecca und ging an Jean vorbei in einen gewölbten Durchgang, der von Fackeln erhellt war. Die flackernden Lichter erfassten Rebeccas Silhouette und warfen sie als riesige Schatten zurück an die Wände, wo sie ein Eigenleben zu führen schienen und über die roh verputzten Ziegelmauern krochen. Rebecca kam in einen Innenhof mit einer der Venus von Milo nachempfundenen Skulptur in der Mitte. Sie ging aber nicht die breite Treppe in das Foyer hinauf, sondern öffnete eine schmale Tür mit der Aufschrift ›Privat‹. Dahinter lag ein enger Gang, von dem links und rechts Zimmer abgingen. Einige Türen waren geöffnet und schummriges Licht fiel in den Korridor. Eine junge Frau kam ihr entgegen und umarmte sie herzlich. »Bist du gut drauf? Heute ist eine Menge los. Da musst du dich wohl besonders konzentrieren.«

»Das fällt mir nicht schwer.« Doch das war gelogen. Im Gegenteil. Rebecca hasste große Menschenansammlungen, aber hier wollte sie mit niemandem über ihren psychischen Zustand sprechen. Langsam ging sie weiter, begrüßte hin und wieder jemanden und stieg dann die eiserne Treppe nach oben, die zu der Himmels- und Höllenpforte führte, wie die schweren Doppeltüren genannt wurden. Als Rebecca vor der großen schwarzen Tür stand, hinter der gedämpftes Gemurmel und Gläserklirren zu hören waren, konzentrierte sie sich. Gern hätte sie ein Glas Sekt getrunken, um die gewisse Leichtigkeit zu erlangen, die ihr sonst oft fehlte. Doch dazu war es jetzt zu spät.

Sie straffte ihren Körper und strich mit den Handflächen über ihren Busen. Schüttelte ein letztes Mal den Kopf und überprüfte den Sitz ihrer Frisur. Ihre Hände fühlten sich feucht an, das schwarze Kleid war eng und sie bekam fast keine Luft. Kurz überlegte sie, ob sie nicht doch umdrehen sollte, um zurückzukehren in den schützenden Kokon ihrer Wohnung, wo sich alles nur um die Musik drehte, entschied sich aber dann dagegen. Mit der Hand umfasste sie den metallenen Türgriff, der sich kalt anfühlte. Rebecca schloss die Augen und dachte an Levi. Das Blut pochte in ihren Ohren und sie wartete, bis sie wieder gleichmäßig atmen konnte. Dann öffnete sie entschlossen die Tür und betrat den Raubtierkäfig, um den herum die Männer mit erwartungsvollen Mienen saßen.

12

Ein Baugerüst verdeckte die Fassade der kleinen Barockkirche, die mit den herabhängenden Plastikbahnen im Nebel wie ein geheimnisvolles Kunstobjekt wirkte. Olivia blieb kurz stehen und drückte dann die Klinke der Eingangspforte herunter. Es war nicht abgeschlossen und die schwere Tür schwang quietschend auf. In dem hohen barocken Kirchenschiff war es eisig kalt und es herrschte ein merkwürdiges Zwielicht.

Langsam ging Olivia den Mittelgang entlang bis nach vorne zum Altar.

»Möchten Sie beichten?«

Olivia schrak zusammen, als sie plötzlich eine tiefe Stimme hinter sich hörte. Sie drehte sich um und sah, wie sich die Tür eines Beichtstuhls öffnete und eine hochgewachsene Gestalt in einer schwarzen Kutte heraustrat.

»Habe ich Sie erschreckt? Das tut mir leid.«

»Ich möchte zu Pfarrer Thomas«, antwortete Olivia.

»Das bin ich.«

»Mein Name ist Olivia Hofmann und ich habe ein paar Fragen an Sie«, sprudelte es aus ihr heraus.

»Immer mit der Ruhe, junge Frau.« Pfarrer Thomas kam langsam auf sie zu. Er hatte dünnes graues Haar und ein wettergegerbtes Gesicht mit strahlend blauen Augen. »Wenn Sie beichten wollen, dann folgen Sie mir.« Er deutete mit der Hand zu einem Beichtstuhl aus dunklem Holz, dessen Eingang mit einem roten Samtvorhang verdeckt war.

»Ich will nicht beichten, sondern Sie über meine Familie befragen. Es geht um ein Gespräch, das Sie vor fünf Jahren mit meinem Mann geführt haben«, erklärte Olivia atemlos.

»Ich habe mit Ihrem Mann geredet? Und das war vor fünf Jahren? Wieso sollte ich mich daran erinnern können? Wie heißt Ihr Mann denn?«

»Michael Hofmann. Er war mit unserer kleinen Tochter Juli für einige Tage hier und wohnte in der Pension von Resi Weinzierl.«

»Nein, an die beiden kann ich mich nicht erinnern. Tut mir leid.«

»Aber Resi, die Wirtin, hat mir erzählt, dass Sie einige intensive Gespräche mit meinem Mann geführt haben. Bitte, denken Sie nach. Es ist wichtig!«

»Michael Hofmann, haben Sie gesagt. Jetzt fällt es mir wieder ein. Es kommen ja eher wenige Männer zur Beichte. Er hatte seine kleine Tochter bei sich. Ein hübsches Mädchen, das Ihnen ähnlich sah. Sie war still, etwas in sich gekehrt und setzte sich in der Kirche auf eine Bank, um auf ihrem Block zu malen.«

»Was hat er Ihnen erzählt?«, fragte Olivia gespannt.

»Michael wollte sein Gewissen erleichtern. Deshalb kam er zu mir.«

»Wie meinen Sie das? Er hat doch nichts Böses getan, oder?«, wunderte sich Olivia. »Das klingt, als wäre er ein Verbrecher.«

»Liebe Olivia«, erwiderte der Pfarrer mit einem gütigen Lächeln. »Er wollte seine Seele vom Schmutz befreien. Dort in jenem Beichtstuhl hat er gekniet und mir alles erzählt, was ihn bedrückte.«

»Hat er Ihnen auch erklärt, warum er von einem Tag auf den anderen mit unserem Kind verschwunden ist?«

»Auch davon hat er gesprochen. Aber das alles fällt unter das Beichtgeheimnis. Ich kann Ihnen nicht mehr sagen, als dass Michael die Kirche als ein Mensch verlassen hat, der mit sich im Reinen war. Es gibt nur einen Eintrag über seinen Besuch in der Kirche.«

»Warum sagen Sie mir nicht, worüber Sie mit Michael gesprochen haben? Geben Sie mir doch wenigstens einen kleinen Hinweis!«

»Beruhigen Sie sich bitte. Ich bin an das Beichtgeheimnis gebunden, das darf ich nicht brechen.« Thomas blickte auf seine Armbanduhr. »Und jetzt müssen Sie mich entschuldigen. Ich habe heute Abend noch eine Predigt in Wiener Neustadt und muss zeitig losfahren.« Thomas drehte sich um und schritt eilig zur Sakristei.

»Finden Sie das in Ordnung, dass Sie mich so hilflos hier stehen lassen?«, rief Olivia dem Pfarrer entrüstet hinterher, doch dieser reagierte nicht.

Niedergeschlagen verließ Olivia die Kirche und überquerte einen kleinen Platz, an dem sich ein Lebensmittelgeschäft und ein Caféhaus befanden. Spontan ging sie in das Caféhaus und setzte sich an einen Fenstertisch. Olivia bestellte einen Verlängerten, holte ihr Handy aus der Tasche und wählte die Nummer des Funktaxis, um sich zurück nach Wien fahren zu lassen.

»Mist!«, fluchte sie, als sie feststellte, dass sie keinen Empfang hatte.

»Sie müssen nach draußen gehen, dort haben Sie eine gute Netzverbindung«, gab ihr die Kellnerin einen Tipp.

»Vielen Dank.« Schnell trank Olivia ihren Kaffee aus, zahlte und stand auf. Durch das Fenster sah sie Pfarrer Thomas, der aus der Kirche kam und das große Eingangsportal zusperrte.

Es gibt doch diesen Eintrag im Besucherbuch und der Pfarrer ist auf dem Weg zu einer Predigt in Wiener Neustadt, dachte sie. In Olivias Kopf formte sich eine Idee, die gefährlich und verrückt war.

Sie wartete, bis der Wagen des Pfarrers außer Sichtweite war, dann eilte sie wieder zurück zur Kirche. Schnell schlüpfte sie unter die Plane des Baugerüsts hindurch, kletterte auf einer Leiter nach oben, erreichte eine Planke und balancierte darauf entlang. Plötzlich hörte sie ein Geräusch und blickte gebannt in jene Richtung, konnte aber nichts erkennen. Ein leichter Wind war aufgekommen, das Baugerüst ächzte und die Planen raschelten und bewegten sich in dem Luftzug. Vorsichtig bewegte sich Olivia etwas zur Seite, um vielleicht doch etwas zu sehen, aber als sie den nächsten Schritt machen wollte, trat sie ins Leere. Panisch ruderte sie mit den Armen durch die Luft, um das Gleichgewicht zu halten, krallte ihre Finger in die Plane, die mit einem leisen Ratschen zerriss. Im letzten Moment bekam sie eine Holzverstrebung zu fassen, hielt sich daran fest und zog sich wieder auf die Planke hoch. Vorsichtig bewegte sie sich an der Kirchenmauer entlang, bis sie eines der Fenster erreicht hatte. Es war hoch und bestand aus vielen bunten bleigefassten Butzenscheiben. Olivia packte eine kleine Hacke, die auf einer Planke lag, und schlug damit eine der kleinen Scheiben ein. Dann griff sie hinein und öffnete die Verriegelung des Fensters. Als sie über den Sims ins Innere kletterte, konnte sie nicht das Geringste erkennen, denn im Kirchenraum war es stockdunkel. Vorsichtig tastete sich Olivia an einer schmalen Zierbrüstung entlang, die keine zwanzig Zentimeter breit war. Mit den Fingerspitzen suchte sie in Mauervorsprüngen Halt und presste sich an die Wand.

Wie willst du hier jemals wieder herauskommen?, ging es ihr durch den Kopf, während sie sich hoch über dem Boden Zentimeter um Zentimeter weiterschob. Langsam tauchte hinter einer Wolke der Mond auf und schickte sein bleiches Licht durch die Fenster in den Kirchenraum. Erst jetzt begriff Olivia, wie hoch oben sie in der Wand hing, und in ihrem Inneren machte sich Panik breit. Doch es gab kein Zurück mehr, deshalb biss sie die Zähne zusammen und bewegte sich weiter vorwärts. Unter sich sah sie das Dach eines Beichtstuhls. Unendlich langsam ging sie in die Knie, hatte aber den Körper nach wie vor fest an die Mauer gepresst. Mit beiden Händen umfasste sie die Zierbrüstung, holte tief Luft und ließ zunächst ihre Beine, dann den Rest des Körpers nach unten gleiten. Ihre Finger krallten sich in die Brüstung, aber sie war zu schwer und musste loslassen. Mit einem erstickten Schrei knallte sie auf das Dach des Beichtstuhls, der unter der Wucht des Sturzes bedenklich knackte.

»Das ist noch mal gut gegangen«, murmelte sie und richtete sich auf. Ihr Schädel dröhnte und ihr Herz pochte wie verrückt.

Langsam beruhigte sie sich und kletterte vom Dach des Beichtstuhls auf den Boden. Schnell huschte sie durch den Mittelgang, stieg über die Brüstung in den Altarraum und weiter zur Sakristei. Zum Glück war die Tür nicht abgesperrt und sie konnte eintreten. Der Raum war dunkel, aber Olivia wagte nicht, das Licht einzuschalten. Sie aktivierte die Lampe an ihrem Handy und leuchtete umher. Im tanzenden Lichtkegel sah sie einen schmalen Schrank, eine Chaiselongue und einen Schreibtisch mit einem Stuhl davor. Sie hatte zwar keine Ahnung, wo sie mit ihrer Suche beginnen sollte, aber der Schreibtisch war sicher nicht verkehrt. Vorsichtig öffnete sie Schublade um Schublade, konnte aber außer Papier und Krimskrams nichts finden. Dann fiel ihr Blick auf ein Regal neben der Tür, das sie beim Eintreten übersehen hatte. Dort waren dicke Kanzleibücher gestapelt, nach Jahrgängen geordnet. Mit klopfendem Herzen suchte Olivia nach dem Buch mit den Einträgen von vor fünf Jahren. Als sie es gefunden hatte, trug sie es zum Schreibtisch und klappte es auf.

›Besuche‹ stand auf dem Titelblatt. Im Schein der Handylampe begann sie zu blättern. Ein Stück Papier klemmte zwischen den Seiten. Es war das Vorsatzblatt eines Gebetbuches und darauf hatte ein Kind etwas gemalt. Olivia wusste sofort, wer das gezeichnet hatte.

»Oh mein Gott.« Mit Tränen in den Augen betrachtete sie die Zeichnung. Es war eine ungelenk gekritzelte Familie und darunter stand in wackeligen Buchstaben: »Papa, Mama, Juli.« Olivia drückte das Blatt fest an ihre Brust und wischte sich die Tränen aus den Augen. Ihr Schädel dröhnte, sie fühlte sich ausgelaugt und deprimiert. Am liebsten hätte sie sich in ihrem Bett verkrochen und die Decke über den Kopf gezogen. Hastig las sie den Eintrag, doch dieser bestand nur aus einer Zeile. Enttäuscht klappte sie das Buch wieder zu und wollte es gerade in das Regal zurückstellen, als die Tür mit einem Schlag aufgestoßen wurde und der grelle Lichtstrahl einer Taschenlampe sie blendete.

»Sie sind böse!«, sagte Franz und kam mit der Axt über der Schulter langsam auf sie zu. »Sie brechen ein. Das tut man nicht. Dafür wird man bestraft.«

Mit der Taschenlampe leuchtete Franz Olivia ins Gesicht und bleckte seine schiefen Zähne.

»Strafe muss sein!«

13

Die ›Kaffeesiederei‹ am Rande des Augartens im zweiten Bezirk von Wien war mit bunt zusammengewürfelten Stühlen und Tischen möbliert und verströmte die Aura eines Boheme-Cafés. An einer Wand hing eine große Schiefertafel, auf die man mit Kreide eine kurze Geschichte der europäischen Kaffeekultur geschrieben hatte:

»Es sind jüdische Kaufleute, die den Kaffee nach Europa bringen. Das erste Kaffeehaus in Europa wird 1632 in Livorno von einem jüdischen Kaufmann eröffnet. Jakob der Jude schenkt 1650 zum ersten Mal in England öffentlich Kaffee aus. Um 1685 eröffnet das erste Wiener Kaffeehaus.«

Levi betrat den Gastraum und ging sofort hinter den Tresen, wo die große Graef-Kaffeemaschine stand. Es war Abend und das Kaffeehaus noch gut besucht. Sorgfältig füllte er den fein gemahlenen kolumbianischen Kaffee ein und wartete darauf, dass die dunkelbraune Flüssigkeit in die Tasse mit den hebräischen Schriftzeichen tropfte.

»Hallo, Levi«, sagte eine junge Frau in einem T-Shirt der ›Hebrew University of Jerusalem‹ und drückte ihm einen Begrüßungskuss auf die Wange. Die Frau war seine Nichte Sarah, der dieses Kaffeehaus neben dem Augarten gehörte. Sarah hatte in Jerusalem Religionswissenschaften studiert, sich aber dann entschlossen, in Wien die Tradition der jüdischen Kaffeesieder wieder aufleben zu lassen. Vor einigen Wochen hatte sie mit Unterstützung von Levi und Rebecca ihr Kaffeehaus eröffnet.

»Was macht die Erweiterung des Geschäfts?«, fragte Levi. Sarah hatte einen ungenutzten Lagerraum in einen kleinen Tante-Emma-Laden umfunktioniert, in dem es von der Bio-Holzzahnbürste bis zu veganem Sekt alles zu kaufen gab.

»Das Geschäft läuft prima. Immer mehr Menschen wollen bewusster leben und kaufen nachhaltige Produkte«, erklärte Sarah. »Und natürlich lieben alle deinen wunderbaren Kaffee«, setzte sie lächelnd hinzu.

»Vielleicht sollte ich nicht an der Akademie unterrichten, sondern lieber hier Kaffee brühen«, antwortete Levi. »Die Arbeit bei dir entspannt mich und ich kann in Ruhe nachdenken. Außerdem liebe ich den Duft frischer Kaffeebohnen.«

»Du kannst jederzeit in Vollzeit bei mir einsteigen, lieber Onkel«, meinte Sarah und ging zu einem der Tische, um die Bestellung aufzunehmen.

Während Levi Kaffee mahlte, versuchte er seine bisherigen Eindrücke von Sophie Bernstein zu einem Bild zusammenzufügen. Sie war eine fragile junge Frau mit blassem Teint und roten Haaren gewesen, das hatte er auf einem Polizeifoto gesehen. Auf den ersten Blick war sie ein normales Mädchen, das am Anfang einer Karriere als Schauspielerin stand. Was war nur mit ihr geschehen, dass sie so aus der Bahn geworfen wurde? Darüber musste er unbedingt mit Olivia reden, die Sophie ja in der Krisenintervention betreut hatte.

Levi wollte gerade Olivias Nummer wählen, als sein Handy klingelte.

»Olivia! Das ist ja Gedankenübertragung«, rief Levi erfreut aus. »In dieser Sekunde wollte ich dich anrufen und dich etwas Wichtiges fragen.«

»Du musst mir bitte helfen!« Olivia ging nicht auf Levis Worte ein.

»Worum geht es? Du klingst gestresst.«

»Das bin ich auch. Ich sitze in einer Pension am Semmering und kriege heute Abend kein Taxi mehr nach Wien.«

»Soll ich dich abholen?«, fragte Levi.

»Nein, das musst du nicht. Ich komme bis morgen früh hier schon klar. Aber bitte kümmere dich um Leopold, meinen Vater«, antwortete Olivia mit nervöser Stimme.

»Was ist mit ihm?«

»Erna, seine Pflegerin, muss gleich dringend weg und er ist dann ganz allein.«

»Oh, das ist nicht gut«, gab ihr Levi recht. Olivias Vater hatte Alzheimer und musste deshalb ständig beaufsichtigt werden, damit kein Unglück passierte.

»Du kennst Leopold doch«, sagte Olivia und klang angespannt. »Kannst du nicht die Nacht bei ihm verbringen? Ich weiß, das ist ziemlich viel verlangt, aber ich muss sonst die Ambulanz rufen, damit man ihn einweist. Und das will ich einfach nicht.«

»Alles klar.« Levi dachte kurz nach. »Kein Problem, ich bleibe bei deinem Vater.«

»Da fällt mir ein riesiger Stein vom Herzen. Du bist ein Schatz, Levi.«

»Ich weiß«, antwortete Levi und legte auf. Eigentlich wollte er Olivia wegen Sophie befragen, aber das hatte Zeit bis morgen.

»Ich brauche zwei Melangen«, rief Sarah von einem der Tische und riss ihn aus seinen Gedanken.

»Kommen sofort.« Levi wandte sich zur Maschine und blickte auf das Bord an der Wand, auf dem die unterschiedlichen Kaffeesorten aufgereiht standen. Er überlegte kurz, dann griff er nach den Bohnen, die eine Kooperative in Peru anbaute. Nachdem er zwei Tassen auf den Rost der Maschine gestellt hatte, wartete er, bis der Kaffee durchgelaufen war und goss noch heiße Milch hinein. Er stellte die Tontassen auf ein Tablett und sagte zu Sarah: »Ich muss leider schon wieder weg. Ein Notfall. Bis zum nächsten Mal.«

»Kannst ruhig öfter vorbeischauen«, rief Sarah ihm hinterher, als er zur Tür hinausging.

Nachdem Levi Rebecca auf den Anrufbeantworter gesprochen hatte, setzte er sich in seinen Saab und fuhr los. Obwohl die Parkplätze in der Porzellangasse rar waren, fand Levi eine Lücke nur wenige Meter von dem Haus entfernt, in dem Olivia mit ihrem Vater lebte. Es war ein repräsentatives dreistöckiges Gründerzeithaus mit hohen Fenstern, großen Erkern und einem Balkon mit Steinbrüstung im ersten Stock. Hier in der Beletage wohnte Olivia mit ihrem Vater in einer großen Altbauwohnung. Schnell stieg Levi die breite Treppe nach oben und klingelte.

»Die Frau Doktor hat mich bereits informiert, dass Sie nach Leopold schauen«, sagte Erna, als sie die Tür öffnete. »Warum muss die Frau Doktor denn über Nacht am Semmering bleiben? Hat sie endlich einen Freund gefunden?«, fragte sie neugierig.

»Nein. Sie bekommt so spät kein Taxi mehr zurück«, antwortete Levi.

»So eine kluge Frau wie Olivia sollte doch einen Führerschein haben«, meinte Erna, während sie den Mantel anzog.

»Ja, das sollte man meinen«, gab ihr Levi recht, der allerdings noch nie darüber nachgedacht hatte, warum Olivia nur mit dem Fahrrad fuhr. Er musste sie das unbedingt mal fragen.

»Das Gulasch steht auf dem Herd und die Semmerl sind im Ofen aufgebacken. Ich war mit Leopold auch schon im Bad für die Abendtoilette. Sie brauchen also nichts weiter zu tun, als ein Auge auf ihn zu werfen«, instruierte Erna Levi geschäftig. »So, jetzt muss ich aber los.«

Nachdem Erna gegangen war, hängte Levi seinen Mantel an die Garderobe. Die großen Schiebetüren zu Olivias Zimmer standen offen und Levi riskierte einen schnellen Blick hinein. Es war der große Salon, den Olivia bewohnte, das hatte sie ihm erzählt. Noch immer standen Umzugskartons in dem Raum herum und er wirkte überhaupt nicht gemütlich. Levi konnte sich nicht vorstellen, dass Olivia sich hier wohlfühlte. Während er darüber nachdachte, hörte er eine barsche Stimme von hinten.

»Wer ist da?«

»Ich bin's, Levi.« Schnell ging Levi in die Küche, wo Leopold, bereits mit einer Serviette um den Hals, saß und Levi neugierig betrachtete.

»Wieso kommst du alleine?«, fragte Leopold misstrauisch und klopfte mit dem Löffel auf den Tisch. »Wo ist meine Enkelin? Warum hast du sie nicht bei dir?«

»Ich bin nicht Michael«, antwortete Levi, der natürlich erkannte, dass Leopold ihn für den verschwundenen Mann von Olivia hielt. »Ich bin ein Freund von Olivia und mein Name ist Levi.«

»Ist mir egal, wie du dich jetzt nennst. Aber ich finde es schade, dass du Juli nicht mitgenommen hast.«

»Das nächste Mal ist sie sicher dabei«, versprach Levi, der einsah, dass es keinen Sinn hatte, mit Leopold zu argumentieren.

»Das versprichst du immer«, meinte Leopold düster und starrte auf seinen leeren Teller. »Kriege ich jetzt endlich etwas zu essen?«

»Aber natürlich.« Levi nahm den Teller und stand auf. Er ging zu dem altmodischen Gasherd, an dem Erna zuvor noch das Sicherheitsventil abgesperrt hatte. Mit einem Schöpflöffel füllte er das Gulasch auf und holte die warmen Semmerl aus dem Backrohr. Alles zusammen stellte er vor Leopold auf den Tisch. »Lass es dir gut schmecken.«

»Isst du nichts?« Leopold blickte Levi fragend an.

»Nein, ich habe keinen Hunger.«

»Ach, du wartest, bis Olivia von der Arbeit nach Hause kommt. Damit ihr zusammen essen könnt.«

»Das hast du richtig erkannt.«

Er setzte sich gegenüber von Leopold an den Küchentisch und holte die Kopien der Protokolle aus seiner Aktentasche. Konzentriert las er die Seiten durch, die er von Reiter erhalten hatte. Dann blätterte er zu den Ausdrucken, die er sich von der Internet-Berichterstattung über den Prozess gemacht hatte. Er betrachtete gerade ein Foto des Notars, der als Zeuge der Verteidigung nominiert worden war, als Leopold den Löffel sinken ließ.

»Das ist doch der alte Albin«, sagte Leopold erfreut und griff nach der Aufnahme.

»Du kennst diesen Mann?«, wunderte sich Levi und merkte sofort, dass Leopold plötzlich einen seiner wenigen lichten Momente hatte. »Kannst du dich vielleicht auch noch an den Prozess wegen des Bildes erinnern?«

»Aber natürlich. Albin Rohrhofer, der Notar, war bei diesem Prozess auch geladen. Viel später schrieb eine Zeitung, dass Albin angeblich Unterlagen beseitigt hatte, die beweisen konnten, dass die junge Frau die rechtmäßige Besitzerin eines Gemäldes war. Doch das war alles nur böswilliger Klatsch, wenn du mich fragst.«

»Das ist aber eine schwere Anschuldigung«, erwiderte Levi hellhörig. »Was weißt du noch darüber?«, fragte er vorsichtig nach.

»Nur dass bei der Verhandlung alle zusammenhielten wie Pech und Schwefel. Ich glaube, die junge Frau hatte von vornherein keine Chance, den Prozess zu gewinnen. Obwohl ich bis heute nicht verstehe, was an diesem Gemälde so besonders ist.«

»Du kennst ›Die Kartenlegerin‹?« fragte Levi überrascht. Er hatte zwar von dem bekannten Maler Anton von Kuhn gehört und auch von seinem zentralen Werk, aber dieses Bild war in Privatbesitz und der Öffentlichkeit nicht zugänglich gewesen.

»Natürlich! Das Gemälde hängt im geheimen Clubzimmer des Palais Fürstenhof. Direkt über dem Kamin. Dort hat es Agnes Wiener aufhängen lassen, als sie das Hotel gekauft hat. Muss in den frühen Fünfzigerjahren gewesen sein.«

»Du scheinst ja recht gut darüber Bescheid zu wissen.«

»Ich war in jungen Jahren auch des Öfteren zu Gast in dem Hotel. Schon zu meiner Zeit ging es dort nicht mit rechten Dingen zu. Das hat sich unter Agnes Wieners Enkel Marius noch gesteigert. Bereits damals ging die Prominenz dort ein und aus, und es entstanden Seilschaften, die Marius während des Prozesses nutzen konnte.«

»Was genau geschah in diesem Club?«, fragte Levi weiter.

»Das weiß ich nicht. Ich habe mich ziemlich früh aus dieser widerlichen Gesellschaft und ihren Spielen absentiert. Aber darüber durfte nie geredet werden. Alle schwiegen eisern.«

»Wer war denn in dem Club Mitglied?«, forderte Levi Leopold auf, weiterzusprechen. Langsam gewann dieser ungelöste Fall an Brisanz, und Levi ahnte, dass sich Sophie mit mächtigen Personen angelegt hatte und vielleicht deswegen sterben musste. Er bemerkte, dass Leopold noch immer nicht geantwortet hatte.

»Leopold, kannst du mir Namen nennen?«

»Immer willst du die alten Geschichten von Flora und mir wissen, Michael. Am besten, du fragst sie selbst.« Leopold stand auf. »Flora, kommst du bitte? Michael will wissen, wie wir uns kennengelernt haben.«

Leopolds Augen füllten sich mit Tränen und er sackte auf seinem Stuhl zusammen. »Flora kann mich nicht mehr hören«, flüsterte der alte Mann und versank in ein dumpfes Brüten.

Levi wusste, dass Leopold wieder an seine Frau Flora dachte, mit der er einst am Amazonas eine Klinik eröffnet hatte. Flora war dann in Wien vor ein paar Jahren ganz plötzlich gestorben und Leopold hatte alle Lebenslust verloren. Levi bemühte sich noch eine Weile, Olivias Vater wieder zurück in die Wirklichkeit zu holen, sah dann aber ein, dass es zwecklos war. Er brachte den alten Mann zu Bett und wartete im Zimmer, bis er eingeschlafen war und sich aus seinem Schattendasein wieder in die Arme seiner toten Frau Flora treiben ließ.

14

Marius Wiener lag alleine in seinem breiten Jugendstil-Bett und starrte hinauf zu dem gläsernen Himmel. Es hatte angefangen, leicht zu schneien, und die Flocken schmiegten sich wie flaumige Federn auf die transparente Kuppel. Anstelle eines Dachs hatte das Penthouse in der Wiener Innenstadt eine zehn Meter hohe Halbkugel aus Glas, die sich über einen Teil der fünfhundert Quadratmeter großen Atelierwohnung spannte. Ein berühmter Fin-de-Siècle-Maler hatte sich das Atelier nach seinen Wünschen bauen lassen und jetzt stand es unter Denkmalschutz. Als die Immobilie auf den Markt kam, hatte Marius sofort zugeschlagen. Die Wohnung war zwar unverschämt teuer, aber Marius hatte dafür einige Bilder aus seiner Sammlung als Sicherheiten bei der Bank hinterlegt. Darunter befand sich auch ›Die Kartenlegerin‹, die allerdings bereits mit anderen Hypotheken für das Hotel schwer belastet war, aber das ging niemanden etwas an. Insgeheim hatte er gehofft, mit dem Kauf die Beziehung zu seiner Frau Bernadette wiederzubeleben, aber das erwies sich als Irrtum. Bernadette war zwar von der riesigen Glaskuppel sofort begeistert gewesen, trotzdem blieb sie ihm gegenüber weiterhin kühl und zurückhaltend. Sie war Malerin und hatte sich im Lauf der Jahre einen beinahe autistischen Stil angeeignet, in dem es auf ihren Kunstwerken außer Weiß keine anderen Farben mehr gab.

»Hast du schon einmal daran gedacht, Schneeflocken zu malen?«, rief Marius nach unten in das Studio, wo Bernadette vor einer riesigen Leinwand stand, die aus der Distanz völlig leer wirkte. Aber das stimmte so nicht, denn bei näherer Betrachtung sah man deutlich die unterschiedlichen Weißnuancen, die sich über- und nebeneinander auf das Bild gelegt hatten. »Warum malst du eigentlich immer nur Weiß?«, fragte er wie immer in das kalte Schweigen der Räume. Da er keine Antwort erhielt, schwang er sich aus dem Bett und schritt die Treppe hinunter, die von der gusseisernen Galerie ins Atelier führte.

Trotz des trüben Tages war es dort gleißend hell. Das lag an der Glaskuppel, an der man keine Rollläden anbringen oder sonst irgendetwas verändern durfte. Marius musste die Augen zusammenkneifen, so sehr blendeten ihn die weiß bemalten Leinwände, die Bernadette wie für eine Ausstellung an den Wänden aufgereiht hatte.

»Wieso malst du nicht mal mit einer anderen Farbe?«

»Willst du das jetzt jeden Tag von mir wissen?«, erwiderte Bernadette gelangweilt, ohne dabei aufzublicken.

»Ich frage dich das so lange, bis du mir endlich eine klare Antwort gibst.«

»Nun gut. Es gibt noch eine Farbe, die mir vorschwebt, aber dabei muss ich ununterbrochen an dich und deine Familie denken.«

»Ach, und welche Farbe passt zu meiner Familie?«, fragte Marius neugierig.

»Rot. Wenn ich dich und deine Mutter vor mir sehe, dann fällt mir nur Rot ein. Rot wie Blut«, sagte Bernadette und tauchte den Pinsel in einen weißen Farbtopf.

»Lass meine Mutter aus dem Spiel. Ihr Tod war ein schrecklicher Unfall. Steigerst du dich da nicht ein bisschen zu sehr in die alte Geschichte hinein?«

Marius musste kurz an den furchtbaren Tod seiner Mutter denken. Sie stand noch voll im Leben und führte das Hotel mit großer Leidenschaft, bis sie eines Abends bei einem Frontalzusammenstoß mit einem Geisterfahrer auf der Autobahn getötet wurde. Marius musste das Hotel übernehmen, und es war vorbei mit dem leichten Leben.

Bisher waren alle Familienmitglieder tragisch ums Leben gekommen. Am schlimmsten aber war der Tod von Agnes, seiner Großmutter. Wie so oft hatte sich seine Großmutter in dem geheimen Clubzimmer eingeschlossen, um mit der Kartenlegerin Zwiesprache zu halten. Immer ließ sie sich dafür einen Tafelspitz mit Kren bringen, den sie an einem Tisch unter dem Bild verspeiste. Doch eines Tages verschluckte sie sich an einem Bissen und erstickte elend vor dem Gemälde. Man hörte noch ein verzweifeltes Röcheln, aber niemand konnte in der kurzen Zeit das Sicherheitsschloss der Tür knacken.

»Wieso, glaubst du, male ich in Weiß?«, fragte Bernadette und steckte ihre langen schwarzen Haare kunstvoll zu einem Knoten auf.

»Sag es mir.«

»Weil ich nicht ständig an Blut denken will. An Blut und Sterben und an den Tod in meinem Bauch. Darüber können wir gern reden, aber zu diesem Thema schweigst du lieber.«

»Du siehst wie immer Gespenster und hast krankhafte Fantasien. Ich erfülle dir jeden Wunsch. Immerhin habe ich dir auch dieses Traumatelier ermöglicht«, erwiderte Marius und wies mit der Hand nach oben zu der Lichtkuppel. »Beste Lage, Helligkeit ohne Ende, da kann man doch auf andere Ideen kommen und nicht immer nur dieses monotone Weiß im Kopf haben.«

»Ich wollte dieses Atelier nicht. Du hast es dir für mich eingebildet. Ich finde es im Winter zu kalt und im Sommer zu heiß. Es zieht, die Fenster sind nicht dicht und die Heizung wird auch nie richtig warm.«

»Es gibt eben die Auflagen vom Denkmalschutz. Da darf nichts an den Atelierfenstern verändert werden.« Marius zuckte mit den Achseln. »Da sind selbst mir die Hände gebunden.«

Warum nur hatte sich Bernadette so verändert?, dachte er. Früher hatte sie nicht so hohe Ansprüche gehabt, da lebte sie nur für ihre Malerei. Vor vielen Jahren hatten sie sich in Paris in einer kleinen Galerie kennengelernt. Bernadette, die begabte Malerin, in deren Welt es damals immerhin zwei Farben zu geben schien: Blau und Weiß. Diese Fixierung hatte Marius gereizt. Er hatte alle Bilder aufgekauft und Bernadette gleich dazu. So jedenfalls erzählte er es gern seinen Gästen. Doch er hütete sich, das jemals zu Bernadette zu sagen. Das wäre wahrscheinlich das endgültige Aus für ihre Beziehung gewesen, die unter der Kinderlosigkeit litt.

»Übrigens, ich war heute wieder beim Arzt«, sagte Bernadette, als ob sie Gedanken lesen könnte. »Es sieht diesmal gut aus.«

»Wirklich?«, antwortete Marius zweifelnd. Bereits viermal hatten sie es mit einer künstlichen Befruchtung probiert und viermal war es zu einer Fehlgeburt gekommen. Dieser Versuch sollte der letzte sein, darüber waren sich beide einig. Marius riss sich innerlich zusammen und trat hinter seine Frau, umfasste ihre Schultern mit seinen Händen und zog sie zu sich. Obwohl er spürte, wie sich ihr Körper bei seiner Berührung sofort abwehrend versteifte, wollte er weiterhin positiv denken. »Diesmal wird es gut gehen, mein Liebling«, flüsterte er ihr zärtlich ins Ohr.

»Ich habe Hunger.« Bernadette entzog sich der Umarmung und verschränkte die Arme vor der Brust. »Kochst du uns etwas Gesundes?«

»Wir können uns doch in unserem Restaurant etwas Gutes herrichten lassen«, schlug Marius vor.

»Ich betrete dieses Hotel nicht, solange dieser Fluch über dem Haus und eurer Familie schwebt. Das musst du doch langsam wissen.«

»Sei nicht so abergläubisch«, warf Marius ein und ging in die offene Küche, um im Kühlschrank nachzusehen, was an Essbarem zur Verfügung stand. Das war nicht viel, denn Bernadette ging fast nie aus dem Haus, schon gar nicht, um einzukaufen. Seufzend gab er etwas Quinoa in einen Topf mit Wasser, wusch Gemüse und schnitt es klein. Er wusste, dass Bernadette auf keinen Fall auch nur ein Stück Fleisch essen wollte, und das in seiner Familie, die berühmt für ihren Tafelspitz war.

Während er eine asiatische Soße zubereitete, piepste plötzlich sein Handy.

»Verdammt, das habe ich völlig vergessen! Schatz, aus unserem gemeinsamen Essen wird heute leider nichts«, rief er Bernadette zu. »Ich muss noch einmal dringend weg.«

»Ha, du gehst sicher wieder zu deiner Astrologin«, mutmaßte Bernadette und sprang schnell auf. Leichtfüßig lief sie zur Kochinsel und lehnte sich dagegen. »Ich habe richtig geraten. Gib es einfach zu.«

Marius schwieg und rührte mit einem Holzlöffel weiter in der Soße. *Und wenn schon, was weißt du schon von mir?*, dachte er insgeheim. Diese Astrologin war keine Hochstaplerin. Sie arbeitete mit wissenschaftlichen Methoden und brachte immer wieder verblüffende Ergebnisse zutage. Sie hatte in den Planetenkonstellationen gesehen, dass sich alles zum Guten wenden würde, dass die schwarze Serie, die seine Familie schon seit Jahrzehnten heimsuchte, jetzt endgültig gebannt sei.

»Du glaubst also tatsächlich, du kannst mit einer Wahrsagerin das böse Schicksal deiner Familie beeinflussen? Mein Gott, was bist du doch naiv.« Bernadette stützte ihre Arme auf der Kochinsel auf und sah Marius mit ihren bernsteinfarbenen Augen unverwandt an.

»Astrologie ist eine eigene Wissenschaft«, verteidigte sich Marius, während er weiterrührte.

»Aber ihr seid für immer verflucht. Wann wirst du das endlich begreifen?«

Mit Verachtung in der Stimme schleuderte Bernadette ihm die Worte entgegen, und Marius musste sich zusammenreißen, um sie nicht anzubrüllen: *Was verstehst du davon? Du bist fast autistisch, drehst dich nur in deinem eigenen Kosmos.*

Unvermittelt kreisten seine Gedanken um den Tag, an dem er die junge Sophie im Gerichtssaal getroffen hatte. Bleich und verloren saß sie auf ihrem Stuhl und ahnte vielleicht bereits, dass das Schicksal es nicht gut mit ihr meinte. Auch Bernadette tat das Mädchen damals leid. Sie nahm Marius zur Seite und flüsterte ihm zu: »Du weißt doch, dass ihr nicht die rechtmäßigen Eigentümer des Gemäldes seid. Warum brichst du nicht endlich dein Schweigen und hilfst dieser jungen Frau? Sei einmal nicht feige in deinem Leben.«

Doch Marius hatte wie immer Angst gehabt. Mit einer Handbewegung verscheuchte er die Gedanken und warf nur wütend den Kochlöffel auf die Marmorplatte der Kochinsel. Mit finsterer Miene schlüpfte er in seinen Mantel. Ehe er das Atelier verließ, drehte er sich noch einmal zu seiner Frau. Wie immer sagte er etwas, woran er selbst nicht mehr glaubte: »Merke dir eines, Bernadette: Das Schicksal kann man immer selbst in die Hand nehmen und steuern.«

15

Die Wohnungstür öffnete sich, als Levi gerade mit Leopold beim morgendlichen Kaffee saß. Kurz darauf steckte Olivia den Kopf zur Tür herein. Sie sah blass und übernächtigt aus.

»Kriege ich auch einen Kaffee?«, fragte sie mit müder Stimme.

»Aber natürlich. Wie geht es dir?« Levi stand auf und schüttete Kaffeepulver in die winzige italienische Kaffeemaschine.

»Hast du wieder die ganze Nacht gearbeitet, Kind?«, fragte Leopold fürsorglich. »Michael hat sich schon Sorgen um dich gemacht.«

»Michael ist …«, setzte Olivia zu einer Widerrede an, ließ es aber dann doch bleiben. »Das ist aber lieb von ihm«, sagte sie stattdessen mit einem Seufzer.

»Wo bleibt Erna?« Auf der Suche nach seiner Pflegerin blickte Leopold ratlos umher.

»Erna kommt später«, sagte Olivia.

»Ach so, sie ist noch bei Flora.«

»Genau«, meinte Olivia resignierend.

Levi stellte die Tasse mit dem frischen Kaffee auf den Tisch, räusperte sich kurz und fragte: »Gibt es etwas Neues über das Verschwinden deiner Familie?«

»Nichts«, erwiderte Olivia kurz angebunden. »Die Pensionswirtin war nur scharf auf eine Belohnung. Sie erzählte

84

mir lediglich, dass Michael mit dem Pfarrer vom Ort gesprochen hat. Ich bin dann in die Kirche eingebrochen.«

»Du bist eingebrochen?«

»Ja, aber ehe ich mich richtig umsehen konnte, hat mich der seltsame Sohn der Pensionswirtin erwischt und zu seiner Mutter geschleppt. Das war ein ziemlich peinlicher Auftritt.«

»Das hast du dir gefallen lassen?«, wunderte sich Levi.

»Franz hat immer eine Axt dabei. Da blieb mir nicht viel anderes übrig, als klein beizugeben.«

»Hat sich der Einbruch wenigstens gelohnt?«, fragte Levi weiter.

»Ich habe das gefunden.« Olivia hielt Levi die Zeichnung von Juli entgegen. »Und einen kryptischen Satz in einem Besucherbuch. Mehr Informationen gibt es nicht. Der Pfarrer hat leider geschwiegen. Ich muss endlich akzeptieren, dass ich nicht weiß, was mit den beiden passiert ist. Es macht mich krank, aber ich muss versuchen, es irgendwie abzuhaken. Jetzt erzähl mir bitte, was du so dringend von mir benötigst«, lenkte sie bewusst auf ein anderes Thema.

»Ich brauche deine Hilfe«, sagte Levi. »Es geht um eine Patientin, die du vor drei Jahren in der Krisenintervention betreut hast. Ihr Name war Sophie Bernstein.«

»Sophie«, wiederholte Olivia nachdenklich. »Ist das vielleicht dein neuer Fall für die Studenten?«

»Warum fragst du?«

»Soweit ich mich erinnere, wurde Sophie doch ermordet und ein Mörder nie gefunden. Ein klassischer Cold Case.«

»Das stimmt, aber es ist mehr als das. Sie hat mich um Hilfe gebeten.« Levi berichtete von dem Brief, den er erhalten hatte, ohne ins Detail zu gehen. »Erzähl mir von ihr«, forderte er Olivia auf.

»Warte einen Moment.« Olivia stand auf und ging in ihr Salonzimmer. Levi hörte sie herumkramen und schließlich kam sie mit einer Karteimappe zurück. »Patientenunterlagen, die älter als drei Jahre sind, bewahre ich zu Hause auf«, sagte sie und legte die Mappe auf den Tisch. Olivia suchte nach dem entsprechenden Patientenblatt und überflog ihre Notizen von damals.

»Sophie war eigentlich Schauspielerin«, begann Olivia. »Ihre Urgroßmutter Miriam emigrierte nach dem Krieg nach Israel, heiratete dort und bekam Kinder. Eines ihrer Kinder hatte eine Tochter namens Gala. Das ist die Mutter von Sophie. Leider kamen Gala und ihr Mann bei einem Bombenanschlag in Tel Aviv ums Leben, und die junge Sophie beschloss daraufhin, nach Wien in die ursprüngliche Heimatstadt der Familie zu ziehen. Kurz vor ihrer Abreise wurde ihre Urgroßmutter Miriam schwer krank und sprach auf ihrem Sterbebett von einem geraubten Gemälde. Sie gab Sophie eine halbe Tarotkarte mit einer unvollständigen Nummer auf der Rückseite. Die andere Hälfte war angeblich bei einem jüdischen Mädchen in Wien. Beide Karten zusammen sollten den Hinweis auf den rechtmäßigen Eigentümer des Gemäldes ergeben.«

»Ganz schön kompliziert«, kommentierte Levi.

»Stimmt, aber Sophie war anschließend von der fixen Idee besessen, dass sie die rechtmäßige Besitzerin des Gemäldes war.«

»Verständlich, denn das Bild ist doch Millionen wert«, warf Levi ein, der sich an Zeitungsberichte über das berühmte Jugendstilgemälde erinnerte. »Und die Familie Wiener konnte bei dem Prozess anhand von Dokumenten belegen, dass sie die legitimen Eigentümer sind.«

»Das alles wollte Sophie nicht wahrhaben. Sie machte sich auf die Suche nach dem jüdischen Mädchen, dem ihre Urgroßmutter Miriam die andere Hälfte der Tarotkarte zugesteckt hatte, aber niemand konnte sich daran erinnern.«

»Aber wenn sie das jüdische Mädchen nicht gefunden hat, weshalb dann der Prozess? Sophie hatte doch nichts in der Hand«, wunderte sich Levi.

»Sie dachte, die halbe Karte würde als Beweis genügen. Deshalb ließ sich Sophie auf einen Zivilprozess ein und verlor quer durch alle Instanzen. Daraufhin war sie finanziell ruiniert und rutschte ab. Sie war verwirrt, schmiss Auftritte als Schauspielerin, wurde vom Burgtheater entlassen und landete nach einem Selbstmordversuch beim Kriseninterventionsdienst.«

»Wo du sie dann behandelt hast.«

»Ich habe es versucht, konnte ihr aber die fixe Idee mit dem Gemälde nicht ausreden. Sie kam ein paar Mal zu mir und erzählte mir von ihrer Familie und dem Prozess. Einige Gespräche habe ich aufgezeichnet. Ich kann die Aufnahmen gern wieder raussuchen.«

»Weißt du zufällig, wer sie in dem Zivilprozess als Anwalt vertreten hat?«, fragte Levi.

»Lass mich einmal nachdenken. Das war, glaube ich, Lydia Klinger. Sie hat Sophie damals auch das erste Mal zu mir gebracht.«

»Die bekannte Promi-Anwältin? Wie konnte sich Sophie denn so jemanden leisten?« Levi drehte sich überrascht zu Olivia.

»Lydia Klinger war angeblich davon überzeugt, dass sie gewinnen würden. Sophie musste vorab kein Honorar zahlen.«

»Das ist mehr als ungewöhnlich«, befand Levi. »Ich denke, wir sollten Frau Doktor Klinger einen Besuch abstatten.« Er stand auf und holte sein Handy aus der Jackentasche. »Ich werde Frau Klinger einfach anrufen. Vielleicht hat sie kurz Zeit für uns.«

»Glaubst du? Eine Promi-Anwältin ist doch immer ausgebucht«, wandte Olivia ein.

»Ich wette, wenn ich ihr sage, dass es um Sophie Bernstein geht, dann bekommen wir ganz schnell einen Termin.«

16

Das schlechte Gewissen plagte Olivia. Sie hatte vorgehabt, zu Hause zu bleiben und sich um ihren Vater zu kümmern. Doch Levi wollte sie bei der Unterredung mit der Anwältin unbedingt dabeihaben und zerstreute ihre Bedenken.

»Leopold hat sich gut gefühlt. Er hatte sogar einige helle Momente und dabei auch ein paar interessante Informationen für mich«, beruhigte Levi Olivia. »Außerdem wäre es hilfreich, wenn du zu der Anwältin mitkommst. Du weißt ja, vier Augen sehen besser als zwei, und deine psychiatrische Einschätzung ist in jedem Fall von Bedeutung.«

»Ich stelle doch keine spontanen Diagnosen.« Olivia schüttelte entrüstet den Kopf.

»Es geht nur um den momentanen Eindruck, den du von der Anwältin hast.«

»Warum konzentrierst du dich so auf diese Anwältin?«, wollte Olivia wissen.

»Ich habe sonst nicht den geringsten Anhaltspunkt, an dem ich ansetzen kann. Und ich glaube, dass Sophie nicht zufällig von irgendeinem unbekannten Täter im Regenwaldhaus erstochen wurde. Es war ein gezielter Mord.«

»Was macht dich da so sicher?«

»Nenne es meinen sechsten Ermittler-Sinn«, erwiderte Levi und berichtete Olivia von der Wahl des Tatorts und der Tatsache, dass die Ermittlungsakten des Innenministeriums unter Verschluss gehalten wurden.

Die Kanzlei von Lydia Klinger lag am Schottenring in einem erst kürzlich renovierten Gründerzeithaus mit Blick auf das beeindruckende Gebäude der Börse. Nachdem Levi seinen Wagen in einer Seitengasse geparkt hatte, betraten Olivia und er das pompöse Foyer und schritten über eine breite Marmortreppe nach oben. Die Räumlichkeiten der Kanzlei befanden sich im ersten Stock, und als Olivia klopfen wollte, wurde die Tür bereits von innen geöffnet.

»Bitte treten Sie ein«, sagte eine hübsche Sekretärin mit einem freundlichen Lächeln. »Die Frau Doktor führt nur noch ein dringendes Telefonat, dann hat sie Zeit. Darf ich Ihnen in der Zwischenzeit einen Kaffee bringen?«

»Ja, gern, das wäre wunderbar«, antwortete Olivia und blickte sich unauffällig um. Der Empfangstresen war ein lang gestreckter verrosteter Eisenblock, und auch die Sitzgruppe, auf der sie Platz genommen hatten, sah aus wie von einem Trödelmarkt, wäre da nicht das Designerlogo gewesen. Alles verströmte einen gediegenen Hauch von Understatement. Die Bilder an den Wänden stammten von Helnwein und zeigten bandagierte Köpfe, die aus der Entfernung wie Gespenster wirkten. Unaufdringliche leise Musik versetzte Olivia in eine so entspannte Stimmung, dass sie sich zusammenreißen musste, um nicht einzuschlafen. Kurze Zeit später kam die Sekretärin mit einem Tablett und zwei winzigen Espressotassen. Der Kaffee war vorzüglich, fand Olivia, und auch Levi nickte anerkennend.

»Entschuldigen Sie, dass ich Sie habe warten lassen.« Mit einem strahlenden Lächeln trat Lydia Klinger durch eine Flügeltür und schüttelte Olivia und Levi die Hand. Ihr Alter war schwer zu schätzen, denn ihr Gesicht war faltenfrei und ihre Haare hellblond gefärbt. Zudem ließ ihre Herzlichkeit sie jünger erscheinen. Lydia trug ein dunkelblaues konservatives Kostüm, dem man aber ansah, dass es teuer gewesen war.

»Interessante Bilder haben Sie da an der Wand hängen.« Olivia wies auf die Porträts von Helnwein. »Verschrecken die bandagierten Gesichter nicht Ihre Klienten?«

»Im Gegenteil.« Lydia fasste Olivia wie eine Freundin unter den Arm und führte sie zu einem der Bilder. »Ich sage immer zu meinen Klienten: Genauso blind tappen Sie durch den Paragrafendschungel, bis ich komme und Ihnen die Binden von den Augen reiße.« Dann dirigierte sie Olivia weiter in ihr Büro. »Interessieren Sie sich für Kunst? Dann müssen Sie zu einer meiner Vernissagen kommen.« Olivia nickte kurz und überlegte, wie sie das so offensichtlich freundliche Verhalten der Anwältin einschätzen sollte.

»Wir sind nicht wegen der Kunst hier«, mischte sich jetzt Levi ein, der die ganze Zeit über geschwiegen hatte.

»Aber natürlich, ich weiß. Es geht um die arme Sophie Bernstein.« Lydias Lächeln erlosch und machte einer betrübten Miene Platz. »Ich konnte nichts für das arme Mädchen tun.«

»Für Sophie wäre es sicher hilfreich gewesen, wenn Sie ihr finanziell unter die Arme gegriffen hätten«, warf Olivia ein. »Dann wäre vielleicht der Nervenzusammenbruch vermeidbar gewesen.«

»Aber das habe ich doch, meine Liebe, ich habe Sophie pro bono vertreten. Aber sie musste den gegnerischen Anwalt und die Gerichtskosten bezahlen. Das war zu viel und bedeutete den Bankrott für sie. Ich habe Sophie nach dem Prozess diskret unterstützt, habe ihre Mietkosten übernommen«, erwiderte Lydia traurig. »Obwohl ich eine repräsentative Kanzlei mit Top-Klienten habe, helfe ich Menschen in Not.«

»Oh, das wusste ich nicht«, meinte Olivia und ärgerte sich insgeheim, dass sie so ins Fettnäpfchen getreten war. Warum konnte sie manchmal einfach nicht den Mund halten?

»Schon gut. Das konnten Sie ja nicht wissen«, meinte Lydia versöhnlich. »Sie sind doch Psychiaterin von Beruf und analysieren die Menschen. Was hätten Sie denn der armen Sophie geraten? Dass sie aufhören soll, einen hoffnungslosen Prozess zu führen?«

»Das hätte ich ihr wohl empfohlen« erwiderte Olivia.

»Genau das Gleiche habe ich getan. Ich habe zu ihr gesagt: ›Sophie, dieser Prozess ruiniert dich. Dieses Gemälde ist doch den ganzen Aufwand nicht wert.‹«

»Was machte Sie da so sicher?«, fragte Levi dazwischen.

»Es gab nicht das geringste Indiz dafür, dass die Familie Wiener das Bild unrechtmäßig erworben hat. Es existiert natürlich auch ein Dokument, das die Besitzverhältnisse eindeutig beweist. Somit war klar, wem das Bild gehört.«

»Trotzdem hat sich Sophie auf den Prozess eingelassen«, meinte Levi.

»Ja, und ich habe an ihrer Seite versucht, das Schlimmste zu verhindern. Aber das ist mir nicht gelungen. Die arme junge Frau. Sie war so eine begabte Schauspielerin, mit einer grandiosen Zukunft am Burgtheater. Und dann verrennt sie sich in diese fixe Idee, diesen Wahn.« Lydia seufzte und Tränen schossen ihr in die Augen.

Olivia hatte das Gefühl, dass Lydia in diesem Moment sehr ehrlich war. Doch dann fasste sich die Anwältin schnell wieder und setzte ihre professionelle Miene auf.

»Warum sind Sie eigentlich hier? Hat die Polizei jetzt endlich den Mörder von Sophie gefunden?«

»Es gibt in der Tat neue Erkenntnisse«, antwortete Levi sachlich.

»Aber Sie sind doch gar kein Polizist mehr, wenn ich das am Telefon richtig verstanden habe?«, fragte Lydia skeptisch.

»Das stimmt. Ich bearbeite Cold Cases und an diesem Fall habe ich ein persönliches Interesse.«

»Ach ja, inwiefern?«, erkundigte sich Lydia interessiert.

»Sophie Bernstein hat mir einen Brief geschickt«, sagte Levi.

»Wie geht das denn? Sie ist doch schon seit drei Jahren tot«, wunderte sich Lydia.

»Der Brief wurde mir in der Nacht per Botendienst überbracht«, erklärte Levi. »Darin bat mich Sophie um Hilfe. Sie fühlte sich bedroht.«

»Wie tragisch. Sogar nach ihrem Tod geht für das arme Mädchen alles schief.« Lydia schüttelte mitleidig den Kopf.

»Woher kannten Sie Sophie eigentlich? Soweit ich weiß, ging die Initiative für das anwaltliche Mandat von Ihnen aus«, fragte Olivia.

»Ich habe Sophie in der Rolle der Julia auf der Studiobühne des Burgtheaters gesehen und war fasziniert von ihrem Spiel. Es war eine moderne Inszenierung. Nach der Vorstellung habe ich sie angesprochen, und sie hat mir von dem Fall erzählt. Das hat mich interessiert, denn das Gemälde ist sehr bekannt und ein Vermögen wert.«

»Waren Sie eigentlich mit Sophie befreundet?«, fragte Olivia und beobachtete die Reaktion von Lydia.

»Sophie war eine Klientin und ja, ich mochte sie. Sie war eine sehr sensible Persönlichkeit«, erwiderte Lydia und ein wehmütiges Lächeln umspielte ihre Lippen. Dann schwieg sie und drehte einen dünnen Ring an ihrem Finger.

»Das stimmt, sie war eine sehr dünnhäutige Frau«, erinnerte sich Olivia zurück. Sie hatte Sophie als Menschen kennengelernt, dem keine Hoffnung mehr geblieben war, der das Leben nur noch als Bürde empfunden hatte. In mehreren Sitzungen hatte Olivia versucht, ihr einen Weg aus der Finsternis zu zeigen, aber es war vergeblich gewesen. Für Sophie hatte es keinen Weg zurück ans Licht gegeben.

»Sie kannten doch Sophie auch ein bisschen? Ich erinnere mich jetzt wieder, dass wir damals in dieser schrecklichen Nacht bei Ihnen waren«, erwähnte Lydia.

»Ja, das ist richtig. Ich habe sie nach ihrem Zusammenbruch in der Krisenintervention betreut.«

»Dann wissen Sie ja, welch empfindsame Persönlichkeit sie gewesen ist. Wenn ich damals bloß schon gewusst hätte, dass sie sich alles nur eingebildet hat, dann hätte ich sie wahrscheinlich niemals vertreten.«

»Wie meinen Sie das?« Olivia runzelte skeptisch die Stirn.

»Zu Beginn versprach mir Sophie, stichhaltige Beweise zu liefern. Sie konnte sehr überzeugend sein, sie war eben eine gute Schauspielerin. Immer wieder beteuerte sie, mir Dokumente vorzulegen, die belegen, dass ihrer Großmutter das Bild gestohlen wurde. Aber beim ersten Gerichtstermin hatte sie noch immer keine Unterlagen dabei. Sie vertröstete mich und zeigte mir eine alte zerrissene Tarotkarte. Sie suche noch die andere Hälfte in Wien, auf der ihre Großmutter etwas vermerkt hätte, erklärte sie. Diese abenteuerliche Geschichte war dann zu viel für mich. Ich habe ihr geraten, die Klage zurückzuziehen, aber sie wollte partout nicht. Gegen meinen Rat hat Sophie den Prozess bis zur höchsten Instanz durchgefochten und ist sehenden Auges in ihr Unglück gerannt.«

»Glauben Sie, dass man Sophie wegen des Gemäldes ermordet hat?«, fragte Levi ganz unvermittelt.

»Das ist völlig ausgeschlossen. Warum hätte man sie deswegen umbringen sollen? Die Rechtslage ist eindeutig. Die Familie Wiener ist der rechtmäßige Eigentümer der ›Kartenlegerin‹.«

17

SOPHIE WILL NICHT STERBEN

An manchen Tagen kann Sophie an nichts anderes denken als an das Gemälde. Dann schleicht sie um das Palais Fürstenhof herum und späht über die Mauer in den Park. Manchmal sieht sie eine junge Frau mit einem schwarzen Pagenkopf auf der Terrasse stehen und zu ihr herüberblicken. Einmal winkt Sophie ihr schüchtern zu, doch die Frau dreht sich sofort um und verschwindet im Inneren des Hotels. Mehrmals versucht Sophie, Marius Wiener, den Eigentümer des Palais, anzurufen, wird aber gleich bei der Vermittlung abgewimmelt, wenn sie ihr Anliegen vorträgt. Als letzten Ausweg beschließt sie, Marius Wiener auf Herausgabe des Gemäldes zu verklagen. Bei der Anwaltskammer erkundigt sie sich nach einem kostenlosen Rechtsbeistand. Einige Tage später wird Sophie von der Anwältin Lydia Klinger kontaktiert. Lydia will kein Geld von Sophie. Sie sagt, es gehe ihr um Gerechtigkeit.

»Hast du endlich einen Besitznachweis für das Gemälde?«, fragt Lydia. Sie macht sich Sorgen, das kann Sophie an ihrer Miene deutlich erkennen.

»Nein, aber bald«, antwortet Sophie ausweichend. Sie hat noch immer nicht herausgefunden, wie diese Esther mit

Nachnamen hieß. Und die jetzigen Besitzer des Mantels wollen unter allen Umständen anonym bleiben, das hat man ihr im jüdischen Museum mitgeteilt.

»Das ist nicht gut«, meint Lydia und geht in das Wohnzimmer, das für Sophie auch gleichzeitig Schlafzimmer ist. »Kannst du bitte diese Kopien von den Wänden nehmen?«, sagt Lydia. Sie deutet auf die eng nebeneinanderhängenden Fotos von der Kartenlegerin. Wie ein Krebsgeschwür breiten sie sich über die ganze Wand aus.

»Das ist mein Gemälde«, murmelt Sophie und zwirbelt ihre roten Locken. »Es wurde meiner Urgroßmutter geraubt.«

»Das müssen wir vor Gericht erst beweisen«, gibt Lydia zu bedenken. »Wenn wir diesen Prozess verlieren, dann besitzt du nichts mehr.«

»Aber du hilfst mir doch weiter?«

»Das mache ich. Ich war damals unter den Gästen, als man dich aus dem Palais Fürstenhof hinausgeschmissen hat, und du hast mir leidgetan. Deshalb habe ich dir meine Hilfe angeboten. Aber ohne einen Nachweis sieht es nicht gut aus.«

»Trotzdem prozessieren wir, oder? Dir geht es doch auch um Gerechtigkeit.«

»Natürlich, aber ich brauche wenigstens einen handfesten Beweis, dass deine Geschichte nicht frei erfunden ist.« Lydia schiebt ihre Unterlagen in eine lederne Mappe und will aufbrechen.

»Woher soll ich einen Beweis nehmen? Ich habe nur die halbe Tarotkarte.« Draußen prasselt der Regen gegen die Scheibe und auch Sophies Welt ist schwarz.

»Die nützt uns nichts, Sophie. Wir brauchen die andere Hälfte, wenn die überhaupt noch existiert.«

Lydia ist gegangen, und die feuchte Kälte kriecht durch die Mauern. Um Geld zu sparen, hat Sophie die Elektroheizung nur zwei Stunden am Tag eingeschaltet. Ihr dicker Pullover ist noch im Koffer, den sie aus Platzgründen in einem kleinen Abstellraum im Keller verstaut hat. Sophie öffnet die Tür ihrer Kellerwohnung und geht auf den Flur. In dem düsteren Korridor beginnt die Glühbirne zu flackern und erlischt schließlich. Sophie tastet sich im Dunkeln den Gang entlang. Sie hört, wie oben die Haustür geöffnet wird. Schritte sind auf der Kellertreppe zu vernehmen.

»Ist da jemand?«, ruft sie ängstlich. Die Schritte kommen langsam näher. »Hallo?« Sophie drückt sich an die Wand und hält den Atem an. Schon seit Tagen fühlt sie sich verfolgt. Dann herrscht plötzlich Stille, nur die Tür zum Fahrradraum quietscht leise.

Sophie holt tief Luft und tappt im finsteren Flur über den Boden aus gestampfter Erde. Von überallher hört sie Geräusche. Es zischt und wispert. Sie bleibt stehen und hält sich die Ohren zu. Eine pelzige Ratte huscht über Sophies Fuß und ein nach Zigaretten stinkender Lufthauch streicht über ihr Gesicht.

»Wer ist da?« Sophie beginnt zu laufen, stößt gegen die unverputzten Mauern und steht endlich vor ihrem Kellerabteil.

Die Abstellräume sind gemauerte Nischen mit niedrigen abschließbaren Türen. Sophie kramt den Schlüssel aus ihrer Jeans und will aufsperren. Doch die Tür ist offen. Sie denkt nach, ist sich sicher, sie verriegelt zu haben. In dem fahlen Lichtschein, der durch schmale Oberlichter hereinfällt, sieht sie ihren Koffer. Er ist geöffnet und ihre Wintersachen sind über den Boden verstreut.

»Was geht hier vor?« Angst macht sich in ihr breit. Sophie kniet sich nieder und räumt alles bis auf den Pullover zurück in den Koffer. Plötzlich hört sie schnelle Schritte, die sich nähern. Sie springt auf und will hinaus. Doch in diesem Moment wird die Tür zugeschlagen und von draußen der Schlüssel umgedreht.

»Hilfe! Lassen Sie mich sofort raus!« Sophie rüttelt an der Tür, trommelt mit den Fäusten dagegen. Sucht in den Taschen ihrer Jeans nach dem Handy, doch das liegt in der Wohnung.

Sophie schreit, bis sie heiser wird, dann sinkt sie neben ihrem Koffer zu Boden. Vor Kälte schlotternd breitet sie den dicken Pullover auf dem Boden aus und legt sich darauf. Notdürftig deckt sie sich mit einem braunen Pashmina-Schal zu, der ihrer Mutter gehörte. Sie liegt lange wach, bis sie dann doch vor Erschöpfung einschläft.

»Hier bist du also!«

Die Stimme von Lydia schreckt Sophie aus dem Schlaf. Sie reißt die Augen auf und blickt verwirrt umher. Noch immer liegt sie neben ihrem Koffer in dem schmalen Kellerabteil. Lydia beugt sich besorgt über Sophie und leuchtet ihr mit der Taschenlampe ins Gesicht.

»Jemand hat mich eingeschlossen. Ich habe Schritte hinter mir gehört.« Sophie hält inne und schirmt mit der Hand ihre Augen gegen den Lichtstrahl der Taschenlampe ab. »Woher weißt du überhaupt, dass ich im Keller bin?«

»Deine Wohnung war offen«, erklärt Lydia. »Und die Kellertür hier nur angelehnt. Vielleicht bildest du dir alles nur ein.«

»Ich bin nicht verrückt. Jemand ist mir gefolgt. Ich fühle mich schon seit einiger Zeit beobachtet. Auch mein Koffer wurde durchwühlt.«

»Wer sollte dich denn bestehlen?«, fragt Lydia nachsichtig. »Du bist bald ein Fall für den Psychiater, aber ich helfe dir, weil ich dich gern mag. Bitte enttäusche mich nie!«

18

Sophie kämpfte gegen Windmühlen und wollte nicht wahrhaben, dass sie diese Auseinandersetzung niemals gewinnen kann, dachte Olivia, als Levi sie zu ihrer Praxis im neunten Bezirk brachte. *In der Psychologie bezeichnet man dieses Verhalten, wenn jemand einen aussichtslosen Kampf führt, als Don-Quichotte-Syndrom.*

»Ich sehe mir noch einmal die Unterlagen von Sophie durch, es gibt ja noch die Dateien. Vielleicht entdecke ich etwas, das uns weiterbringt. Du kannst mir gern dabei helfen«, sagte sie zu Levi.

»Wenn ich hier jemals einen Parkplatz bekomme«, meinte Levi. Doch sie hatten Glück und fanden fast direkt vor Olivias Praxis eine Lücke. Beide stiegen aus und gingen in die Ordination. Olivia suchte auf dem Computer die Interview-Files über Sophie heraus und ordnete sie chronologisch. Levi nahm ihr gegenüber Platz.

»Jetzt bin ich bereit für eine psychiatrische Sitzung«, scherzte Levi.

»Da gibt es sicher viel aufzuarbeiten«, erwiderte Olivia.

»Meinst du?«, fragte Levi verblüfft.

Olivia setzte gerade zu einer Antwort an, als ihr Handy klingelte. Sie warf einen schnellen Blick auf das Display und nahm das Gespräch dann an.

»Ich habe es endlich gemacht«, hörte sie die nervös klingende Stimme ihrer Patientin Sibel.

»Wie bitte?«, fragte Olivia überrascht.

»Ich war bei der Polizei«, flüsterte Sibel. »Gleich kommen sie, um ihn zu holen. Es war vielleicht ein Fehler. Ich habe die Familie zerstört. Jetzt habe ich Angst.«

»Nein, es war richtig, was Sie gemacht haben. Und Sie brauchen sich auch nicht zu fürchten.« Olivia dachte kurz nach. Natürlich war diese Situation für Sibel in der eigenen Wohnung gefährlich. »Verstecken Sie sich in einem Zimmer und verhalten Sie sich unauffällig. Ich bin gleich bei Ihnen.«

»Sie kommen und helfen mir?«, fragte Sibel erstaunt.

»Natürlich, in dieser Lage stehe ich Ihnen bei. Also, erwecken Sie bloß keinen Verdacht. Bis gleich.«

»Was ist los?«, fragte Levi.

»Eine Patientin von mir hat ihren Mann angezeigt«, sagte sie hastig.

»Wie das?«

»Er hat die gemeinsame Tochter getötet, weil sie, so heißt es, die Familienehre beschmutzt hat. Sibel ist fünfunddreißig Jahre alt und hat vier Kinder. Günel war das zweitälteste Kind. Sibel war zwischen Familientreue und Gerechtigkeit hin- und hergerissen. Ich habe ihr bei den Sitzungen geraten, zur Polizei zu gehen. Das hat sie jetzt getan. Deshalb muss ich Sibel beistehen und sie beschützen.«

»Ich begleite dich«, erwiderte Levi spontan. »So etwas kann leicht eskalieren.«

Sibel wohnte in der Ottakringer Straße im sechzehnten Bezirk von Wien. Das war ein ziemliches Stück entfernt von Olivias Ordination. Als Levi mit Olivia durch die von Handyshops und Obstläden geprägte Straße fuhr und schließlich direkt vor dem Haus parkte, atmete sie erleichtert auf. Einige Jugendliche lungerten im Treppenhaus herum und spielten mit ihren Handys. Der Wagen der Polizei war noch nicht eingetroffen. Levi sperrte den Saab ab und beide liefen die Stufen hinauf. Als Olivia vor der Wohnung im zweiten Stock stand, wurde die Tür aufgerissen, ehe sie klingeln konnte.

»Kommen Sie«, sagte ein kleines Mädchen mit ernstem Gesicht. »Meine Mutter erwartet Sie schon. Und wer sind Sie?«, fragte das Mädchen, als es Levi sah.

»Ein Freund, er hilft uns«, antwortete Olivia und wollte die Schuhe ausziehen, doch das Mädchen winkte ab. »Ist nicht nötig.«

Langsam schlichen sie durch den Flur nach hinten in das Wohnzimmer. Der Boden war mit dicken Teppichen ausgelegt und auf einem niedrigen Tischchen standen mehrere Teegläser. Es gab unterschiedliche Sitzkissen und eine lang gestreckte Couch. Hinter dem Sofa hing ein gesticktes Bild mit der Ansicht von Istanbul. Neben der Tür stand ein Fernseher im XL-Format, vor dem ein junger Mann und zwei Mädchen saßen und sich eine türkische Telenovela ansahen.

»Sie sind also die Ärztin, die meiner Frau Flausen in den Kopf setzt«, sagte ein älterer Mann in gutem Deutsch. Es war Behlül, Sibels Mann, der Mörder seiner eigenen Tochter. Behlül erhob sich von der Couch und trat auf Olivia zu. Auf seinem grauen Haar trug er ein Käppi und sein Bart war kurz geschnitten. Auf den ersten Eindruck wirkte er ganz sympathisch, doch seine dunklen Augen waren wie tot.

»Ich bin keine Ärztin, sondern Psychiaterin. Und ich versuche Ihrer Frau bloß zu helfen«, erwiderte Olivia.

»Dann ist alles, was ab jetzt geschieht, Ihre Schuld«, sagte Behlül mit eisigem Unterton in der Stimme. »Sie haben das Tor zur Hölle aufgestoßen.«

»Wo ist Sibel?«, fragte Olivia und spürte, wie ihr Puls zu rasen begann. War sie etwa zu spät gekommen? Hatte Behlül vielleicht jetzt auch seine Frau ermordet?

»Sibel hat genauso wie meine Tochter Schande über die Familie gebracht. Dafür muss sie bestraft werden.«

»Hören Sie sofort auf mit diesem Blödsinn«, mischte sich Levi ein. »Sie sagen uns jetzt, wo Ihre Frau ist. Wollen Sie noch mehr unnötiges Blut vergießen?«

»Wo sind Sie, Sibel?«, fragte Olivia mit lauter Stimme. »Ich bin's, Olivia!«, rief sie dann auf den Flur hinaus.

»Hier drinnen«, hörte sie eine dumpfe Stimme aus einem der Zimmer, die vom Flur abgingen. »Ich kann nicht heraus. Es ist abgesperrt.«

»Sie haben Ihre Frau eingesperrt?« Levi holte tief Luft und griff nach seinem Handy. »Öffnen Sie sofort diese Tür!«, sagte er drohend zu Behlül.

»Nein.« Behlül schob Levi zur Seite und ging auf den Gang hinaus. »Jetzt muss sie büßen.«

»Machen Sie keinen Unsinn!« Levi fasste Behlül am Arm. »Ihre Frau trifft keine Schuld. Sie haben das selbst zu verantworten.«

»Rühren Sie mich nicht an. Mit ihren Worten hat diese Ungläubige die Seele meiner Frau vergiftet. Jetzt trägt sie die Verantwortung für alles, was geschieht«, zischte Behlül und wies mit der Faust auf Olivia.

»Sie sollen stehen bleiben!« Olivia zwängte sich an Behlül vorbei und stellte sich mit ausgebreiteten Armen vor die Tür. »Tun Sie nichts Unüberlegtes.«

»Aus dem Weg! Mischen Sie sich nicht in Familienangelegenheiten ein.«

»Oh doch, Sie können mir nicht verbieten, Sibel zu helfen«, entgegnete Olivia mit fester Stimme.

»Weg da!« Behlül griff in seine Weste und zog plötzlich ein Messer hervor. »Sonst geht es Ihnen genauso wie Günel.«

»Olivia, Achtung!«, rief Levi und sprang nach vorne. Er packte Behlül am Hals und drückte seinen Arm mit dem Messer nach hinten. Doch Behlül hatte erstaunlich viel Kraft und wand sich aus Levis Umklammerung. Mit kalten Augen stierte er Levi an und stieß mit dem Messer nach ihm. Doch Levi hatte den Angriff erwartet und parierte ihn mit einem Handkantenschlag. Mit einem lauten Schmerzensschrei ließ Behlül das Messer fallen und Levi drückte ihn zu Boden.

In diesem Moment wurde heftig an die Eingangstür geklopft.

»Aufmachen! Polizei!«

Eine von Sibels Töchtern huschte zur Tür und öffnete sie. Sofort wurde sie zur Seite gestoßen und drei Polizisten stürmten in den engen Flur. In den Händen hielten sie Pistolen, die sie drohend auf die Mädchen und den Jungen richteten.

»Wo ist Bühlel Erdowan?«, rief einer der Polizisten.

»Hier!« Levi hob die Hand und deutete auf Bühlel, den er auf den Boden drückte.

»Okay, wir übernehmen!«, sagte einer der Männer. Levi stand auf und der Beamte packte Bühlel im Genick und drehte ihm die Arme auf den Rücken. Dann fesselte er ihn mit Handschellen. Erst als er und ein zweiter Polizist Bühlel wieder auf die Beine gezogen hatten, kümmerten sie sich um Olivia und Levi.

»Wer sind Sie?«, herrschte ein Polizist Olivia an.

»Mein Name ist Doktor Olivia Hofmann. Ich bin Psychiaterin und in diesem Zimmer befindet sich die Ehefrau dieses Mannes. Sie ist eine Patientin von mir.«

»Und was haben Sie hier zu suchen?«, bellte der Polizist jetzt in Levis Richtung.

»Ich bin der ehemalige Chefinspektor Levi Kant und Doktor Hofmann hat mich um Hilfe gebeten.«

»Alles klar. Wir holen jetzt die Frau heraus«, bestimmte der Polizist kurz angebunden und rüttelte an der Tür.

»Abgeschlossen«, sagte er und drehte sich zu Bühlel. »Her mit dem Schlüssel.«

»In meiner Tasche«, sagte er ergeben.

Der Polizist fischte den Schlüssel heraus und öffnete die Tür. Dahinter stand Sibel, klein und zerbrechlich. Neben ihr lehnte ein verbeulter Koffer. Als Bühlel seine Frau sah, verdüsterte sich seine Miene.

»Das wirst du büßen«, drohte Bühlel. »Du hast dich gegen das Gesetz Gottes aufgelehnt und das Schweigen gebrochen. Ab diesem Moment wirst du keine ruhige Minute mehr haben, bis diese Schande gesühnt ist. Du …«

»Halten Sie endlich den Mund«, würgte Olivia die Drohungen von Bühlel ab, da sie merkte, dass Sibel vor Furcht immer stärker zitterte. »Ihre Frau hat das Richtige getan.«

Doch Bühlel ignorierte Olivias Einwand. »Du wirst dein Leben lang nicht mehr froh werden.«

»Was ist hier passiert?«, fragten die Polizisten die beiden Mädchen und den jungen Mann. Doch alle drei schwiegen und zuckten nur mit den Schultern.

»Er hat mich mit einem Messer bedroht«, sagte Levi und schilderte den ganzen Sachverhalt.

»Gehen wir!« Ein Polizist packte Bühlel am Arm und schleifte ihn aus der Wohnung. Seine Kollegen folgten ihm. Zurück blieben die beiden Mädchen und der Junge, der ins Treppenhaus trat und mit großen Augen den drei Polizisten hinterherblickte, die seinen Vater hinaus und zu einem schwarzen Einsatzwagen führten.

»Mama, was wird jetzt aus uns?«, fragte eines der Mädchen ängstlich und klammerte sich an Sibels Rock.

»Wir haben keine Mutter mehr«, erwiderte der Junge und riss das Mädchen von Sibel weg.

»Elyas, so versteh mich doch«, flehte Sibel ihren Sohn an. »Ich musste das tun.«

»Nein!« Elyas drehte sich zu seiner Mutter. »Verschwinde, ehe Usman nach Hause kommt. Wenn mein Bruder erfährt, was geschehen ist, wird er dich töten.«

»Was soll das alles?« Olivia konnte sich nicht länger beherrschen. »Dein Vater ist ein Mörder, er hat deine Schwester getötet. Ist dir das denn völlig egal? Deine Mutter hat bloß getan, was jede andere Mutter auch getan hätte.«

»Ich diskutiere nicht mit Frauen darüber«, meinte Elyas mit angeekeltem Gesichtsausdruck.

»Ach nein, wie alt bist du? Fünfzehn Jahre, hat mir deine Mutter gesagt. Sie hat dir das Gymnasium ermöglicht. Du willst doch Arzt werden. Glaubst du, mit dieser Einstellung wirst du dein Ziel erreichen?«

»Sie hat unsere Familie zerstört«, erwiderte Elyas jetzt schon viel leiser, so als hätten Olivias Worte bei ihm doch ein wenig Wirkung gezeigt. »Geh jetzt besser, ehe mein Bruder nach Hause kommt.«

»Los, Sibel, kommen Sie.« Levi fasste Sibel am Arm und schob sie zur Eingangstür. »Olivia, es ist zwecklos, mit dem Jungen zu reden.«

»Ich brauche noch den Koffer.« Sibel eilte zurück und holte den kleinen Pappkoffer aus dem Zimmer.

»Was haben Sie da drinnen?«, fragte Olivia.

»Das ist alles, was ich besitze.«

»Jetzt aber los«, sagte Elyas, der gerade einen Blick aus dem Fenster geworfen hatte. »Usmans Wagen steht schon unten.«

Levi packte den Koffer, und Olivia zerrte die kleine Frau hinter sich her ins Stiegenhaus. Von unten hörten sie, wie sich die Liftkabine ächzend in Bewegung setzte.

»Wir müssen verschwinden«, flüsterte Olivia Sibel zu, die wie angewurzelt auf dem Treppenabsatz verharrte.

»Es ist die gerechte Strafe, die mich erwartet.«

»Quatsch, Sie haben nichts verbrochen«, machte Levi ihr Mut.

Olivia packte Sibel und rannte mit ihr das Treppenhaus nach unten. Auf halber Höhe kam ihnen der Aufzug entgegen und als sie im Eingangsbereich des Hauses standen, hörte sie von oben laute türkische Flüche und gleich darauf trampelnde Schritte auf der Treppe.

»Los, lauft zum Wagen!« Levi warf Olivia die Autoschlüssel zu. »Sperrt euch ein. Ich halte den Typ so lange auf.«

»Nichts wie raus!« Olivia stieß die Eingangstür auf und trat mit Sibel auf den Bürgersteig. Auf der Ottakringer Straße hatte sich mittlerweile eine Menschenmenge versammelt, die sie feindselig anstarrte. »Aus dem Weg!«, herrschte Olivia zwei Männer an, die ihr den Weg vertraten. Levis Wagen stand an der Ecke. Olivia griff nach Sibels Hand und die beiden rannten los. Hinter sich hörte Olivia das Geschrei von Usman, dem ältesten Sohn, und die Stimme von Levi.

»Wollen Sie auf offener Straße eine Bluttat begehen? Dann müssen Sie auch mich umbringen. Aber dann hat das nichts mehr mit Ihrer Ehre zu tun!«

»Levi, komm!«, rief Olivia, die plötzlich um sein Leben bangte. Sibel und sie hatten das Auto erreicht und Olivia sperrte die Tür auf.

»Ich kann nicht mehr! Allah will, dass ich mich meinem Schicksal ergebe«, flüsterte Sibel und blieb vor dem Saab stehen.

»Nein, Allah will, dass Sie weiterleben und Ihre Töchter und Söhne aufwachsen sehen«, widersprach Olivia. »Sie sind eine mutige Frau und Ihre Kinder werden das begreifen, wenn sie älter sind. Wir sind hier, Levi!«, rief Olivia und winkte Levi zu, doch der stand noch immer vor Usman und wurde von einer Horde Türken umringt.

»Sie müssen mit dem Wagen zurückfahren, um ihn zu retten«, sagte Sibel.

»Ich habe keinen Führerschein und kann nicht fahren.«
Vor Wut war Olivia den Tränen nahe und bereute in diesem
Moment, dass sie sich damals von Michael dazu überreden ließ,
wegen der Kosten auf die Fahrprüfung zu verzichten.

»Aber ich kann fahren.«

Kurz entschlossen ließ Olivia Sibels Hand los und stieg in
den Fond des Autos. Sibel setzte sich ans Steuer, startete den
Wagen und gab Gas. Der Motor heulte auf und der Saab schoss
auf die Menge zu.

»Achtung, Sibel! Sie müssen bremsen, sonst fahren Sie
gleich jemanden um!«

»Ich will ihnen Angst machen!« Sibel fuhr unbeirrt auf die
wütende Menge zu, die auseinanderstob, als der Wagen auf sie
zuhielt. Im letzten Moment machte Sibel eine Vollbremsung.

»Levi, steig ein!« Olivia beugte sich nach vorne und stieß
die Beifahrertür auf.

Sie sah, wie Levi Usman einen Schlag versetzte und sich
dann ins Auto schwang.

Sibel gab erneut Gas und mit quietschenden Reifen raste
der Saab die Ottakringer Straße entlang.

»Wo haben Sie so gut Autofahren gelernt?«, fragte Levi
atemlos. Ebenso wie Olivia war er über Sibels Fahrkünste
erstaunt.

»Bei meinem Onkel in der Türkei, er hat eine Autowerkstätte
und hat mich immer im Hof fahren lassen. Ich durfte mit allen
Autos meine Runden drehen.«

»Wir müssen überlegen, was jetzt weiter geschieht. Usman
wird Sie in der ganzen Stadt suchen«, befürchtete Levi. »Halten
Sie beim Gürtel, dann tauschen wir die Plätze.«

Als sie die vierspurige Straße erreicht hatten, fuhr Sibel in
eine Parklücke und stellte den Motor ab.

»Ihr ältester Sohn Usman wird sicher bei Ihren Freundinnen und auch beim Frauenhaus auftauchen. Da sind Sie überhaupt nicht sicher.«

»Was habe ich nur gemacht? Ich habe alle Brücken hinter mir abgebrochen. Jetzt habe ich kein Zuhause mehr«, sagte Sibel mit leiser Stimme.

Mit ihrem Kopftuch und dem langen schwarzen Mantel wirkte Sibel zerbrechlich wie ein Vogel, dem man die Flügel gebrochen hatte. Spontan beugte sich Olivia nach vorne und schlang ihre Arme um Sibel.

»Sie können bei mir wohnen, bis wir wissen, wie es weitergeht. Jetzt bin ich Ihre Familie.«

19

Aufgeregt war der kleine Junge hinter dem weißen Hund hergelaufen.

»Bleib stehen«, krähte er und stolperte durch das hohe Gras, das ihm beinahe bis zu den Hüften reichte. Endlich hatte er die ausladende Treppe erreicht, über die man in den gepflegten Teil des Parks gelangte. Billy, der kleine Malteser, war nur noch ein heller Punkt auf der Terrasse des Palais Fürstenhof. Dann verschwand er im Inneren des Gebäudes. Zwischen den geöffneten Flügeltüren stand eine dürre Gestalt, die ganz in Schwarz gekleidet war. Es war Agnes, die Großmutter des kleinen Marius.

»Der Hund spielt sicher wieder oben auf dem Dachboden. Dort gefällt es ihm«, sagte seine Großmutter mürrisch.

»Darf ich zu Billy, Oma?«, fragte Marius schüchtern und wagte nicht, seiner Großmutter in die Augen zu blicken.

»Warum hat dein Vater nur diesen Namen für den Hund ausgesucht?«, sagte Agnes und schüttelte den Kopf.

»Er hat mich gefragt und mir ist der Name eingefallen«, erwiderte Marius stolz.

»Was für ein dummer Name für ein Tier!«

»Aber …«

»Sei sofort still. Du hast nur Unsinn im Kopf.« Agnes maß den kleinen Jungen von oben bis unten. Ihr Blick war so stechend, dass es Marius heiß und kalt über den Rücken lief. »Wie alt bist du jetzt?«

»Ich bin fast zehn Jahre alt«, antwortete Marius kleinlaut.

»Ich habe in deinem Alter schon arbeiten müssen«, sagte seine Großmutter. »Wäsche waschen, die Böden aufwischen. Aber du bist ja ein feiner Herr, der nur mit dem Hund spielen will. Ich glaube, ich muss einmal mit deinem Vater über deine Erziehung reden. Für dich wäre ein Internat das Beste. Hier im Hotel störst du nur.«

»Ich will nicht ins Internat.«

»Das hast du nicht zu entscheiden«, schloss Agnes und ging zurück in den Speisesaal.

Auf der Suche nach seinem Hund stieg Marius die Dienstbotentreppe nach oben.

»Billy, wo bist du?«, rief er immer und immer wieder. Plötzlich hörte er ein leises Jaulen. Es kam vom Dachboden. Hastig lief Marius die Stufen hinauf und sah die schwere Brandschutztür, hinter der sich der Speicher befand. Von drinnen war jetzt das Winseln des Hundes deutlich zu hören. Vorsichtig stieß Marius die Tür auf und betrat den düsteren Dachboden. Ein mit Spinnweben überzogenes Schaukelpferd wiegte sich in einem Luftzug, staubige Überseekoffer stapelten sich in einer Ecke. Überall standen alte Thonet-Stühle herum. Einer von ihnen war umgestürzt und davor saß Billy. Der kleine Hund hatte den Kopf erhoben und heulte herzzerreißend ein Paar Schuhe an, die knapp über seinem Kopf kreisten. Marius wagte nicht aufzublicken, als er die Schuhe erkannte. Sie gehörten seinem Vater. Wie eine Puppe vom Wurstelprater hatte er mit dem Hals in der Schlinge eines Stricks gehangen und sich langsam im Kreis gedreht.

Marius schreckte plötzlich hoch, als jemand gegen die Scheibe seines Wagens klopfte. Verwirrt blickte er um sich. Er saß in seinem Mercedes auf einem menschenleeren Parkplatz in Grinzing. Vor sich hatte er das Panorama eines Weinbergs, der sich am Horizont verlor.

»Du siehst so gedankenabwesend aus«, sagte Bernadette, als Marius das Fenster des Wagens öffnete.

»Ich habe mich nur an etwas aus meiner Vergangenheit erinnert«, erwiderte Marius leise und verscheuchte die schwarzen Gedanken. Doch er wusste, dass er den Anblick seines toten Vaters niemals aus dem Gedächtnis ausradieren konnte. Und schuld daran war nur das verfluchte Gemälde.

»Warum hast du mich herbestellt?«, fragte er seine Frau und klopfte mit den Fingern auf das Lenkrad. »Mir ist kalt.«

»Was ich zu sagen habe, hört sich in der Natur weniger unangenehm an. Deshalb lass uns ein wenig spazieren gehen«, schlug Bernadette vor.

»Du machst mich neugierig.« Marius öffnete die Fahrertür und stieg aus.

Schweigend liefen sie die schmalen Feldwege zwischen den Weinreben hinauf, vorbei an den geschlossenen Heurigenlokalen. Jetzt, außerhalb der Saison, wirkte die Umgebung leer und trostlos und passte vorzüglich zu Marius' Stimmung.

»Sagst du mir jetzt endlich, was los ist?«, fragte er, als sie in Neustift auf dem Kamm eines Weinberges entlanggingen.

»Ich habe morgen einen Termin in der Klinik«, sagte Bernadette.

»Aber du warst doch heute beim Frauenarzt«, wunderte sich Marius.

»Das Kind in mir ist nicht lebensfähig.« Die Worte flogen wie dunkle Wolken über die erstarrten Weinreben und verflüchtigten sich in der Ferne. »Deshalb werde ich morgen operiert.«

»Das Hotel bleibt also ohne Nachkommen«, konstatierte Marius. Kaum hatte er den Satz ausgesprochen, merkte er an Bernadettes Miene, dass er wieder das Falsche gesagt hatte.

»Du denkst immer nur an das verdammte Hotel«, echauffierte sich Bernadette. Ein Windstoß peitschte ihre schwarzen Haare aus dem Gesicht, und plötzlich wirkte sie wie eine Rachegöttin. »Das war der letzte Versuch, Marius. Ich kann das nicht mehr. Ich werde dich verlassen.«

Marius blieb stehen und drehte sich zu Bernadette. »Du bist bloß gestresst wegen dem erneuten Verlust«, versuchte er Bernadette zu beruhigen.

»Ich bin wegen dir und dem Hotel gestresst. Dieses Gemälde deiner Großmutter bringt mir Unglück. Deswegen stehen meine Schwangerschaften unter einem bösen Stern. Durch dich bin auch ich verflucht.«

»Aber das ist doch ein bloßer Aberglaube.«

Doch Marius wusste genau, dass es kein Aberglaube war. Es war der Fluch der ›Kartenlegerin‹. Das hatte mit seinem Großvater begonnen, der nach dem Krieg verschollen war. Dann starb seine Mutter bei einem Unfall und sein Vater erhängte sich. Zuletzt erstickte Agnes an einem Bissen Fleisch. Welches Schicksal erwartete ihn?

»Was hast du jetzt vor?«, fragte er vorsichtig.

»Ich gehe wieder zurück nach Paris. Dort kaufe ich mir ein kleines Atelier und beginne damit, mit bunten Farben zu experimentieren.«

»Wie willst du dir das denn leisten?«

»Vergiss nicht, dass etwas Geld von mir in dem Hotel steckt. Und das will ich zurück«, entgegnete Bernadette mit eiskalter Stimme.

Marius zuckte zusammen, als hätte ihn Bernadette geohrfeigt. »Das geht im Moment nicht.« Natürlich war es ihr Geld gewesen, mit dem er die notwendigen Renovierungsarbeiten bezahlt hatte. Aber jetzt war es aufgebraucht. »Es ist weg. Die Renovierung des großen Saals. Das war nötig wegen der iranisch-amerikanischen Atomgespräche.«

»Du hast ja nicht einmal eine Zusage.« Bernadette lachte höhnisch auf.

»Halt deinen Mund«, fuhr Marius sie an und holte mit der Hand aus.

»Na los, schlag mich doch!«, rief Bernadette. »Dann erzähle ich allen, dass Sophie Bernstein im Recht war.«

»Sophie ist tot.«

»Und das ist deine Schuld.«

20

Die Umzugskartons warfen schwarze Schatten durch den großen Salon. Vor einem der hohen Fenster, aus denen man hinunter in die Porzellangasse sehen konnte, stand ein ausladender
Schreibtisch, der mit Papieren überhäuft war. Das Licht einer
altmodischen Stehlampe brachte nur wenig Helligkeit in das
Dunkel des hohen Raums.

Olivia saß außerhalb des Lichtkegels auf einem Sofa und
starrte auf die Kartons. Wie lange standen die schon da? Sie
hatte keine Ahnung. Es war die Wohnung ihres Vaters und sie
war hierhergezogen, um ihn wegen seiner Alzheimererkrankung
nachts betreuen zu können. Aber noch immer fühlte sie sich
hier nicht heimisch, noch immer war das große Zimmer ein
Provisorium, etwas Vorübergehendes, wie sie sich immer gern
einredete. Sie liebte zwar ihren Vater Leopold, doch ihr eigenes
Leben kam mit seiner Betreuung zu kurz. Seufzend goss sie sich
noch ein Glas Rotwein ein, und ihre Gedanken schweiften zu
Sophie.

Schließlich stand sie auf und holte ihren Laptop. Sie scrollte
sich durch die diversen Dateien und klickte schließlich jene an,
die mit ›Paranoia‹ bezeichnet war.

Zuerst zögerte sie ein wenig, als würde sie damit das
Andenken einer Toten verletzen, doch dann startete sie die

Aufnahme. Als sie die akzentfreie Schauspielerstimme hörte, hatte sie sofort wieder das Bild dieser zarten jungen Frau vor Augen – so deutlich, als hätte sie gerade erst die Therapiestunde verlassen. Sophie hatte ein blasses Gesicht mit feinen Sommersprossen, dichten geschwungenen Augenbrauen und rötlichen halblangen Locken, die immer ein wenig abstanden, sich wie Schlangen kringelten und sich nur schwer bändigen ließen. Ihre Augen waren von einem hellen Blau und erinnerten an weit entfernte Sterne. Als Sophie Olivia im Krisenzentrum gegenübergesessen hatte, waren ihre Handgelenke mit dicken Bandagen umwickelt gewesen, wie bei einem Boxer.

»Sie wissen, warum Sie hier sind?«, hörte Olivia ihre eigene Stimme, die ihr fremd und künstlich vorkam.

»Ich hatte einen Nervenzusammenbruch.« Sophies Stimme war angenehm und dunkel. Sie stand in krassem Gegensatz zu ihrer zarten Figur.

»Es war mehr als ein Zusammenbruch. Sie haben versucht, sich das Leben zu nehmen. Als man Sie fand, waren Sie schon bewusstlos und wären beinahe ins Koma gefallen.«

»Daran erinnere ich mich nicht mehr. Ich weiß nur, dass ich in einen angenehmen Schlaf gesunken bin, aus dem man mich unsanft geweckt hat. Jetzt ist alles wieder wie vorher: Meine Theaterkarriere geht den Bach hinunter, ich habe mein ganzes Geld verloren und werde ständig bedroht.«

»Wer bedroht Sie?«

»Es sind immer fremde Personen. Ich gehe den Ring entlang zum Burgtheater und plötzlich rast ein Radfahrer auf mich zu. Im letzten Augenblick springe ich zur Seite und der Radfahrer lacht höhnisch.«

»Das kann auch Zufall sein. In Wien sind die Radfahrer oft ein wenig aggressiv.«

»Das versuche ich mir auch ständig einzureden. Aber wenn ich nachts einsam im Bett liege, dann steht jemand vor meiner Tür und flüstert meinen Namen. ›Sophie, wir kommen dich holen‹, höre ich diese wispernde Stimme. Ich ziehe mir das Kissen über den Kopf, aber die dünne Stimme ist immer noch da. ›Sophie, du entkommst uns nicht.‹ Am nächsten Morgen bin ich wie erschlagen.«

»Könnten Sie von dieser Stimme nur geträumt haben?«

»Nein, nein. Das war kein Traum. Da war jemand auf dem Gang. Ich habe die Wohnungstür geöffnet und ein toter Vogel lag auf der Matte. Man hatte ihn auf einer Tarotkarte festgespießt.«

»Haben Sie die Polizei verständigt?«

»Das wollte ich. Aber als ich die Tür erneut geöffnet habe, war der tote Vogel weg. Was sehen Sie mich so an? Sie glauben mir nicht! Es ist wie mit dem Gemälde. Keiner glaubt, dass ich die Wahrheit sage.« Sophie stockte und aus dem Lautsprecher war unterdrücktes Schluchzen zu vernehmen.

»Ich glaube Ihnen. Gemeinsam werden wir dagegen ankämpfen.«

»Wie wollen Sie mich denn beschützen? Die anderen sind überall. Ich bin sicher, wenn ich mit der U-Bahn von hier wegfahre, drängen sie mich an den Rand des Bahnsteigs und versuchen mich auf die Gleise zu stoßen.«

»Man will Sie also töten?«

»Ja, endlich haben Sie es begriffen. Ich bin meines Lebens nicht mehr sicher.«

»Bei mir sind Sie in Sicherheit.«

»Sie haben keine Ahnung, wozu die fähig sind.«

Nachdenklich starrte Olivia aus dem Fenster, während die Worte aus dem Lautsprecher tönten. Drunten auf der Straße sah sie die Silhouette eines Jungen, der das Haus anstarrte. Irgendwie kam ihr der junge Mann bekannt vor, doch dann konzentrierte sie sich wieder auf das Gespräch.

»Wer sind denn ›die‹? Nennen Sie doch ein paar Namen.«

»Weiß nicht, aber es sind all jene, die Einfluss haben und mich wegen der ›Kartenlegerin‹ jagen.«

»Wieso sind Sie so auf dieses Gemälde fixiert?«, fragte Olivia sanft nach.

»Weil dieses Gemälde unserer Familie gehört. Meine Urgroßmutter Miriam hat es mir auf ihrem Sterbebett vermacht.« Nun wurde Sophies Stimme leiser, war fast nur noch ein Flüstern. »Ich will endlich Gerechtigkeit für meine Urgroßmutter. Man hat sie aus ihrer Heimat verjagt und jetzt will man ihren Nachkommen auch noch das rechtmäßige Erbe rauben.«

»Doch wenn sich Ihr Zorn gegen Sie selbst richtet, ist niemandem geholfen. Es hat Sie beinahe das Leben gekostet.«

»Ich weiß, aber es war die einzige Chance, der Bedrohung zu entgehen. Sogar Oskar war gegen mich.«

»Wer ist Oskar?«

»Das war mein Freund, ebenfalls Schauspieler. Doch auch ihn haben sie gegen mich aufgehetzt. Da musste ich so schnell wie möglich aus der Wohnung ausziehen, damit er mir nichts antun kann. Ich habe dann bei einer Freundin Unterschlupf gefunden. Es war umsonst. Ich lag entspannt in der Badewanne, aber dann hörte ich den Aufzug und die Schritte, die vor der Tür auf und ab gingen. Da wusste ich, sie warten nur, bis ich schlafe, um dann in die Wohnung einzudringen. Deshalb habe ich die Rasierklinge genommen und …« Sophies Stimme erstarb und eine beklemmende Stille breitete sich aus.

»Ich kann Sie sehr gut verstehen. Wenn das Leben schwarz und hoffnungslos wird, dann erscheint der Tod oft wie eine Erlösung. Mir ging es genauso.«

Aus dem Lautsprecher klang Olivias Stimme jetzt besorgt und mitfühlend, und sie ließ die professionelle Distanz als Psychiaterin vermissen. Aber das war eines ihrer Erfolgsgeheimnisse. Sie versuchte, die Sorgen und Ängste ihrer Patienten zu begreifen, und

116

um das zu erreichen, musste man die Distanz aufgeben. Genauso hatte sie es bei Sophie gemacht. Fast fühlte sie sich wie Sophies große Schwester.

»Wenn Sie wollen, dann können Sie in meine Privatpraxis kommen. Das kostet Sie auch nichts.«

»Danke für Ihr Angebot. Vielleicht komme ich darauf zurück«, antwortete Sophie vage.

»Aber du bist nicht mehr zu mir gekommen«, murmelte Olivia und stoppte die Aufnahme.

Sie lehnte sich in ihrem Stuhl zurück und legte den Zeigefinger auf die Lippen. Sophie hatte also einen Freund gehabt. Einen Schauspieler namens Oskar, der wie sie am Burgtheater engagiert gewesen war.

Sie rief die Homepage des Burgtheaters auf und suchte die Fotos der Ensemblemitglieder. Es gab zwei Oskars, aber einer davon passte perfekt zu der Beschreibung von Sophie: Oskar Heller. Er war ein circa dreißigjähriger Mann mit dunklen Haaren und einem sensiblen Zug um den Mund. Olivia scrollte sich durch den Spielplan. Heute gab es ›Fräulein Julie‹ von August Strindberg und die Rolle des Jean spielte Oskar Heller.

Da hatte Olivia eine spontane Idee. Sie ging zu ihrem Kleiderständer, auf dem ein Teil ihrer Kleidung hing, und zog Jeans und einen dicken Pullover an. Dann schlüpfte sie in ihre Lederjacke und kickte ihre Hausschuhe zur Seite. Sie holte ihre derben Boots aus einem Karton und machte sich fertig für eine nächtliche Fahrradtour.

Plötzlich klopfte es leise an den Schiebetüren des Salons und Sibel trat beinahe lautlos herein.

»Störe ich?«, fragte sie vorsichtig.

»Nein, überhaupt nicht«, antwortete Olivia. »Wie geht es meinem Vater?« Sibel und Leopold hatten sich auf Anhieb gut verstanden und Sibel verbrachte abends viel Zeit damit, mit ihm sein Gedächtnis zu trainieren.

»Leopold schläft bereits«, sagte Sibel. »Du gehst noch aus?« Inzwischen waren die beiden Frauen zu einem vertrauten Du übergegangen. Sie deutete auf Olivias Schuhe. Dann warf sie einen Blick aus dem Fenster in die nächtliche Porzellangasse und zuckte plötzlich zusammen. »Elyas hat mich gefunden«, flüsterte sie und schob sich in die Dunkelheit hinter den Umzugskartons, wo sie sich auf den Boden kauerte.

»Elyas? Meinst du deinen Sohn?«, fragte Olivia und blickte jetzt selbst noch einmal aus dem Fenster. Es war derselbe Junge von vorhin, der immer noch an der gegenüberliegenden Hausmauer lehnte und zu ihnen nach oben schaute.

Sibel sprang auf und trat hinaus auf den Flur. »Ich rede mit ihm. Es hat doch keinen Sinn, dass ich mich weiter verstecke.«

»Warte, ich komme mit«, bestimmte Olivia und lief Sibel hinterher. Entschlossen stiegen sie die breite Treppe hinunter und gingen hinaus in die kalte Nacht. Elyas war völlig überrascht, die beiden Frauen zu sehen, und blieb wie angewurzelt auf der anderen Straßenseite stehen.

»Willst du mich jetzt auch umbringen?«, rief Sibel aufgebracht und stemmte ihre Fäuste in die Hüften. »Deine eigene Mutter?«

»Nein, nein, nein«, widersprach der Junge. »Ich passe auf dich auf, Mama. Wenn Usman herausfindet, wo du dich versteckst, dann verteidige ich dich.«

»Aber das bringt auch dich in große Gefahr«, warnte Sibel. »Es ist besser, du gehst jetzt nach Hause.«

»Nein, das werde ich auf gar keinen Fall tun. Das verbietet mir meine Ehre«, entgegnete Elyas mit fester Stimme.

»Alles ist gut. Lass ihn, Sibel.« Olivia nahm Sibel am Arm und schob sie von Elyas weg. »Es ist in Ordnung, dass du auf deine Mutter aufpasst«, sagte Olivia noch zu Elyas, ehe sie mit

Sibel zurück ins Haus ging. »Lass ihn ruhig vor der Tür Wache halten. Das ist zu deiner eigenen Sicherheit. Du darfst ihn nicht vor den Kopf stoßen.« Olivia öffnete die Tür zur Wohnung und sah, dass Leopold im Korridor wartete.

»Wir wollten uns doch noch über das Flüchtlingscamp unterhalten«, sagte Leopold mit überraschend klarer Stimme.

»Flüchtlingscamp?«, wunderte sich Olivia.

»Ich war als Arzthelferin tätig, während mein Mann in Österreich gearbeitet hat, darüber haben wir gesprochen«, erwiderte Sibel und ging auf Leopold zu. »Plaudern wir in deinem Büro darüber«, meinte sie zu Leopold und zeigte auf sein Zimmer.

»Aber gern. Am besten, Sie warten hier draußen.« Leopold nickte Olivia zu, als wäre sie eine Fremde.

Olivia drehte sich um und verließ die Wohnung. Sie kettete ihr Fahrrad vom Gitter des Kellerfensters los, schwang sich auf den Sattel und verschwand in der eisigen Dunkelheit.

21

Olivia fühlte sich wie eine Taucherin auf dem Meeresgrund, als sie mit dem Fahrrad durch die grauen Schwaden fuhr. Selbst bei diesen unwirtlichen Verhältnissen liebte sie es, durch die Nacht zu radeln und die kühle Luft in ihrem Gesicht zu spüren. Mit Leichtigkeit überholte sie die Autokolonnen, die im Schritttempo den Ring entlangkrochen und mit ihrem Stop-and-go-Modus die Umwelt verpesteten.

Sie hatte Glück, denn als sich die Silhouette des hell erleuchteten Burgtheaters aus der Dunkelheit schälte, war die Vorstellung gerade zu Ende, und die Menschen strömten aus dem Foyer. Sie befestigte ihr Fahrrad mit der Kette an einem Laternenpfahl, umrundete dann zu Fuß das Burgtheater, um zum Hintereingang zu gelangen. Dort wartete sie.

In kleinen Gruppen verließen Schauspieler und Techniker das Gebäude, aber Oskar Heller war nicht darunter. Als sie schon glaubte, ihn übersehen zu haben, tauchte er doch noch auf.

»Oskar Heller?«, fragte sie, als er an ihr vorbeigehen wollte.

»Äh, ja?« Oskar blieb verdutzt stehen und betrachtete Olivia interessiert. »Wollen Sie ein Autogramm?«

»Nein danke. Darf ich Sie kurz sprechen?«, fragte Olivia und lächelte.

»Worum geht es denn? Ich bin ein wenig müde von der Vorstellung«, erwiderte Oskar zugeknöpft.

»Um Sophie Bernstein.«

»Sind Sie von einer Zeitung? Dazu möchte ich nichts mehr sagen«, gab Oskar schroff zurück und verschränkte die Arme vor der Brust.

»Ich bin keine Journalistin. Mich interessieren nur die Umstände des Todes von Sophie. Sie waren doch eine Zeit lang ihr Freund«, begann Olivia, doch Oskar schnitt ihr mit einer schnellen Handbewegung das Wort ab.

»Wer sind Sie eigentlich?«

»Ich heiße Olivia Hofmann und bin Psychiaterin. Ich habe Sophie vor drei Jahren in der Krisenintervention behandelt. Kurz danach wurde sie ermordet.«

»Und was wollen Sie jetzt von mir wissen?« Oskar blickte sich um, denn mittlerweile waren auch die letzten Schauspieler und Bühnenarbeiter verschwunden, und sie standen alleine auf der zugigen Treppe beim Bühneneingang. »Besser, wir gehen nach drinnen«, schlug er vor und hielt ihr mit einer zuvorkommenden Handbewegung die Tür auf.

»Warum hat sich Sophie von Ihnen getrennt?«, fragte Olivia, während sie an einer unbesetzten Pförtnerloge vorbeigingen. Abrupt blieb Oskar stehen und drehte sich zu Olivia. Wieder betrachtete er sie mit seinen blauen Augen und Olivia hielt diesem Blick stand. Es waren Michaels Augen, die sie ansahen. Michael hatte genau diesen Blick gehabt, in dem sie sich verlieren konnte. Das wurde ihr in diesem Augenblick schmerzlich bewusst und sie drehte den Kopf zur Seite.

»Ich habe Sophie verlassen. Sie war ja völlig durch den Wind und hat mich auch bedroht.«

»Sophie hat genau das Gegenteil erzählt.« Olivia beobachtete scharf die Reaktion ihres Gegenübers. Wer von beiden hatte gelogen? Sie rief sich das Gespräch mit Sophie ins

Gedächtnis. Wenn Sophie gelogen hätte, dann wäre es Olivia aufgefallen. Oskars Körpersprache jedoch passte so gar nicht zu seiner Aussage.

»Das stimmt nicht. Worauf wollen Sie eigentlich hinaus? Sophie war paranoid. Ich habe nichts mit ihrem Tod zu tun. Haben Sie das verstanden?« Nur mühsam konnte Oskar seine Wut unterdrücken.

»So habe ich das nicht gemeint«, lenkte Olivia schnell ein. »Es wundert mich bloß.«

»Sophie sah sich gern in der Rolle des verfolgten Opfers.« Oskar ging schnell einen düsteren Korridor entlang, und Olivia hatte Mühe, ihm zu folgen. »Dieses verdammte Gemälde hat ihre ganze Existenz ruiniert. Sie hat immer öfter ihren Text vergessen, weil sie nur noch den Prozess im Kopf hatte. Es war einfach schrecklich, den Absturz der armen Sophie mitzuerleben, ohne ihr helfen zu können.« Oskar packte Olivias Arm und zog sie näher zu sich heran. »Unsere letzte Aussprache hatten wir in der verborgenen Welt des Burgtheaters. Es war eine Nacht wie heute. Der Nebel senkte sich über die Stadt, das Theater war leer und Sophie wollte mit mir auf offener Bühne sterben.« Oskar öffnete eine Tür und plötzlich standen sie in dem riesigen Bühnenraum.

»Von dort oben wollte Sophie mit mir hinunterspringen.« Oskar deutete mit der Hand zur Saaldecke, wo an Stahlträgern Batterien von Scheinwerfern hingen.

»Übertreiben Sie nicht ein bisschen?« Unwillkürlich zuckte Olivia zurück und wollte Oskars Hand abschütteln, aber irgendetwas in ihrem Inneren hinderte sie daran. Es war die Art des Zupackens. Oskar hatte einen so männlichen Griff. Diesen festen Händedruck hatte sie auch bei Michael so sehr geliebt. *Immer wieder denke ich an Michael.* Dabei hatte sie sich nach ihrem Besuch am Semmering geschworen, die Gedanken an Michael in die Dunkelheit zu verbannen.

»Ich zeige Ihnen die Stelle.« Oskars Worte rissen sie aus ihrem Gedankenkarussell. Er zeigte auf eine schmale Eisenleiter, die weit oben in der Finsternis verschwand.

»Wohin führt diese Leiter?«

»Das ist die ›stairway to heaven‹«, erklärte Oskar mit einem ironischen Unterton und begann, die Melodie des Led-Zeppelin-Klassikers zu summen.

»Finden Sie das lustig?« Olivia blieb stehen, doch Oskar ließ ihren Arm nicht los.

»Dort oben ist der Schnürboden, von dem aus man auf die Bühne sieht. Da hängen die Scheinwerfer und auch die Hintergrundkulissen für die aktuellen Stücke. Sie werden bei Bedarf heruntergelassen und wieder hochgezogen. Sind Sie schwindelfrei?«

»Ja, aber es sieht trotzdem gefährlich aus.« Olivia hob den Kopf und zögerte kurz. Die Leiter endete hoch oben im Dunkel des Schnürbodens. Doch dann gab sie sich einen Ruck und kletterte hinter Oskar die Sprossen hinauf. Je höher sie kamen, desto nervöser wurde Olivia. Von weit über ihr rann ein dünner Lichtstrahl wie flüssiges Quecksilber die Eisenstreben herunter und verlor sich im Nichts.

»Wieso haben Sie Sophie nicht davon abgehalten, hier hochzuklettern?«, fragte Olivia außer Atem, als sie einen schmalen Steg erreichten, der in schwindelerregender Höhe bis zur anderen Seite der Bühne führte.

»Sophie war manchmal besessen vom Tod. Das hat vielleicht auch mit ihrer jüdischen Familie zu tun. Das prägt natürlich.« Oskar beugte sich über das niedrige Geländer, und die Holzplanke begann leicht zu schwanken.

»Der Steg bewegt sich«, sagte Olivia und hielt sich an dem dünnen Eisengestänge fest.

»Ich versetze ihn für dich in Schwingung, Olivia.« Charmant wechselte Oskar vom Sie zum Du und stellte sich hinter sie. Er umfasste ihre Hüften und wiegte sie vor und zurück. Der Steg schaukelte immer heftiger, und Olivia griff Halt suchend nach Oskars Händen. Plötzlich hob er sie in die Höhe und schob sie zu dem niedrigen Geländer.

»So wollte Sophie gemeinsam mit mir sterben«, flüsterte Oskar ihr ins Ohr. »Beide sollten wir wie zwei verirrte Engel auf die Bühne stürzen.« Mit einem schnellen Ruck drängte Oskar Olivia gegen die filigrane Eisenbegrenzung, sodass sie sich weit nach hinten beugen musste. Tief unter sich sah sie den Bühnenboden.

»Spinnst du?«, rief sie und krallte sich an Oskars Armen fest.

»Das habe ich auch zu Sophie gesagt.« Genauso schnell, wie er sie gegen das Geländer gedrängt hatte, zog Oskar sie jetzt wieder auf den schmalen Steg zurück. Olivia atmete hektisch aus und ein und strich sich hastig durch ihre kurzen schwarzen Haare.

»Was sollte diese Nummer? Willst du mich damit beeindrucken?«, erwiderte Olivia scharf, doch insgeheim gefiel ihr diese unkonventionelle Art. Er war genauso unberechenbar wie Michael.

Olivia erinnerte sich an ihren ersten gemeinsamen Urlaub in Santorin. Sie hatten sich in den ›Honeymoon Petras Villas‹ direkt an der Steilküste einquartiert. Eines Abends kamen sie leicht angetrunken nach Hause und setzten sich auf die Terrasse, die sich an die hundert Meter direkt über der Bucht von Santorin befand.

»Wir sollten heiraten«, sagte Michael und fiel theatralisch vor Olivia auf die Knie. »Willst du meine Frau werden?«

»Bist du verrückt? Wir kennen uns doch erst drei Monate.«

»Ich kenne dich schon mein Leben lang«, erwiderte Michael.

»Das geht mir ein bisschen zu schnell«, blockte Olivia ab.

»Du liebst mich nicht mehr.« Michael sprang auf und kletterte blitzschnell auf die niedrige Brüstung der Terrasse. »Dann will ich nicht mehr leben!«, rief er und breitete die Arme aus.

»Hör auf damit!«, kreischte Olivia und versuchte, Michael an den Händen zu erwischen, doch er tänzelte geschickt auf der Kante vor ihr hin und her.

»Sag auf der Stelle, dass du mich heiraten wirst, dann komme ich zurück«, rief er und lachte wie ein kleiner Junge.

»Ich lasse mich nicht erpressen.«

»Wie du willst. Dann bist du schuld an meinem Tod.« Michael streckte ein Bein ins Nichts und schwankte bedenklich vor und zurück. »Ich zähle bis drei. Eins, zwei ...«

»Aufhören!«, rief Olivia. »Ja, ja, ja. Ich heirate dich!«

»Du bist so abwesend«, meinte Oskar, dem Olivias Schweigen aufgefallen war.

»Es ist nichts«, sagte Olivia. *Ich hätte Michael niemals heiraten dürfen,* dachte sie bei sich.

»Schaukeln wir ein wenig!« Oskar stützte sich mit den Händen an der Brüstung ab. Wieder begann der Steg vor und zurück zu schwingen, aber diesmal machte es Olivia nichts mehr aus. »Sophie wollte an diesem Ort sterben, denn hier haben wir uns das erste Mal geküsst. Es war ein unbeschreibliches Gefühl, so hoch über der Welt zu schweben.«

»Wie schön«, bemerkte Olivia und stellte sich die zarte rothaarige Sophie auf dem Schnürboden vor, wie sie an Seilen gehalten mit Oskar durch die Luft glitt.

»Wann hast du das letzte Mal jemanden geküsst?«

»Ich?«

»Also ich glaube, schon lange nicht mehr«, konstatierte Oskar und streckte die Hand aus. »Steigen wir hinunter in die profane Wirklichkeit.«

125

Als Olivia wieder festen Boden unter den Füßen hatte, bemerkte sie, dass ihre Knie ein wenig zitterten. Doch ehe Oskar etwas mitbekam, hatte sie sich wieder unter Kontrolle. Sie erinnerte sich an ihren letzten Kuss zurück. Es war mit einem jungen Assistenzarzt gewesen und tatsächlich lange her. Auch Oskar war um einige Jahre jünger als Olivia. Aus irgendeinem Grund zogen sie diese Männer an.

»Gibt es sonst noch jemanden, der Sophie nahestand?«, fragte sie sachlich, als sie zurück zum Bühneneingang gingen. Merkwürdig, Sophie hatte erzählt, dass sie sich von Oskar getrennt hatte, und Oskar behauptete genau das Gegenteil. Er wirkte auf Olivia wie jemand, der gern mit den Frauen spielte und sie manipulierte. Männer wie Oskar waren Gift für sensible Frauen. Das wusste Olivia aus eigener Erfahrung.

»Hatte sie keine Freundin?«, fragte Olivia erneut, als sie an der verwaisten Portiersloge vorbei hinausgingen. »Jemanden, bei dem sie sich ausweinen konnte?«

»Nicht dass ich wüsste«, murmelte Oskar nachdenklich. »Halt. Da gab es noch Karla.«

»Wer ist Karla?«

»Karla hat in einem der großen Hotels in der Innenstadt gearbeitet.«

»Weißt du, wie Karla mit Nachnamen heißt? Oder kennst du vielleicht das Hotel?«

»Tut mir leid, ich habe keine Ahnung.« Entschuldigend zuckte Oskar mit den Schultern.

»Danke für deine Zeit und die interessante Führung«, sagte Olivia und streckte Oskar ihre Hand entgegen. Mit festem Griff packte er zu und zog Olivia an sich heran. Als er sie auf den Mund küssen wollte, drehte sie den Kopf zur Seite. Oskar verstand sofort und drückte ihr stattdessen einen Kuss auf beide Wangen.

»Sehen wir uns wieder?«

»Mal sehen«, erwiderte Olivia. »Ich weiß ja jetzt, wo ich dich finde.«

»Vielleicht brauche ich psychiatrische Hilfe!«, rief Oskar ihr hinterher, als sie auf ihr Fahrrad stieg und losfuhr.

»Aber die bekommst du mit Sicherheit nicht von mir«, gab Olivia zurück und trat dann kräftig in die Pedale, um ihre Gefühle auf dem windigen Platz im Dunkeln zurückzulassen.

22

SOPHIE WILL NICHT STERBEN

Sophie ist müde und fühlt sich ausgelaugt. Vierzehn Stunden Proben am Tag fordern einfach ihren Tribut. Szene für Szene hat das Ensemble unter den strengen Augen des Regisseurs geprobt. Immer wieder heißt es: »Aus. Das Ganze noch einmal.« Obwohl Sophie nur eine winzige Rolle hat, ist sie ständig auf der Bühne.

Erschöpft verlässt Sophie das Theater. Sie überquert den Ring und geht in Richtung Josefstädter Straße. Ein SUV rast an ihr vorbei. Hält an einer unbeleuchteten Ecke. Die Tür öffnet sich und eine junge Frau wird hinausgestoßen. Der SUV beschleunigt und verschwindet.

Die Frau kriecht auf allen vieren auf Sophie zu und streckt bittend die Hand aus. Ihr Gesicht ist blutverkrustet und die schwarzen Haare hängen ihr strähnig in die Stirn. Dann erschlafft ihr Körper und sie sinkt mit dem Gesicht voran auf das schmierige Kopfsteinpflaster. Sophie hastet auf die junge Frau zu, die blutend und keuchend am Boden liegt. Sie hat die Augen verdreht und wimmert leise.

»Ich rufe einen Krankenwagen«, flüstert Sophie ihr ins Ohr. »Und dann die Polizei.«

»Nein, bitte nicht. Keine Polizei und keine Rettung«, stöhnt die Frau auf.

»Keine Widerrede, Sie sind schwer verletzt«, sagt Sophie.

»Danke, aber es geht schon«, keucht die Frau und versucht aufzustehen, sackt aber wieder zusammen. Sophie fasst sie unter den Achseln und hilft ihr auf die Beine.

»Ich hab's total vermasselt«, schluchzt die junge Frau und krümmt sich, als hätte sie Schmerzen im Unterleib. »Aber bitte keine Polizei und keinen Notarzt«, fleht sie Sophie an.

»Was haben Sie falsch gemacht?«

»Das Spiel. Ich habe diesem reichen Sack eine verpasst. Dann hat er mich so zugerichtet. Geschieht mir recht.«

»Nein, das rechtfertigt nicht diese Brutalität. Kommen Sie mit in meine Wohnung. Wie heißen Sie?«, fragt Sophie.

»Ich heiße Dora«, antwortet die junge Frau. »Was mache ich jetzt nur?«

»Ich kenne einen Arzt, der soll sich Ihre Verletzungen einmal ansehen. Aber wenn sie zu schwer sind, dann müssen Sie ins Krankenhaus, verstanden?«

Dora nickt wortlos und legt ihren Arm um Sophies Schulter.

»Es sind nur ein paar Blocks. Ich wohne gleich dort vorne«, erklärt Sophie. Vorsichtig stützt sie Dora, die wie ein Schilfrohr im Wind wankt und immer wieder einknickt. »Gleich haben wir's geschafft.« Sophie sperrt die Haustür auf. Dora rutscht am Türstock entlang zu Boden und hält sich den Bauch. »Ich hab's vermasselt, verdammt noch mal«, flüstert sie erneut und Tränen laufen über ihr zerschundenes Gesicht.

Mühsam schleppt Sophie die verletzte Dora nach unten in ihre Kellerwohnung. Dort bettet sie sie behutsam auf die Couch und greift dann zum Handy. Sie wählt die Nummer des Theaterarztes, mit dem sie schon ein paar Mal geredet hat.

»Ich bin's, Sophie.«

»Das ist aber eine Überraschung. Was gibt es?«

»Ich brauche deine Hilfe. Eine Frau wurde zusammenge-schlagen und ist jetzt bei mir.«

»Warum rufst du nicht den Notarzt?«

»Das will sie nicht.«

»Verstehe. Ich mache mich auf den Weg.«

Sophie trennt die Verbindung und geht wieder zu Dora.

»Gleich kommt ein Arzt«, sagt Sophie und drückt beruhi-gend Doras Hand. »Jetzt sehe ich mir mal deine Verletzungen im Gesicht an.«

Sophie geht in die Küche und kommt mit einem befeuch-teten Lappen zurück. Vorsichtig beginnt sie das Gesicht zu rei-nigen. Nachdem sie das Blut weggewischt hat, sieht sie, dass Dora eine ausgesprochen hübsche junge Frau ist. Sie hat dunkle Augen und hohe Wangenknochen. »Willst du mir nicht sagen, wie der Mann heißt, der dich so zusammengeschlagen hat?«

»Ich kann nicht«, flüstert Dora. »Es darf keine Polizei geben, denn ich brauche den Job.«

»Was für einen Job?«

»Bitte frag nicht weiter. Ich muss zurück in das Hotel. Bald ist der nächste Clubabend und da muss ich wieder fit sein.«

»Was für ein Clubabend?«

»Das sind ganz spezielle Treffen. Da passieren eben solche Dinge.« Dora tippt auf die Abschürfungen in ihrem Gesicht.

»Das ist ja pervers.«

»Ja, manchmal endet es für eine von uns schlimm. Und alles passiert unter den Augen der ›Kartenlegerin‹.«

»Eine Kartenlegerin ist auch dabei?«, wundert sich Sophie.

»Nein, es ist ein Gemälde. ›Die Kartenlegerin‹. Es hängt im Clubzimmer und gehört zur Geschichte des Hotels.«

Sophie zuckt zurück und schlägt sich die Hand vor den Mund. »Du redest von dem Bild ›Die Kartenlegerin‹ von Anton von Kuhn. Richtig?«

»Ja, warum siehst du mich so komisch an?«

»Ich habe von dem Kunstwerk gehört«, weicht Sophie aus. »Du hast es also selbst gesehen?«

»Natürlich, bei jedem Treffen.«

»Dann arbeitest du im Palais Fürstenhof, das Marius Wiener gehört?«, fragt Sophie aufgeregt.

»Ja.« Erschöpft lässt Dora den Kopf nach hinten sinken. Ihre Stirn ist schweißnass und ihr Atem geht rasselnd. Sophie steht auf. Das ist kein Zufall, dass sie Dora getroffen hat. Es ist mehr als das. Es ist Schicksal. Vielleicht hat sie jetzt etwas gegen Marius Wiener und seine Machenschaften in diesem Club in der Hand.

Es klingelt. Der Theaterarzt kommt und untersucht Dora.

»Die Verletzungen sind zum Glück nicht gefährlich«, stellt er fest. »Ein paar Rippen sind angeknackst. Zeigen Sie den Kerl bei der Polizei an.«

»Wenn das so einfach wäre.«

Der Theaterarzt lässt ihr Schmerzmittel da, gibt ihr ein paar Anweisungen zur Schonung und verschwindet wieder. Sophie nimmt Doras Hand.

»Darf ich ein paar Fotos von deinen Verletzungen machen?«

»Wieso?« Dora richtet sich auf. Ihr Blick ist panisch.

»Damit ich etwas gegen Marius Wiener und diesen Club in der Hand habe.«

»Was hast du mit Wiener zu schaffen?«, flüstert Dora ängstlich.

»Das erkläre ich dir ein anderes Mal«, umgeht Sophie eine direkte Antwort.

»Nein, ich will keine Fotos.« Mit schmerzverzerrtem Gesicht richtet sich Dora auf. »Es geht mir schon besser. Ich muss jetzt los.«

Sie schleppt sich zur Tür und dreht sich noch einmal zu Sophie um. »Du weißt nicht, mit welchen Leuten du dich da einlässt. Sie werden dich vernichten.«

23

Levi war nach dem Besuch bei der Rechtsanwältin in die Polizeiakademie in der Marokkanergasse im dritten Wiener Bezirk gefahren. Es war ein großes, zweckmäßiges Gebäude mit vergitterten Fenstern im Erdgeschoss, die es abweisend wirken ließen. Durch ein stählernes Tor gelangte man in einen Innenhof, der mit Autos zugeparkt war. Von hier aus ging es in die verschiedenen Trakte und Abteilungen.

Im rechten Teil des Gebäudes befand sich das Schulungszentrum für den höheren Kriminaldienst mit Seminarräumen und dem großen Hörsaal. Hier hatte Levi einmal in der Woche seine Vorlesung über die psychologischen Aspekte der Ermittlungsarbeit.

Sein Büro befand sich im zweiten Stock am Ende eines Korridors, und er hatte einen freien Blick auf die Leichtathletikanlage des Polizeisportvereins. Mit Wehmut blickte er oft aus dem Fenster, wenn die Polizeianwärter trainierten, denn früher war Levi ziemlich sportlich gewesen, hatte sogar an Marathons und internationalen Polizeiwettkämpfen teilgenommen. Doch dann wurde er angeschossen und hatte seitdem ein kaputtes Bein, mit dem an harte Wettkämpfe nicht mehr zu denken war. Zum Glück war jetzt im Spätherbst die Anlage verwaist, und er konnte sich in seinem winzigen, mit

Papieren und Büchern überhäuften Zimmer vergraben. Auf seinem Schreibtisch lagen zwar einige Notizen, die er sich für die Vorlesung gemacht hatte, doch Levi wollte, wie immer, frei reden und spontan auf die Fragen seiner Studenten reagieren. Als die Glocke auf dem Gang schrillte, trank er noch schnell einen Espresso aus der kleinen Kaffeemaschine, die ihm seine Kollegen zum Einstand geschenkt hatten, und machte sich dann auf den Weg. Er hörte bereits das Gemurmel der Studenten, doch als er die Flügeltüren schwungvoll öffnete, verebbten die Gespräche und Dutzende Augenpaare waren erwartungsvoll auf ihn gerichtet. Der große Hörsaal war wie ein römisches Amphitheater mit ansteigenden Sitzreihen gebaut, damit man von jedem Platz aus die Vorträge der Dozenten hören und sehen konnte.

Der Saal war bis auf den letzten Platz gefüllt und selbst auf den Stufen saßen noch die Studenten und warteten gebannt auf die Lehrveranstaltung. Nach der spektakulären Aufklärung eines zurückliegenden Mordfalls durch Levi Kant, der in der Presse detailliert beschrieben worden war, wollten plötzlich viele Studenten seine Vorlesungen über psychologische Mordermittlungen besuchen.

Als ihn seine Zuhörerschaft mit lautem Klopfen auf die Tische begrüßte, hob Levi die Hände.

»Danke für diesen Empfang. Heute beschäftigen wir uns mit einem ganz speziellen Cold Case.« Levi projizierte die erste Folie auf die Leinwand.

»Wie kann eine Tote Briefe schreiben?«, lautete die provokante Headline.

Die Studenten schauten sich verdutzt an und Gemurmel setzte ein.

»Es schreibt ein Geist aus dem Universum«, meldete sich ein Student unter allgemeinem Gelächter zu Wort.

»Jemand anderer schreibt für die Tote«, sagte eine Studentin ernst.

»Keine dieser Antworten trifft zu.« Levi erklärte anschließend, was es mit dem Brief auf sich hatte. »Wenn die Nachricht den Empfänger rechtzeitig erreicht hätte, dann wäre vielleicht das hier nicht passiert.«

Er zeigte die Fotos der toten Sophie Bernstein auf der Projektionswand.

»Wie Sie sehen, war der erste Messerstich nicht tödlich. Sophie zog eine Blutspur hinter sich her, als sie sich durch das Regenwaldhaus zum Ausgang schleppte, um ihrem Mörder zu entkommen.«

Schnell wechselte er die Folien, und einige der Studenten begannen aufzustöhnen und wandten sich entsetzt ab.

»Schauen Sie gefälligst auf die Fotos!«, rief Levi und ging auf dem Podium auf und ab. »Wenn Sie diese Bilder zu sehr aufwühlen, dann haben Sie im Polizeidienst nichts verloren. Denn hier geht es nicht um Ihre Befindlichkeit, sondern darum, einen Mörder zu finden.«

Ein Großteil der Studenten zeigte durch heftiges Klopfen auf die Pulte, dass sie derselben Meinung waren, deshalb fuhr er fort.

»Bei der zweiten und dritten Attacke fuhr die Klinge durch das Brustbein und perforierte die Lunge. Sophie fiel zu Boden und lag wehrlos auf dem Rücken. Das Blut spritzte bis zur Glasscheibe des Affengeheges. Was fällt Ihnen bei diesen beiden Fotos auf?«, fragte er das Plenum.

»Wenn das Blut so hoch spritzt, dann ist eine Hauptschlagader verletzt worden, und man hat nur mehr ein paar Sekunden zu leben.«

»Genau. Der Mörder wollte Sophie dabei in die Augen schauen. Die Polizei ging damals von einem unbekannten Täter aus«, ergänzte Levi. »Auf das Opfer wurde ein paar Mal eingestochen, wobei erst der dritte Messerstich in die Lunge tödlich war. Wie würden Sie den Tathergang analysieren?«

»Ich glaube, dass es Mord im Affekt war. Beide waren erregt und begannen zu streiten. Die Situation hat sich hochgeschaukelt, bis es zu der Tat kam«, spekulierte ein Student, der in der ersten Reihe saß.

»Und was ist Ihre Meinung?«, fragte Levi eine junge Frau, die ihren Kugelschreiber in die Luft hielt.

»Ich denke, es waren Alkohol oder Drogen im Spiel. Darüber gerieten sie in Streit. Ich bin auch für Mord im Affekt.«

»Laut Polizeibericht hat Sophie nie Alkohol getrunken. Ist jemand anderer Meinung?«, fragte Levi in die Runde, doch nur eine einzige Studentin meldete sich. Es war Nasrin, die Levi schon häufiger durch ihre klugen Anmerkungen aufgefallen war.

»Vielleicht war es auch ganz anders«, warf Nasrin ein.

»Können Sie das präzisieren?«, hakte Levi nach.

»Sophie Bernstein hatte doch viele Feinde, wie man den Medien entnehmen konnte. Ich habe mich damals sehr für diesen traurigen Fall interessiert, da mir die junge Frau leidgetan hat. Sie hat sich mit einflussreichen Leuten angelegt.«

»Richtig, und außerdem befand sich etwas Entscheidendes nicht am Tatort.« Levi blickte von einem zum anderen.

»Es fehlt die Tatwaffe«, merkte Nasrin an.

»Die wird der Täter weggeworfen haben«, sagte ein weiterer Student.

»Bei einem Mord im Affekt?« Levi schüttelte den Kopf. »Nasrin, kommen Sie bitte nach vorn«, forderte er dann die Studentin auf, sich zu ihm auf das Podium zu stellen.

»Sie sind jetzt Sophie und ich der Mörder«, erklärte Levi und rollte ein Blatt Papier zusammen. »Der erste Stich traf Sophie auf das Brustbein, etwa so.« Levi stieß mit dem Papier zu. »Das erfordert immense Kraft und es fließt eine Menge

Blut. Aber daran stirbt man nicht sofort. Der Mörder sticht ein weiteres Mal zu, diesmal in die linke Brust, verfehlt aber das Herz. Sophie lebt noch immer.« Wieder demonstrierte Levi den Stich mit der Papierrolle. »Erst der dritte Stich trifft Sophie in die Lunge, und der Täter dreht die Klinge in der Wunde, um die inneren Organe aufs Heftigste zu verletzen. Erst dann stirbt Sophie einen qualvollen Tod. Zuletzt reagiert sich der Täter ab, indem er Sophie mehrere Stiche in den Bauch zufügt.«

Levi ließ die Papierrolle sinken und Nasrin ging wieder zurück an ihren Platz.

»Irgendwelche Anmerkungen zu dieser Demonstration?«, fragte Levi.

»Es war ein geplanter Mord, der aus dem Ruder gelaufen ist«, erwiderte ein Student aus der ersten Reihe.

»Richtig«, sagte Levi. »Es braucht Kaltblütigkeit und Überwindung, jemandem ein Messer in die Brust zu rammen.«

»Wenn der Mörder so cool ist, wieso dann die vielen Stichwunden?«, fragte eine Studentin.

»Das zeigt uns, dass ein persönliches Motiv eine Rolle gespielt hat. Die Wahl des Tatorts spricht für einen geplanten Mord, doch dann kam es zu einem Overkill, der auf eine sehr persönliche Rache schließen lässt. Das nächste Mal diskutieren wir über fehlende Indizien am Tatort, denn unsere Zeit ist um.« Nachdem Levi noch einige Fragen beantwortet hatte, klopften die Studenten auf ihre Pulte und er packte seine Unterlagen zusammen.

In dem Moment, in dem Levi sein Büro betrat, klingelte das Festnetztelefon.

»Da ist jemand, der Sie sprechen will«, säuselte die Institutssekretärin geheimnisvoll.

»Wer ist es?«

»Er hat seinen Namen nicht genannt, aber gemeint, es sei dringend.«

»Stellen Sie ihn durch.«

Kurz darauf meldete sich ein Mann in bestem Schönbrunner Deutsch.

»Hier spricht Marius Wiener. Ich habe durch meinen lieben Freund, den Polizeipräsidenten, erfahren, dass Sie sich für das Gemälde ›Die Kartenlegerin‹ interessieren, das in meinem Hotel hängt«, sagte Marius freundlich.

»Das stimmt«, erwiderte Levi misstrauisch. Es stieß ihm unangenehm auf, dass der Polizeipräsident mit Marius Wiener bekannt war. Vielleicht waren deshalb die Ermittlungen so schnell ins Innenministerium gewandert. »Ich interessiere mich aber nicht nur für das Kunstwerk, sondern eher für den Fall der ermordeten Sophie Bernstein.«

»Ich weiß. Aber deswegen rufe ich nicht an.«

»Weswegen dann?«, fragte Levi und spürte, wie sich ihm die Nackenhaare aufstellten. Welches Spiel trieb Marius Wiener? Was steckte hinter diesem Anruf?

»Ich gebe übermorgen Vormittag eine Matinee zugunsten armer Mädchen in Bulgarien, um ihnen mit unserer Spende eine Ausbildung zu ermöglichen. Es würde mich freuen, Sie und Ihre reizende Gattin dabei begrüßen zu dürfen. Wir können uns dann selbstverständlich auch über die Geschichte der ›Kartenlegerin‹ unterhalten.«

»Ich weiß nicht, ob meine Frau Zeit hat«, erwiderte Levi. »Die Einladung kommt ein wenig plötzlich.«

»Ihre Frau ist da wesentlich spontaner. Sie hat bereits zugesagt«, ergänzte Marius freundlich.

»Sie haben mit Rebecca gesprochen?« Levi setzte sich im Stuhl aufrecht.

»Kein Grund zur Aufregung«, beruhigte Marius ihn mit salbungsvoller Stimme. »Der Manager Ihrer Frau ist schon seit Längerem mit unserem Hotel im Gespräch wegen einiger Veranstaltungen. Es geht dabei auch um einen Konzertabend in unserem Salon. Da ist es doch naheliegend, dass ich Ihre Frau zu einer Matinee einlade. So kann sie sich einmal die Örtlichkeit der Akustik wegen ansehen und wertvolle Kontakte knüpfen.«

»Das ist natürlich etwas anderes. Wenn meine Frau bereits zugesagt hat, dann werde ich selbstverständlich auch kommen«, machte Levi gute Miene.

»Es freut mich, dass ich Sie beide begrüßen darf. Es wird sicher eine schöne Darbietung mit einer bulgarischen Sopranistin, und die Aufführung ist ja für einen guten Zweck. Entschuldigen Sie nochmals, dass ich so mit der Tür ins Haus gefallen bin. Bis bald«, verabschiedete sich Marius und legte auf.

Levi wartete ein paar Minuten, doch sein Unbehagen wollte sich einfach nicht legen. Er öffnete die Lade seines Schreibtisches und nahm den kleinen silbernen Davidstern seiner Großmutter Esther in die Hand. Es war ihr Talisman gegen die Dämonen der Vergangenheit gewesen. Dabei dachte er an ihre klugen Worte: »Wenn dir jemand Steine zuwirft, musst du mit Rosen zurückwerfen.«

Im nächsten Moment beruhigte er sich, zog sein Handy heraus und wählte die Nummer von Olivia.

»Anscheinend habe ich mit meinen Recherchen auch Marius Wiener aufgescheucht«, sagte er, als Olivia sich meldete.

»Wie kommst du darauf?«

»Er hat mich und Rebecca übermorgen spontan zu einer Matinee eingeladen. Ich finde das merkwürdig, und irgendetwas irritiert mich daran.«

»Glaubst du nicht, dass es bloßer Zufall ist?«

»›Die Kartenlegerin‹ hängt in seinem Hotel. Und er wurde von Sophie verklagt. Wenn nun tatsächlich das Gemälde während des Krieges von seiner Familie geraubt wurde, dann wäre das ein Motiv.«

»Da hast du natürlich recht«, lenkte Olivia ein.

»Möchtest du uns nicht zu der Matinee begleiten?«

»Das trifft sich gut«, antwortete Olivia erfreut. »Ich habe nämlich mit dem Ex-Freund von Sophie gesprochen und dieser erwähnte eine junge Frau, mit der Sophie befreundet war und die in dem Hotel gearbeitet hat.«

»Es gab einen Freund?«, fragte Levi interessiert. »Davon steht nichts in den Akten.«

»Sie haben sich getrennt, ehe Sophie ermordet wurde«, erläuterte Olivia. »Deshalb ist er wahrscheinlich auch bei den Ermittlungen nicht erwähnt worden.«

»Wie bist du auf diesen Freund gekommen?«

»In meinen Therapiegesprächen tauchte sein Name auf. Gestern Abend habe ich mich dann mit ihm getroffen. Aber das erzähle ich dir alles, wenn wir uns sehen.«

Nach dem Gespräch setzte sich Levi wieder an seinen Schreibtisch. Er blickte nachdenklich aus dem Fenster. Die Dämmerung legte sich bereits über die Stadt und tauchte die Häuser in ein bläuliches Licht. Plötzlich war Rebecca, seine Frau, nun ebenfalls in diese Sache hineingezogen worden. Das beunruhigte ihn zutiefst.

24

Rebecca hatte sich auf das unangenehme Gespräch, das sie gleich führen würde, vorbereitet. Sie trug heute einen langen Rock und einen weiten Pullover. Ihre Haare hatte sie mithilfe eines schmalen Bandes glatt nach hinten frisiert, und sie war ungeschminkt. Gerade als sie in ihre Stiefel schlüpfen wollte, wurde die Tür zum Schlafzimmer geöffnet und Levi trat ein.

»Du kommst spät«, wunderte sich Rebecca.

»Ich war mit Olivia bei der Anwältin, die Sophie damals vertreten hat, und anschließend noch im Institut.«

»Der Fall scheint dich ja ziemlich zu beschäftigen«, meinte Rebecca und zog den zweiten Stiefel an.

»Ja, das stimmt«, bestätigte Levi zerstreut. »Du gehst noch aus?«, fragte er dann.

»Du weißt doch, ich muss üben«, erwiderte Rebecca.

»Ich möchte mit dir über die Matinee im Palais Fürstenhof reden«, meinte Levi nach einer kurzen Pause. »Ich weiß nicht, ob das die richtige Veranstaltung für uns ist.«

»Das ist jetzt ein ziemlich ungünstiger Augenblick. Ich bin etwas spät dran. Noah hat einen Flügel in einem Studio gemietet. Da kann ich vielleicht Probeaufnahmen machen. Lass uns morgen darüber sprechen.«

»In letzter Zeit übst du sehr viel am Abend«, wandte Levi ein.

»Schon vergessen? Ich gebe doch die kleinen Hauskonzerte, da muss ich ständig mein Repertoire erweitern«, erklärte Rebecca und beobachtete die Reaktion ihres Mannes. Doch Levi schien sich mit der Antwort zufriedenzugeben.

»Kann ich da nicht mal mitkommen?«, fragte er.

»Nein, das sind private Soireen für geladene Gäste, da kann nicht plötzlich mein Mann auftauchen. Wie würde das denn aussehen? Aber ich kann bei nächster Gelegenheit fragen, ob es nicht doch hin und wieder möglich ist. Einverstanden?«

»Das muss nicht sein«, beeilte sich Levi abzuwiegeln. »Ich will ja nicht aufdringlich wirken.«

»Bist du doch nicht.« Rebecca schlang ihre Arme um den Nacken ihres Mannes und küsste ihn fest auf den Mund. »Ich mag deine Aufdringlichkeit«, flüsterte sie, als er ihren Kuss erwiderte. »Aber jetzt muss ich wirklich los.« Sie schob ihn zur Seite und ging hinaus in den Flur. Dort schlüpfte sie in einen langen dunklen Mantel und schlang sich einen Schal um den Kopf.

»Du siehst aus, als würdest du zum Rabbi gehen«, meinte Levi lachend und deutete auf ihre Vermummung.

»Es ist kalt draußen und ich kann mir keine Erkältung leisten«, entgegnete Rebecca spontan und spürte, wie ihr das Blut in die Wangen schoss.

Als sie die Eingangstür hinter sich zuzog, atmete Rebecca tief durch. *Irgendwann wird Levi Verdacht schöpfen und was dann?* Rebecca steckte die Hände in die Taschen des Mantels und ging die Straße entlang. Einmal noch drehte sie den Kopf und sah oben das erleuchtete Fenster von Levis Arbeitszimmer, wo die Menora auf dem Fensterbrett stand. Levi hatte den siebenarmigen Leuchter zu seiner Bar-Mizwa, dem feierlichen Übergang ins Erwachsenenleben eines jüdischen Mannes, mit dreizehn Jahren überreicht bekommen. Jedes Mal, wenn das Fenster offen stand, hatte Rebecca Angst, dass der Leuchter auf den Gehsteig fallen könnte.

Der kalte Wind blies ungemütlich vom Donaukanal her und Rebecca war froh, den dicken Schal mitgenommen zu haben.

Als sie das Haus neben dem Amtsgebäude für die Leopoldstadt erreicht hatte, fühlte sie sich plötzlich wieder wie ein kleines Mädchen, das etwas angestellt hatte. Klopfenden Herzens stieg sie die ausgetretenen Stufen nach oben in den dritten Stock und drückte eine abgegriffene Türklinke. Am Torpfosten hing die Mesusa, eine Kapsel mit einer winzigen Pergamentrolle, auf der biblische Passagen geschrieben standen und ebenso einer der vielen Namen Gottes mit der Bedeutung ›Beschützer der Türen Israels‹.

Rebecca betrat einen dunklen engen Gang. Aus einem Zimmer am Ende des Flurs drang ein wenig Licht nach draußen. Rebecca lockerte ihren dicken Schal und ging langsam weiter. Als sie das Zimmer erreichte, blieb sie stehen und blickte hinein. An allen Wänden des Raums standen Bücherregale, die mit Büchern und Schriftrollen angefüllt waren. In der Mitte gab es einen großen Schreibtisch, doch auch der erschien Rebecca wie ein kenterndes Schiff inmitten dieser Bücherflut. Überall türmten sich Druckwerke zu abenteuerlichen Bergen auf und verdeckten beinahe das winzige Männchen, das hinter dem Schreibtisch saß und Rebecca jetzt zu sich winkte.

»Rebecca, Tochter von Eliah, komm doch herein«, sagte der Mann mit ruhiger Stimme.

»Danke, Rabbi Großmann, dass ich so kurzfristig einen Termin bei Ihnen bekommen habe. Ich weiß doch, wie beschäftigt Sie sind.«

»Für eine Tochter Israels habe ich immer Zeit. Es ist meine Berufung als Rabbiner, mir deine Sorgen anzuhören. Und es sind Sorgen, die dich quälen, das hast du ja am Telefon bereits erwähnt.« Der Rabbi stand auf und legte sich den Tallit über die Schultern. Es war ein weißes Tuch mit blauen Streifen. Rebecca kannte die Bedeutung. Weiß stand für die Reinheit von der Sünde und Blau war ein wesentlicher Bestandteil des Tempels in Jerusalem.

»Möchtest du Kaffee?«, fragte der Rabbi und griff nach einer Kapsel, um sie in eine moderne Espressomaschine zu stecken, die von einem Bücherstapel verdeckt war.

»Ja, gern«, antwortete Rebecca und setzte sich im Mantel auf einen Stuhl. In ihrem Kopf schwirrten die Gedanken und sie wusste nicht, wie sie beginnen sollte. Rabbi Großmann schien diese Anspannung zu spüren und wartete, bis Rebecca ihren Kaffee getrunken hatte.

Dann rückte er seine Kippa am Hinterkopf zurecht und lehnte sich in seinem Stuhl zurück.

»Was liegt dir auf dem Herzen?«

»Ich belüge meinen Mann«, sagte Rebecca geradeheraus. »Schon seit Monaten.«

»Du weißt, dass Vertrauen die Grundlage für eine harmonische Ehe ist.« Rabbi Großmann blickte Rebecca unverwandt an und verlegen sah sie zu Boden. »Du kannst mir nicht in die Augen schauen, deshalb ist dein Verhalten auch nicht richtig.«

»Aber mit dieser Lüge mache ich meinen Mann glücklich und rette vielleicht auch unsere Ehe. Das ist die Wahrheit«, widersprach Rebecca.

»Was meinst du damit? Erzähle es mir genau.«

»Gut, ich fange von vorne an.« Rebecca setzte sich aufrecht und spielte nervös mit dem Saum ihres Pullovers. »Ich erzähle Levi, dass ich kleine Konzerte in privatem Rahmen gebe und dafür ein Honorar bekomme. Ich war die letzten Jahre immer zu Hause und hatte kein Engagement. Mein Manager Noah vermittelt mir nun diese Auftritte. Als ich mich das erste Mal auf den Weg gemacht habe, konnte ich ein Lächeln in Levis Gesicht sehen, wie schon lange nicht mehr. Er war so glücklich, weil ich glücklich war.«

»Du möchtest also deinen Mann glücklich machen?«

»Ja, denn seit seiner Schussverletzung ist er ein anderer geworden. Oft sitzt er mit griesgrämigem Gesicht in seinem Zimmer und brütet vor sich hin. Doch als ich vor ein paar Monaten begonnen habe, abends diese kleinen Konzerte zu geben, da war er wie verwandelt, er war energiegeladen und hat mich seit langer Zeit wieder leidenschaftlich geliebt. Leider habe ich in letzter Zeit keine Auftritte mehr bekommen. Mein Manager kümmert sich um eine junge talentierte Pianistin. Und deswegen spiele ich jetzt woanders, um mehr Routine zu bekommen, aber Levi darf das nicht erfahren. Und dieses Eintauchen in eine andere Welt befriedigt mich ungemein. Ich werde dort als Frau wahrgenommen, verstehen Sie? Doch das kann ich ihm natürlich nicht sagen, denn es würde unsere Ehe zerstören.« So, jetzt war es draußen. Sie hatte über ihre Gefühle geredet. Rebecca sank in sich zusammen und strich ihren Rock glatt. Es stimmte, die Nächte in dieser fremden Welt waren befriedigend, waren so ganz anders als die Abende im Konzertsaal. Hier war es Kultur, aber dort geballte Sinnlichkeit.

»Deshalb hast du diese Lügen weitergeführt?«, fragte der Rabbi nach. »Diese Lüge ist wie ein Spinnennetz. Je länger du die Sätze der Unwahrheit webst, desto dichter wird das Spinnennetz. Bis du eines Tages so sehr darin verstrickt bist, dass du nicht mehr entkommen kannst.« Der Rabbi schwieg und schlug ein schweres, in Leder gebundenes Buch auf und blätterte darin herum. Dann schraubte er einen altmodischen Füllfederhalter auf und begann zu schreiben.

»Was schreiben Sie da nieder?«, erkundigte sich Rebecca.

»Ich notiere mir deine Geschichte, um darüber zu meditieren.«

»Es hat mir schon sehr geholfen, einfach mit Ihnen darüber zu reden«, sagte Rebecca und stand auf. Sie knöpfte ihren langen Mantel zu und schob sich den Schal über den Kopf. Dann griff sie nach der Hand des Rabbiners und führte sie an ihre Stirn. »Ich soll diese Woche noch einmal abends weg«, meinte sie leise und hielt die Hand des Rabbis umklammert.

»Dann musst du es tun. Es macht dich glücklich und auch deinen Mann. Also kann es nicht falsch sein. Aber vielleicht findest du ja irgendwann den roten Faden des Lügengespinstes und verknüpfst ihn mit der Wahrheit, wer weiß?«

»Ich soll also weitermachen wie bisher?«, fragte Rebecca zweifelnd.

»Ich habe dich beobachtet, als du mir von deiner Lüge erzählt hast. Deine Augen haben geleuchtet und du warst ganz du selbst. Du bist auf dem richtigen Weg. Vertraue auf deine Stärken, dann wirst du den roten Faden finden und brauchst keine Lügen mehr.«

Mit brummendem Schädel verließ Rebecca die Wohnung von Rabbi Großmann. In ihrem Kopf überschlugen sich die Gedanken, als sie durch die kalte Nacht ging. Was meinte der Rabbi mit dem roten Faden, der das Lügengebilde auftrennte? Darauf wusste sie keine Antwort und trotzdem fühlte sie sich erleichtert. Gelöst sprang sie die Treppe zu ihrer Wohnung hinauf und ließ im Flur Mantel und Schal einfach auf den Boden fallen.

»Wie war das Üben?«, fragte Levi, der im Wohnzimmer mit einem Glas Wein auf der Couch saß und ›Sketches of Spain‹ von Miles Davis hörte.

»Intensiv«, antwortete Rebecca. Sie nahm Levi das Glas aus der Hand und trank es in einem Zug leer. Dann beugte sie sich zu ihm und küsste ihn lange und leidenschaftlich. Irgendwann würde sie sicher den roten Faden des Lügengeflechts finden, doch im Moment wollte sie nur glücklich sein.

25

Ein kühler Luftzug wehte über Olivias Gesicht und unruhig wälzte sie sich in ihrem Bett hin und her. Als sie beinahe wieder eingeschlafen war, knallte irgendwo in der Wohnung eine Tür zu und weckte sie endgültig. Schlaftrunken stand sie auf und kontrollierte die Balkontüren im Salon. Alle Fenster waren fest verschlossen, doch der Luftzug war weiterhin zu spüren. Es wurde bereits dämmrig, und der Verkehr auf der Straße nahm langsam an Intensität zu.

»Wahrscheinlich hat Papa die Fenster in seinem Zimmer gekippt«, sagte sie vor sich hin. Die Fenster hatten zwar ein Sicherheitsschloss, damit sie sich nicht ganz öffnen ließen, aber trotzdem wollte sie nachsehen. Olivia nahm ihren Morgenmantel vom Stuhl und tappte barfuß nach draußen. Im Gang war es düster und der Luftzug verstärkte sich. Sie tastete nach dem Lichtschalter, knipste die Beleuchtung an, und in dem Moment sah sie das Chaos auf dem Flur: Der Garderobenständer lag quer auf dem Holzparkett, ihr Rucksack, die Jacken und Mäntel waren verstreut auf dem Boden und die Eingangstür stand weit offen. Schlagartig wurde Olivia munter.

»Papa, bist du da?«, rief sie und ging schnell in Leopolds Zimmer. Sein Bett war ordentlich gemacht, aber von ihrem Vater fehlte jede Spur.

»Bist du im Bad?« Olivia riss die Tür auf, auch hier kein Leopold. Vorsichtig öffnete sie dann die Tür des Gästezimmers. Sibel schlief noch tief und fest und Olivia wollte sie nicht wecken. Hastig schlüpfte sie in ihre Jogginghosen und Flip-Flops und rannte hinaus auf den Gang. Sie beugte sich über das Geländer und spähte nach unten. Die Haustür war geschlossen und der Verkehrslärm brandete dumpf in das Foyer. Olivia lief die Galerie im Treppenhaus entlang und läutete bei der Nachbarin. Nichts regte sich hinter den verschlossenen Türen und Olivia trommelte mit den Fäusten gegen das Holz.

»Hallo, ich bin's, Olivia!«, rief sie und nach kurzer Zeit hörte sie Geräusche. Die Tür wurde einen Spalt breit geöffnet und das Gesicht der Nachbarin lugte hervor.

»Olivia, was ist denn los?«

»Guten Morgen, Maria. Weißt du vielleicht, wo Leopold ist? Er ist nicht in der Wohnung und die Eingangstür steht offen«, fragte Olivia atemlos.

»Leopold? Nein, den habe ich schon seit gestern Mittag nicht mehr gesehen. Er ist aus der Wohnung verschwunden, sagst du? Der Arme, hoffentlich ist ihm nichts passiert«, meinte Maria besorgt. »Ich habe nämlich gerade im Internet die Meldung gelesen, dass in den frühen Morgenstunden ein alter Mann hier in der Porzellangasse von einer Tram überfahren wurde«, fügte sie an und machte ein mitfühlendes Gesicht.

»Oh mein Gott!« Vor Schreck hielt sich Olivia die Hand vor den Mund. »Danke«, presste sie hervor und schon lief sie schnell die Treppe nach unten. Sie riss die Eingangstür auf und trat hinaus auf den Bürgersteig, blickte sich nach allen Seiten um, aber es war keine Menschenseele zu sehen. Auf der gegenüberliegenden Straßenseite parkte ein Streifenwagen vor einem noch geschlossenen Supermarkt. Mit klopfendem Herzen eilte Olivia über die Straße und klopfte an die Seitenscheibe des Wagens. Ein Polizist öffnete die Fahrertür und stieg aus.

»Was ist los? Kann ich Ihnen helfen?«, fragte der Beamte und musterte Olivia, die bibbernd in ihrem Morgenmantel vor ihm stand, von oben bis unten.

»Ich suche meinen Vater. Einen alten Herrn mit weißen Haaren in einem gestreiften Schlafanzug«, antwortete Olivia hektisch. »Er leidet an Alzheimer, ist aus der Wohnung verschwunden und findet jetzt wahrscheinlich nicht mehr nach Hause.«

»Einen Augenblick«, sagte der Polizist freundlich und beugte sich zu seinem Kollegen. »Kannst du mal schnell eine Anfrage starten? Ein alter Mann mit Alzheimer wird vermisst.«

»Geht klar«, tönte es aus dem Wageninneren.

Quälende Sekunden verstrichen, in denen Olivia nur abgehackte Wortfetzen aus dem Polizeifunkgerät hörte. Es begann leicht zu schneien und ein kalter Wind blies vom Donaukanal zu ihnen herüber. Plötzlich war eine leicht verzerrte Stimme aus dem Lautsprecher zu vernehmen. »Habe hier eine aktuelle Meldung. Ein alter Mann wurde in der Porzellangasse von einer Straßenbahn überfahren. Der Notarzt und eine Streife sind bereits vor Ort.«

»Alles klar.« Der Polizist drehte sich wieder zu Olivia.

»Haben Sie es mitgehört? Ein alter Mann hatte einen Unfall. Vielleicht ist das ja Ihr Vater. Es ist hier in der Straße passiert, nur ein paar Häuserblocks weiter.«

»Danke, dass Sie mir geholfen haben«, antwortete Olivia und rannte bereits die Straße entlang. Mittlerweile begann es stärker zu schneien und die weißen Flocken legten sich wie Puderzucker auf Olivias dunkle Haare.

Wieso bin ich nur so leichtsinnig gewesen und habe meinen Rucksack mit dem Schlüssel im Flur gelassen?, machte sie sich unentwegt Vorwürfe. *Ich war gestern nur so müde und in Gedanken bei Sophie.* In dem dichten Schneetreiben war die Umgebung nur noch undeutlich zu erkennen. Weiter vorne bei der Kreuzung Pramergasse durchdrang ein rotierendes Blaulicht das Grau. Olivias Herz pochte bis zum Hals und sie rannte noch schneller, rutschte mit ihren Flip-Flops auf der schnee-glatten Fahrbahn aus.

»Was für ein Mist!«, fluchte sie und zog kurz entschlossen ihre Flip-Flops aus. Barfuß hastete sie weiter, musste einem Leichenwagen Platz machen, der zu der Unfallstelle fuhr. Aus der Ferne sah Olivia, wie zwei Männer ausstiegen und aus dem Heck einen grauen Kunststoffsarg herauszogen.

»Oh nein!«, rief sie laut. Als sie schließlich die Kreuzung erreichte, war die Fahrbahn abgesperrt. Eine Straßenbahn stand leer und verlassen auf den Gleisen, davor lag ein mit einer Plane zugedeckter Mensch auf dem Boden. Olivia bückte sich und kroch unter dem Absperrband durch. Doch sofort trat ihr ein Polizist in den Weg und hielt sie zurück.

»Gehen Sie bitte auf die andere Straßenseite, hier kam es zu einem Unfall«, sagte er und betrachtete Olivia mit einem skep-tischen Blick. »So werden Sie sich aber verkühlen, gute Frau«, meinte er dann belehrend und deutete auf ihre nackten Füße.

»Das ist mir gerade völlig egal«, antwortete Olivia ungehal-ten und schlüpfte schnell wieder in ihre Flip-Flops. »Ich will wissen, wer das Opfer ist. Es ist von einem alten Mann die Rede gewesen. Was genau ist denn passiert? Vielleicht ist der alte Mann mein Vater.«

»Das Unfallopfer könnte Ihr Vater sein? Wie sieht er denn aus?«, fragte der Polizist.

»Ein großer Mann um die siebzig mit weißen Haaren. Er trägt einen gestreiften Schlafanzug.«

»Warten Sie hier, ich frage die Kollegen.« Der Polizist ent-fernte sich schnell und Olivia zog fröstelnd den Morgenmantel vor ihrer Brust zusammen.

»Die Beschreibung könnte stimmen«, sagte der Polizist, als er wieder zu Olivia zurückkam. »Aber der Mann hatte einen Wintermantel an.«

»Kann ich ihn trotzdem sehen?« Olivia fiel plötzlich wieder der umgestürzte Garderobenständer ein. Hatte Leopold einen Mantel über seinen Schlafanzug gezogen? Sie hatte nicht weiter auf die Kleidungsstücke auf dem Boden geachtet. Ihr Magen zog sich zusammen und sie spürte, wie ihr langsam übel wurde.

»Leider geht das jetzt nicht mehr.« Der Polizist wies nach hinten, wo die beiden Bestatter gerade den grauen Transportsarg in den schwarzen Leichenwagen schoben. »Aber kommen Sie mit auf das Revier, dann nehmen wir alle Details auf.«

»Ich ziehe mich nur schnell um«, erwiderte Olivia. Eine eisige Kälte durchflutete ihren Körper, die nichts mit dem Schnee und dem Wind zu tun hatte. Nein, es war eine innere Kälte, die ihr Herz langsam mit einem Eispanzer umschloss. Was sollte sie bloß ohne ihren Vater anfangen? Ohne ihn hatte sie niemanden mehr auf der Welt. Keine Eltern, keinen Mann, kein Kind. Hastig lief sie zurück zu ihrem Haus, um sich umzuziehen und dann auf das Polizeirevier zu radeln. Unentwegt liefen ihr die Tränen über die Wangen, vermischten sich mit den Schneeflocken, die als Vorboten eines strengen Winters immer dichter fielen.

»Es ist nicht Papa«, flüsterte sie. »Er ist es nicht. Papa, du lebst«, wiederholte sie mantraartig.

Olivia war gerade dabei, die Haustür aufzustoßen, als ein Taxi am Straßenrand anhielt. Der Fahrer sprang aus dem Wagen und hielt dem Fahrgast im Fond die Tür auf. Ächzend wuchtete sich ein alter Mann aus dem Taxi. Unter seinem schwarzen Wintermantel trug er einen gestreiften Schlafanzug und an den nackten Füßen Hausschuhe. In der Hand hielt er eine Papiertüte.

»Papa?« Olivia traute ihren Augen nicht, als Leopold ihr vorsichtig entgegenkam. »Wo warst du? Ich habe mir solche Sorgen gemacht. Ich dachte schon, du wärst tot.«

»Noch bin ich es nicht. Ich war auf dem Friedhof und habe Flora besucht. Wir hatten ein langes Gespräch und ich habe ihr gesagt, dass ich bald nachkomme.«

»Hör sofort auf, so einen Blödsinn zu reden«, erwiderte Olivia und hakte sich bei ihrem Vater unter, dabei ließ sie ihren Tränen freien Lauf. »Was hast du denn da in der Tüte?«, fragte sie schniefend, während sie mit Leopold die Treppe zur Wohnung hinaufstieg.

»Ich habe uns Kipferl und Semmerl mitgebracht. Damit wir gemeinsam frühstücken«, antwortete Leopold. »Warum weinst du, mein Kind?«

»Nichts, es ist nichts. Ach Papa, du bist einfach nur lieb«, sagte Olivia schluchzend und lehnte ihren Kopf an seine Schulter.

»Sieh mal.« Leopold kramte in der Papiertüte. »Ich habe auch ein Briochekipferl für Juli gekauft. Das mag sie doch so gern.«

»Für Juli?« Olivia blickte ihren Vater traurig an. »Da wird sie sich aber freuen.«

Schlagartig wurde ihr bewusst, dass ihre Nachforschungen am Semmering nichts gebracht hatten. Sie hatte die Notiz von Pfarrer Thomas in dem Buch völlig aus ihrem Gedächtnis gestrichen und sich aus Selbstschutz voll auf den Fall Sophie Bernstein konzentriert. Doch als sie mit Leopold am Küchentisch saß und frühstückte, wurde ihr alles wieder gegenwärtig, und sie dachte an den Satz, den sie einfach nicht wahrhaben wollte: »Michael und Juli leben in Frieden und sind erlöst für immer.«

26

Levi stand vor der Kaffeemaschine in der Küche und wartete, bis die Kaffeebohnen gemahlen waren. Währenddessen überlegte er, wie er Rebecca davon überzeugen konnte, nicht zu dieser Matinee zu gehen. Doch als Rebecca in die Küche kam, war ihm noch immer kein stichhaltiger Grund eingefallen.

»Mmhh, das riecht aber verführerisch«, sagte Rebecca lächelnd und sog den Kaffeeduft durch die Nase ein. Barfuß, mit zerzausten Haaren und dem Schlabberpulli wirkte sie wie ein junges Mädchen.

»Wir konnten gestern nicht über die Matinee reden. Du gehst also ins Palais Fürstenhof?«, fragte Levi so beiläufig wie möglich.

»Warum fragst du? Du bist doch auch eingeladen. Dein Ruf als Dozent hat sich anscheinend herumgesprochen«, machte Rebecca ihm ein Kompliment.

»Wie kommst du darauf, dass man mich als Dozent kennt?«, fragte Levi.

»Weil die Plätze zu den Matineen in diesem Hotel heiß begehrt sind und nur Künstler, Prominente und wichtige Personen eingeladen werden.«

»Ach, dann bin ich also eine wichtige Persönlichkeit«, erwiderte Levi mit einem leicht ätzenden Unterton in der Stimme.

»Sag, was ist los?« Rebeccas Lächeln erstarb und sie blickte Levi prüfend ins Gesicht. »Weshalb fragst du mich wegen der Matinee?«

»Ich will nicht, dass wir dort hingehen«, gab Levi gedehnt zu, während er den duftenden Kaffee in zwei Tassen füllte und auf den Tisch stellte.

»Wieso denn das?« Rebecca umfasste ihre Tasse mit beiden Händen und trank einen großen Schluck. »Welchen Grund gibt es, nicht dort zu erscheinen?«

»Ich bearbeite doch mit Olivia und meinen Studenten den Cold Case Sophie Bernstein«, wählte Levi seine Worte mit Bedacht. »Und da haben wir den begründeten Verdacht, dass es gewisse Unregelmäßigkeiten bei den Ermittlungen gegeben hat.«

»Was hat das alles mit dieser Matinee zu tun?«, unterbrach ihn Rebecca und zog ihre Stirn kraus.

»Marius Wiener, der Besitzer des Hotels, wurde damals von Sophie verklagt. Und die junge Frau verlor völlig den Boden unter den Füßen, war zum Schluss ohne festen Wohnsitz und wurde später unter tragischen Umständen ermordet. Dabei …«

»Ich kenne die alte Geschichte. Es ging um ›Die Kartenlegerin‹, dieses wertvolle Gemälde aus dem Hotel«, unterbrach ihn Rebecca erneut, diesmal schon ein wenig ungehalten. »Aber wir können uns jede weitere Diskussion sparen. Ich gehe hin.«

Abrupt stand Rebecca auf und verließ die Küche. Kurz darauf hörte Levi aus ihrem Musikzimmer Tonkaskaden, die wie wilde Wasserfälle durch die Wohnung strömten.

»Es tut mir leid!«, rief er in Richtung Musikzimmer, doch Rebecca antwortete nur mit einer furiosen Tonfolge.

So eine Diskussion hat auch was Gutes. Sie setzt ungeahnte kreative Kräfte frei, dachte Levi und ging in sein Arbeitszimmer. Er öffnete den Schrank und sah Esthers ›Mantel der

Unvergessenen‹, der seit Jahren in dem Schrank hing. Nur ein einziges Mal hatte er ihn an ein Museum für eine Ausstellung verliehen. Wie so oft erinnerte er sich an seine Kindheit, wenn er den brüchigen Stoff berührte:

Esther saß in ihrem Schaukelstuhl und spähte aus dem Fenster.

»Was siehst du da draußen?«, fragte Levi mit leiser Stimme.

»Nichts, aber man muss wachsam bleiben. Denn plötzlich ist die Gefahr da«, antwortete Esther. »Deshalb passe ich immer auf. Wenn die Männer durch die Straße gehen, muss ich verschwinden. Denn sie kommen, um einen von uns zu holen.« Esther hüllte sich fest in ihren unförmigen Mantel.

»Deshalb hast du immer den Mantel an, damit du sofort flüchten kannst«, folgerte Levi.

»Nein, in dem Mantel sind Erinnerungen aufbewahrt. Nachbarn aus der Gemeinde haben sie mir gegeben, damit sie nicht verloren gehen.«

»Was sind Erinnerungen?« Der kleine Levi konnte sich darunter nicht das Geringste vorstellen.

»Erinnerungen sind Gedanken, Worte oder Dinge, die uns in frühere Zeiten zurückversetzen«, antwortete Esther. »Später einmal wirst du dich auch an mich erinnern, wenn du diesen Mantel siehst.«

Ächzend stemmte sich Esther aus dem Schaukelstuhl. Der Mantel hing gewichtig an ihrem dünnen Körper und zog sie beinahe zu Boden.

»Ich trage schwer an diesen Erinnerungen«, sagte sie und knöpfte den Mantel auf. »Denn keiner von denen, die sie mir gegeben haben, ist zurückgekehrt.«

Das Futter ihres Mantels sah aus wie ein Flickenteppich, wie eine bunte Landkarte von Schicksalen. Ganz oben lugte ein mottenzerfressener Teddybär hervor, dessen Knopfaugen glitzerten.

»Jeder dieser Flicken ist eine Tasche«, sagte Esther in ihrer gewohnt langsamen Art. *»Und in jeder dieser Taschen ist ein persönlicher Schatz einer unserer jüdischen Mitbrüder, den ich vor dem Vergessen bewahren soll. Deshalb heißt er auch ›Mantel der Unvergessenen‹.«*

Zärtlich streichelte Levi über den brüchigen Stoff. Dann schloss er den Schrank wieder und griff nach dem fragmentarischen Tagebuch, das Esther geführt hatte. Er hatte es erst kürzlich in einer Kiste mit alten Spielsachen auf dem Speicher entdeckt. Bisher war er nicht dazu gekommen, es zu lesen, aber vielleicht befand sich ein Hinweis auf die Tarotkarte oder die geheimnisvolle Miriam darin. Bei einem Eintrag, der sich auf die letzten Kriegstage in Wien bezog, wurde er stutzig. Esther beschrieb dort ein verletztes jüdisches Mädchen, das ihr eine halbe Tarotkarte zusteckte. Dieses Mädchen hieß Miriam.

»Du bist doch das Mädchen mit dem ›Mantel der Unvergessenen‹?«, hörte ich plötzlich eine Stimme und eine staubige Gestalt wankte aus einem zerstörten Haus.

»Wer will das wissen?«, fragte ich vorsichtig.

»Ich bin Miriam Morgenstern, die Tochter des Zahnarztes.«

»Ja, ich erinnere mich, wie geht es deinem Vater?«

»Er ist tot, genau wie meine Mutter. Sie wurde gestern von der SS erschossen. Mich haben sie verletzt, aber ich konnte entkommen. Doch es ist nur noch eine Frage der Zeit, bis man mich kriegt. Deshalb habe ich etwas für dich zur Aufbewahrung in deinem Mantel.«

Miriam zog eine Tarotkarte aus ihrer zerfetzten Jacke und riss sie entzwei. Eine Hälfte stopfte sie zurück in ihre Lumpen, die andere streckte sie mir entgegen. »Hebe sie für mich auf. Wenn der Schrecken vorbei ist und ich all das überlebe, dann hole ich sie mir wieder ab.«

»*Weshalb nur eine Hälfte?*«

»*Weil diese halbe Karte das Band ist, das mich wieder nach Wien zurückbringt*«, keuchte Miriam und presste die Hand gegen ihren Bauch. Durch einen schmutzigen Verband sickerte ein wenig Blut.

»*Was ist mit dir passiert?*«

»*Man hat mich angeschossen*«, flüsterte Miriam und verzog vor Schmerzen das Gesicht. »*Los, geh schon. Ich komme alleine zurecht.*«

»*Ich kann dich doch jetzt nicht alleine lassen*«, sagte ich.

»*Zusammen haben wir keine Chance*«, widersprach Miriam. »*Du musst überleben, denn du hast den ›Mantel der Unvergessenen‹. Das bist du unserem Volk schuldig. Du musst die Erinnerung am Leben erhalten.*«

»*Auch du schaffst es*«, sprach ich ihr Mut zu.

»*Vielleicht, wenn Gott es so will. Hüte die halbe Tarotkarte, denn wenn der Krieg vorbei ist, dann wird die Wahrheit ans Licht kommen.*«

»Miriam«, murmelte Levi vor sich hin. Er überlegte, woher ihm der Name so bekannt vorkam. Dann erinnerte er sich wieder an den Brief von Sophie, in dem von ihrer Urgroßmutter Miriam die Rede war. Er stand auf und ging zum Schrank, holte Esthers ›Mantel der Unvergessenen‹ hervor und legte ihn vorsichtig auf das Sofa. Mit geübtem Griff durchsuchte er die Taschen und wurde schnell fündig. Er entdeckte tatsächlich eine halbe Tarotkarte. Dann war es also wirklich seine Großmutter gewesen, von der Sophie geschrieben hatte.

Levi drehte die Karte um und sah eine Ziffernfolge, die an der Kante abbrach und wahrscheinlich auf dem fehlenden Teil fortgeführt worden war. Hastig griff er zu dem polizeilichen Protokoll, in dem auch die Habseligkeiten der toten Sophie aufgelistet waren. Doch von einer halben Tarotkarte war nicht die

Rede. Irritiert kratzte sich Levi seinen grau melierten Bart und dachte nach. Er musste unbedingt mit Reiter darüber reden. Vorsichtig packte er die Kartenhälfte in eine kleine Plastiktüte und zog seinen Mantel an. Als er die Haustür öffnete, blies ihm ein eiskalter Schneeregen entgegen. Es hatte in der Nacht einen ersten heftigen Wintereinbruch gegeben und die Straßen bedeckte ein grauweißer Matsch. Auch sein Saab war mit einer dünnen Schneedecke überzogen.

Levi dachte an Sophie, der das Schicksal so übel mitgespielt hatte. Hätte er Sophie vor dem Tod bewahren können?

27

SOPHIE WILL NICHT STERBEN

Am Tag der Urteilsverkündung betritt Sophie mit einer großen Umhängetasche das alte Gerichtsgebäude. Sie spürt die taxierenden Blicke der Personen, die sich im Foyer versammelt haben. Der gegnerische Anwalt, der in seinem dreiteiligen Anzug wie ein Dandy aussieht, nickt mit dem Kopf. Marius Wiener hingegen würdigt sie keines Blickes. Die junge Frau mit dem schwarzen Pagenkopf betrachtet sie fast ein wenig mitleidig. Sophie lässt sich ihre Nervosität nicht anmerken. Sie ist allein. Das wird ihr in diesem Augenblick schmerzlich bewusst. Mit gespielter Selbstsicherheit geht sie zum Aufzug. »Hoffentlich ist Lydia bereits da«, denkt sie.

Der Lift im alten Gerichtsgebäude ist ein altmodischer Paternoster. Sophie ist es jedes Mal unbehaglich, die offenen Kabinen zu betreten, die nicht anhalten, sondern unentwegt zwischen den Stockwerken zirkulieren. Als sie einsteigt, löst sich das Schuhband eines ihrer Sneaker. Sie bückt sich, um es neu zu binden. Ein Mann springt noch schnell in die Kabine. Der Paternoster erreicht das Zwischengeschoss. Der Mann versetzt Sophie überraschend einen Stoß mit dem Ellbogen. Sie verliert das Gleichgewicht und kippt mit dem Oberkörper nach draußen. Die Decke des nächsten Geschosses nähert sich und Sophie schreit in Panik auf.

»Verzeihung«, sagt der Mann und streckt Sophie die Hand hin. Sie umkrallt die Finger des Mannes, doch anstatt sie hineinzuziehen, drückte er Sophie noch weiter nach draußen. Gleich wird sie zwischen Kabine und Geschossdecke eingeklemmt und zerquetscht. Im letzten Moment reißt der Mann Sophie zurück.

»So schnell kann man sterben«, flüstert er und springt aus dem Aufzug. Sophie sinkt wimmernd auf dem Boden zusammen.

»Was ist denn?« Lydia betritt einen Stock höher die Kabine. Besorgt kniet sie sich zu Sophie.

»Jemand wollte mich töten«, schluchzt Sophie und drückt ihren Kopf fest an Lydias Brust.

»Aber wer sollte denn so etwas tun?«, fragt Lydia mit zweifelnder Stimme.

»Er ist ein Stockwerk tiefer ausgestiegen.«

»Ach, das glaube ich jetzt nicht.« Lydia hilft Sophie auf die Beine und blickt ihr fest in die Augen. »Gleich wird der Richter das Urteil verkünden. Darauf musst du dich jetzt konzentrieren.«

»Okay, nur das ist wichtig.« Sophie nickt gehorsam und wischt sich die Tränen aus dem Gesicht. Dann steigt sie gemeinsam mit Lydia aus dem Paternoster. Am Ende des Gangs steht der Richter in seiner schwarzen Robe.

»Der Richter fand die Argumentation, dass ›Die Kartenlegerin‹ deiner Urgroßmutter gestohlen wurde und es deshalb keinen Nachweis gibt, logisch. Das ist ein gutes Zeichen«, flüstert Lydia. Einer der Beisitzer bemerkt sie und kommt auf sie zu.

»Es sieht gut aus«, meint er und zwinkert verstohlen. »Mehr darf ich nicht preisgeben.«

»Na, was habe ich gesagt?« Lydia drückt beide Daumen. »Komm schon, lächle ein bisschen.«

Sophie verzieht ihren Mund zu einem dünnen Lächeln. Heute will sie zu den Gewinnern zählen. Doch das positive Gefühl verfliegt, als ein Mann aus dem Paternoster steigt.

»Das ist der Mann, der mich umbringen wollte!«

»Du täuschst dich«, sagt Lydia.

»Nein, er ist es!« Sophie will den Mann zur Rede stellen, doch Lydia hält sie zurück.

»Mach jetzt bitte keine Szene!«

Sophie beobachtet den Mann, der auf den Richter zugeht. Er zieht ein Kuvert aus der Innentasche seines Sakkos.

»Ein Foto von Ihrem letzten Besuch bei Marius Wiener.«

Mit diesen Worten händigt er dem Richter den Umschlag aus. Er dreht sich um und geht wieder zum Paternoster. Sophie schenkt er keinerlei Beachtung.

Sophie starrt dem Mann hinterher, bis die Kabine verschwunden ist, dann dreht sie sich zum Richter. Dieser öffnet gerade das Kuvert und zieht ein Foto hervor. Er betrachtet es kurz und wird bleich. Hastig steckt er es in den Umschlag zurück und winkt den Gerichtsdiener zu sich.

»Die Verhandlung wird um fünfzehn Minuten verschoben«, hört Sophie die gleichgültige Stimme des Gerichtsdieners.

Nach quälend langen fünfzehn Minuten betreten sie den Gerichtssaal. Der Richter erscheint und alle Anwesenden erheben sich.

»Urteil in der Causa Sophie Bernstein versus Palais Fürstenhof, vertreten durch Marius Wiener. Der Klage von Sophie Bernstein wird nicht stattgegeben. Sämtliche Kosten des Verfahrens und der gegnerischen Partei müssen von der Klägerin getragen werden.«

Die weitere Urteilsbegründung registriert Sophie nicht mehr. Wie versteinert sitzt sie neben Lydia. Sie spürt weder

160

ihren Herzschlag noch kann sie weinen. Sie befindet sich in einer anderen Welt.

»So eine falsche Ratte!«, empört sich Lydia über den Richter und dessen Urteilsspruch. Sophie nickt apathisch und lässt sich von Lydia durch ein Spalier von mitleidigen oder zufrieden grinsenden Gesichtern zum Aufzug führen. Die Frau mit dem schwarzen Pagenkopf streicht ihr sanft über die Wange, doch Sophie bemerkt es nicht. Erst vor einem jungen Mann mit schwarzen Haaren und blauen Augen bleibt sie kurz stehen.

»Was machst du denn hier, Oskar?«

»Ich wollte nur sehen, ob du wenigstens einmal im Leben gewinnst.«

»Leider muss ich dich enttäuschen. Ich bleibe auf der Verliererseite.«

»Wer war das?«, fragt Lydia, als sie im Erdgeschoss nach draußen gehen.

»Oskar Heller, ein Schauspielkollege«, erwidert Sophie. »Wir sind Konkurrenten.« Sie erzählt nicht, dass sie eine Zeit lang mit Oskar zusammen war.

»Denk jetzt an nichts. Ich bringe dich zu mir, da kannst du dich erholen.« Lydia ist übertrieben fürsorglich, aber das tut Sophie gut. Manchmal sind ihr Lydias Berührungen zu viel, aber diesmal sehnt sie sich danach.

Lydias Wohnung ist groß und selbst an einem trüben Tag wie diesem hell und freundlich.

»Ich hole uns noch schnell etwas zu trinken. Ruh dich inzwischen aus, Liebes«, meint Lydia nach einem Blick in den gähnend leeren Kühlschrank.

Sophie nickt stumm. Als die Tür hinter Lydia ins Schloss fällt, kann Sophie die Einsamkeit nicht länger ertragen. Die Tatsache, alles verloren zu haben, geistert durch ihre Gedanken. »Verliererin!« steht jetzt in fetten Lettern für alle Zeit auf ihrer Stirn.

Sie streift ihre Kleider ab und geht ins Badezimmer. Dreht den Wasserhahn der Wanne auf. Das Wasser ist heiß, doch Sophie spürt nichts. Der Schmerz über den verlorenen Prozess ist zu gewaltig. Sie steigt in die Wanne und lässt sich in das dampfende Wasser gleiten. Verbissen sucht sie einen Ausweg aus ihrer schwarzen Welt. Doch es gibt keine Hintertür. Der Weg ist vorgezeichnet. Sie greift nach einem Rasierer. Nimmt die Klinge aus dem Kunststoffgriff. Starrt auf ihre Handgelenke. Sie sind jungfräulich weiß. Warten nur darauf, verletzt zu werden. Zwei schnelle Schnitte und die Haut an den Handgelenken teilt sich. Fasziniert betrachtet Sophie das Blut, das aus den Wunden quillt. Es erinnert sie an ein abstraktes Gemälde. Sophie lehnt sich in der Wanne zurück. Sie schließt die Augen und sieht das Gemälde vor sich. Sie sieht die verdeckten Tarotkarten der ›Kartenlegerin‹. Sie sieht die einzige aufgedeckte Karte. Es ist der Tod.

Mit einem zufriedenen Lächeln taucht Sophie in dem heißen Blutwasser unter. Sie will verglühen wie eine leuchtende Sternschnuppe in einem schwarzen Universum.

Sophies Oberkörper wird hochgerissen. Ihr Universum schrumpft zu einem weißen Badezimmer, zu einer weißen Bluse, die mit roten abstrakten Blutschlieren bedeckt ist, zu dem panischen Gesicht von Lydia.

»Oh mein Gott. Wach auf, Sophie, wach auf!«

Sophie spürt Lydias Hände, die auf ihre Wangen klopfen. Lydia hebt sie aus der Wanne. Noch immer rinnt Blut aus den Schnitten an Sophies Handgelenken. Sie liegt auf dem Boden. Ihr Puls schlägt unregelmäßig. Das schwarze Universum rückt langsam näher. *Sterbe ich?*, denkt sie.

Mit Handtüchern stoppt Lydia die Blutung. Zieht Sophie einen Bademantel über. Trägt Sophie auf ihren Armen durch die Wohnung zum Aufzug. Fährt mit Sophie in die Tiefgarage. Bettet sie auf den Rücksitz ihres Wagens.

»Alles wird gut«, sagt Lydia, während sie aus der Garage fährt.

Die Handtücher lockern sich. Blut sickert durch den weißen Stoff. Sophie atmet nur noch flach.

»Ich bringe dich in die Notaufnahme der Krisenintervention. Die kümmern sich um dich, Liebes.« Lydia kann nur schwer die Panik in ihrer Stimme verbergen. »Alles wird gut«, wiederholt sie.

Sophie ist dabei zu verglühen, als der Wagen stoppt. Die Tür wird aufgerissen.

»Hoffentlich ist es nicht zu spät«, sagt die Ärztin und fühlt Sophies Puls am Hals.

Lydia packt die Ärztin am Arm. »Sophie darf nicht sterben!«

28

Im Sonnenlicht funkelten die Eiskristalle auf den Windschutzscheiben der Autos wie Juwelen. Levi überlegte, ob er seinen Saab von dem Eis befreien sollte, entschied sich aber dann doch dagegen und ging zu Fuß. Die Polizeidirektion befand sich nur ein paar Hundert Meter entfernt auf der anderen Seite des Donaukanals, und ein Fußmarsch war sicher gut für seine Kondition.

Am Eingang gab es wie üblich scharfe Kontrollen, die auch Levi über sich ergehen lassen musste, obwohl er die meisten Beamten noch von früher kannte. Als er das Prozedere hinter sich gebracht hatte, ging er durch das Foyer und fuhr mit dem Lift nach oben, wo sich die Mordkommission II und auch Reiters Büro befanden.

»Wo ist Chefinspektor Reiter?«, fragte er eine junge Inspektorin, die hochschreckte, als er sofort nach dem Anklopfen einfach hereinplatzte.

»Wer sind Sie und was haben Sie hier zu suchen?«, fragte sie überrascht.

»Levi Kant. Ich habe früher hier gearbeitet«, stellte sich Levi schnell vor.

»Ach, Sie sind das.« Die Polizistin betrachtete Levi interessiert. »Reiter hat mir von Ihnen erzählt.«

»Ich hoffe, nichts allzu Schlimmes«, scherzte Levi.

»Nur das Beste. Chefinspektor Reiter schwärmt richtig von Ihnen. Er ist übrigens in der Kantine. Wir hatten einen anstrengenden nächtlichen Einsatz, und er muss sich jetzt ein wenig mit Koffein dopen«, erklärte die Beamtin.

»Danke für die Auskunft.« Levi verabschiedete sich und fuhr mit dem Aufzug hinauf in das ausgebaute Dachgeschoss des Gebäudes, wo sich auch die Kantine befand. Jedes Mal war Levi erneut beindruckt von dem Blick, den man von hier aus über die Dächer der Stadt bis hin zum fernen Turm des Stephansdoms hatte. Um diese Zeit war hier noch wenig los, und Levi entdeckte Reiter sofort, der an einem Tisch neben der Heizung saß, vor sich nur eine einsame Tasse Kaffee.

»Hallo, Reiter, wie geht's? Ich habe gehört, ihr hattet einen nächtlichen Einsatz.«

»Bandenkrieg in Ottakring. Zwei Tote und mehrere Verletzte. Wir waren die ganze Nacht dort draußen bei dieser Scheißkälte.« Reiters Augen waren gerötet und er schniefte unentwegt.

»Du solltest dich in den Innendienst versetzen lassen«, riet ihm Levi mit einem ironischen Lächeln.

»Sehr witzig. Warum bist du hier?«, fragte Reiter, als Levi sich einen Stuhl angelte und sich an den Tisch setzte.

»Das habe ich heute früh im Nachlass meiner Großmutter gefunden«, erklärte Levi und legte die halbe Tarotkarte auf die Tischplatte.

»Was soll ich damit?« Reiter drehte sich zur Seite und begann heftig in ein Taschentuch zu niesen. »Dieser verdammte Nachteinsatz brockt mir eine Grippe ein. Vielleicht hast du recht mit dem Innendienst«, fluchte er und schnäuzte sich lautstark. »Also, was willst du mir mit der halben Spielkarte sagen?«

»Das ist die Hälfte einer Tarotkarte, die uns einen Hinweis auf den tatsächlichen Besitzer des Gemäldes ›Die Kartenlegerin‹ geben kann«, erwiderte Levi und erzählte Reiter, wo er die Karte gefunden hatte. »Aber bei der Asservaten-Auflistung von Sophie Bernsteins Habseligkeiten habe ich keine derartige Karte gefunden.«

»Ich glaube, du verrennst dich da in etwas«, meinte Reiter, nachdem er die Liste durchgesehen hatte, die ihm Levi auf den Tisch legte. »Deine Großmutter hat eine halbe Tarotkarte aufbewahrt, die wahrscheinlich für sie eine gewisse Bedeutung hatte, aber mit dem Fall nicht das Geringste zu tun hat. Warum hat diese Miriam die Karte nicht nach dem Krieg von Esther zurückgeholt, wenn sie so wichtig war?«

»Miriam war nach Tel Aviv geflüchtet und wollte alles vergessen, was mit der Nazizeit in Wien zu tun hatte«, entgegnete Levi. »Das ist doch verständlich.«

»Kann ich ihr nicht verdenken«, gab Reiter Levi recht. »Aber das alleine ist noch kein Beweis.«

»Wer hatte denn eigentlich Zugang zu den Sachen in der Asservatenkammer?«, fragte Levi.

»Ich habe dir doch gesagt, dass die Ermittlungen später vom Innenministerium übernommen wurden. Da hat man ihnen natürlich auch alle Gegenstände übergeben.« Reiter schnäuzte sich erneut heftig. »Wer hätte denn überhaupt von der Bedeutung der Karte wissen können?«

»Natürlich derjenige, dessen Vorfahren das Gemälde geraubt haben. Der wusste, dass es irgendwo ein Dokument gibt, das den rechtmäßigen Besitzer ausweist.«

»Du spinnst vollkommen. Dieser Jemand ist also seelenruhig ins Innenministerium gegangen, an der Polizei vorbei einfach in die Asservatenkammer spaziert und hat die Sachen von Sophie Bernstein durchwühlt.«

»So kann es gewesen sein.«

»Falsch. Das Protokoll wurde vom zuständigen Ermittler nach ihrem Tod erstellt, wie du an dem Datum erkennen kannst. Sie kann diese halbe Karte gar nicht bei sich gehabt haben.«

»Oder jemand hat sie ihr abgenommen, als sie tot war.«

»Wer sollte das denn gewesen sein?«

»Marius Wiener natürlich. Wenn das berühmte Gemälde an die rechtmäßige Besitzerin zurückginge, dann wäre das eine Katastrophe für das Renommee seines Hotels.« Levi wollte weiterreden, doch Reiter hob die Hand.

»Kein Wort mehr. Du bist im Begriff, einen unbescholtenen Bürger des Mordes zu bezichtigen. Das ist Verleumdung und ich müsste das melden. Also hältst du besser den Mund mit diesem Unsinn.«

In diesem Moment wurde die Tür zur Kantine schwungvoll aufgerissen und ein hagerer Mann in einem grauen Dreiteiler trat ein. Levi kannte ihn, es war Hans Mayer, der Polizeipräsident. Er hatte die Hände hinter dem Rücken verschränkt und ging vor dem Büfett auf und ab. Dann blieb er stehen, unterhielt sich kurz mit dem Koch und wartete, bis er einen frisch gepressten Orangensaft bekam. Mayer hielt das Glas in den Händen und blickte suchend umher, als er Reiter und Levi entdeckte. Mit einem Lächeln im Gesicht kam er sofort auf sie zu.

»Levi Kant, was für eine Überraschung«, sagte Mayer und schüttelte Levi die Hand. »Wie geht es Ihrer reizenden Frau? Arbeitet sie noch immer als Musiklehrerin?«

»Nein, sie ist jetzt wieder künstlerisch tätig. Gibt exklusive private Konzerte«, erwiderte Levi.

»Sehr schön, sehr schön.« Der Polizeipräsident nickte wenig interessiert. »Und was führt Sie zurück an die Stätte Ihres erfolgreichen Wirkens? Das Essen in unserer Kantine kann es ja nicht sein«, machte Mayer einen matten Scherz und setzte sich zu ihnen an den Tisch.

»Levi glaubt, dass der Mord an Sophie Bernstein kein Mord im Affekt war, sondern dass der Mörder die Frau getötet hat, um eine halbe Tarotkarte in seinen Besitz zu bekommen.« Reiter deutete auf das Fragment, das Levi noch immer in der Hand hielt.

»Sie und Ihre alten Geschichten.« Der Polizeipräsident schüttelte nachsichtig den Kopf. Dann deutete Mayer auf die Akte, die auf dem Tisch lag. »Denken Sie an die Vorschrift: Unterlagen haben in der Kantine nichts verloren«, meinte er tadelnd zu Reiter.

»Das ist Levis Akte aus der Polizeiakademie«, erklärte Reiter. »Er arbeitet gerade mit seinen Studenten an diesem Cold Case.«

»Ich verstehe«, antwortete Mayer zufrieden. »Diese unaufgeklärten Fälle schädigen das Ansehen der Polizei. Was hat es denn nun mit dieser Karte auf sich?«

»Die beiden Hälften sollen angeblich einen Hinweis darauf geben, wem das Gemälde ›Die Kartenlegerin‹ rechtmäßig gehört«, antwortete Reiter mit einem ironischen Unterton. »Levi steigert sich wie immer ein wenig zu sehr in diese alte Geschichte hinein.«

»Diese fehlende Distanz war auch früher ein gewisses Problem von Ihnen, nicht wahr?«, konnte sich der Polizeipräsident eine spitze Bemerkung nicht verkneifen.

»Der Aufklärungsquote hat es jedenfalls nicht geschadet«, konterte Levi.

»Natürlich nicht«, gab ihm Mayer recht. »Geben Sie mir die Karte«, sagte er dann und streckte die Hand danach aus, doch Levi steckte die halbe Tarotkarte sofort wieder in seine Jackentasche.

»Bedaure, aber das ist ein Andenken meiner Großmutter aus den letzten Kriegstagen und gehört der jüdischen Gemeinde.«

»Natürlich, ganz wie Sie meinen«, sagte der Polizeipräsident. Er hob abwehrend die Hände und lächelte dabei, wirkte jedoch trotzdem verstimmt. »Jedenfalls hat die Akte Sophie Bernstein keine Relevanz für uns. Wenn ich mich recht entsinne, wurde der Fall ja an das Innenministerium abgetreten. Und das Gemälde befindet sich meines Wissens bei den rechtmäßigen Besitzern im Palais Fürstenhof.«

»Sind Sie nicht ein Freund von Marius Wiener?«, fragte Levi spontan.

»Freund wäre zu viel gesagt, ich besuche nur manchmal das Hotel wegen seiner gediegenen Atmosphäre«, antwortete Mayer. »Übrigens, das wollte ich Ihnen noch sagen«, sprach der Polizeipräsident ungehalten weiter. »Ihre Studenten sollten sich mit wichtigeren Dingen beschäftigen. Zum Beispiel mit Internetkriminalität. Das wäre ein Thema für eine Vorlesung. Nicht diese altmodische Motivsuche. Sie sind nicht am Puls der Zeit, mein lieber Levi Kant.« Mayer beugte sich dann über den Tisch zu Reiter. »Ich muss mit Ihnen noch den Fall Dürnberger besprechen. Gehen wir am besten in Ihr Büro.«

»Jetzt gleich?«

»Ja, der Fall hat höchste Priorität.« Der Polizeipräsident stand auf und klopfte Levi gönnerhaft auf die Schulter. »Es war nett, dass Sie uns hier besucht haben, lieber Levi Kant. Und denken Sie über meinen Vorschlag bezüglich der Internetkriminalität nach. Auch dort gibt es einige Cold Cases. Trinken Sie in Ruhe einen Kaffee, geht natürlich auf Kosten des Hauses. Uns entschuldigen Sie bitte, wir haben noch echte Ermittlungsarbeit zu erledigen.«

Levi verkniff sich eine bittere Bemerkung darüber, dass die Ermittlungen in der Mordsache sehr oberflächlich durchgeführt worden waren, und nickte Reiter und Mayer nur wortlos zu. Er blieb noch einige Minuten am Tisch sitzen und starrte aus dem Fenster. Er wusste nicht warum, aber seit dem Gespräch mit Reiter und dem Polizeipräsidenten war er sich noch sicherer, dass der Mord an Sophie mit dem Gemälde zusammenhing.

»Interessant«, murmelte Levi, als er aus der Kantine trat und mit dem Aufzug nach unten ins Erdgeschoss fuhr. »Der Mörder von Sophie Bernstein muss mächtige Freunde haben. Diesen Fall umgibt eine Mauer des Schweigens.«

29

Dünne Lichtstreifen, die durch die Dachgauben fielen, zerschnitten das Zwielicht im Raum wie scharfe Messer. Ein Mann kauerte in der Mitte des riesigen Dachbodens und spielte mit einem zerschnittenen Seil.

»Sie hat sich nicht einmal die Mühe gemacht, das Seil wegzuwerfen«, sagte Marius in die Leere hinein. »Großmutter hat einfach den Dachboden versperrt und so getan, als hätte es meinen Vater nie gegeben.«

Marius stand auf und griff nach einem umgestürzten Thonet-Stuhl. Vorsichtig, so als wäre das alte abgewetzte Möbel eine kostbare Reliquie, stellte er es in die Mitte des Raums. Dann stieg er auf die Sitzfläche, die unter seinem Gewicht ächzte, und starrte nach oben zu den Querbalken des Dachstuhls, die sich dunkel und mächtig quer durch den Raum zogen. In der Hand hielt er noch immer die Teile des Seils, mit dem sich sein Vater vor vielen Jahren erhängt hatte.

Was, wenn er jetzt das Gleiche tun würde? Würde er dann endlich in einen nie enden wollenden Schlaf sinken? Der Gedanke war verlockend, denn Marius konnte sich schon nicht mehr daran erinnern, wann er zuletzt eine Nacht durchgeschlafen hatte. Er hatte zwar einige Ärzte und Therapeuten konsultiert, die eine Menge Geld kosteten, aber keiner konnte ihm helfen. Keiner wusste, dass er jede Nacht von der ›Kartenlegerin‹ träumte und nur darauf wartete, dass auch ihn der Fluch des Bildes traf.

Er nahm das Seil in beide Hände und warf einen prüfenden Blick darauf. Es war morsch und würde wahrscheinlich unter seinem Körpergewicht reißen. Aber wenn nicht? Wenn es nicht nachgab, dann war alles vorbei.

»Was machen Sie da?«, hörte er plötzlich eine dunkle Stimme vom Eingang her. Langsam näherten sich Schritte und eine Gestalt löste sich aus dem Dunkel. Es war Karla, seine junge Gesellschaftsdame.

»Wie kommst du hierher?«, fragte Marius überrascht und kam sich lächerlich vor, wie er so mit dem Strick in den Händen auf dem Stuhl stand.

»Sie werden bereits überall gesucht. Es gibt doch gleich den Empfang mit dem Polizeipräsidenten, und in der Küche geht alles drunter und drüber«, sagte Karla und umrundete den Stuhl. »Ist das der Sessel, auf dem Ihr Vater stand, als er sich erhängt hat?«, fragte Karla dann und tippte mit ihrer Schuhspitze gegen ein Stuhlbein.

»Ja, das ist er«, erwiderte Marius kurz angebunden und drehte nervös das Seil zwischen seinen Händen.

»Und der Strick ist wohl auch das Original«, mutmaßte Karla nach einem kurzen Blick darauf.

»So ist es.«

»Was seid ihr nur für eine traurige Familie gewesen? Habt es nicht der Mühe wert gefunden, die Dinge wegzuräumen, die zum Tod Ihres Vaters geführt haben.«

»Agnes hat einfach den Dachboden abgesperrt und damit die Vergangenheit aus ihrem Denken weggeschlossen«, sagte Marius mit einem erschöpften Unterton.

»Ihre Großmutter war eine Frau ohne Herz und ohne Skrupel.« Karla schüttelte sich, als würde sie frieren.

»Ich will nicht, dass du so über Agnes sprichst«, ermahnte Marius seine Gesellschaftsdame. Obwohl auch er beim Begräbnis seiner Großmutter nicht die geringste Trauer empfunden hatte, sondern im Gegenteil ein tiefes Gefühl der Befriedigung, dass endlich ein neues Zeitalter beginnen würde. Aber es war nicht so gekommen. Der Schatten von Agnes lag über dem Hotel und kommandierte ihn auch noch nach ihrem Tod.

»Es ist Zeit, dass du dich um die bulgarischen Mädchen kümmerst«, sagte Marius und sprang elegant vom Stuhl herunter.

»Warum versuchen Sie nicht endlich, den Fluch, der auf Ihrer Familie lastet, zu brechen?«

»Ich versteh nicht ganz, was du meinst.«

»Endlich die Wahrheit ans Tageslicht bringen und die Dämonen der Vergangenheit vergessen. Sie tun mir einfach nur leid.«

Nach diesen Worten drehte sich Karla um und ging mit schnellen Schritten über den Dachboden. An der Tür wandte sie sich noch einmal um. »Beeilen Sie sich. Der Polizeipräsident wartet bereits auf Sie.«

»Ich komme ja schon«, sagte Marius seufzend und folgte Karla nach unten in den roten Salon.

Dort hatte sich bereits eine illustre Runde versammelt, um den Polizeipräsidenten hochleben zu lassen, da er vor Kurzem das Goldene Verdienstzeichen der Republik verliehen bekommen hatte.

»Auf dich, mein lieber Hans«, prostete Marius dem Polizeipräsidenten Mayer zu und hob sein Glas. »Es ist mir eine Ehre, dich als Freund heute bei uns zu haben.« Die anderen Gäste applaudierten, dann trat der Wiener Bürgermeister nach vorne und hielt ebenfalls eine Ansprache. Als alle Gäste den Polizeipräsidenten beglückwünscht hatten, trat dieser zu Marius und nahm ihn diskret zur Seite.

»Heute war der frühere Chefinspektor Levi Kant bei mir. Er interessiert sich für die Herkunft des Gemäldes.« Mayer wies auf das Bild über dem Kamin. »Es gibt angeblich ein Dokument, das auf den rechtmäßigen Besitzer hinweist. Ist an der Sache etwas dran?«, fragte Mayer besorgt.

»Aber nein, das Bild gehört meiner Familie«, bekräftigte Marius und spürte, wie ihm der kalte Schweiß ausbrach. »Wieso fragst du mich das? Wir haben damals den Prozess eindeutig gewonnen.«

»Das weiß ich natürlich. Aber Levi Kant bearbeitet mit seinen Studenten den Cold Case Sophie Bernstein. Es wurde ja nie der Mörder dieser jungen Frau gefunden.«

»Hoffentlich entdeckt er mit seinen Studenten jetzt eine heiße Spur«, antwortete Marius und bemühte sich, locker und ungezwungen zu wirken.

»Ja, hoffentlich. Denn das ist gut für die Statistik.« Mayer klopfte Marius auf die Schulter. »Ich bin froh, dass du eine weiße Weste hast. Aber jetzt genug von diesen tristen Dingen. Lasst uns ein wenig feiern.«

»Wir haben eine Überraschung für dich vorbereitet.« Marius schnippte mit den Fingern und zwei Diener öffneten die Flügeltüren des Clubzimmers. Karla kam in den Raum und führte mehrere nackte Mädchen mit verbundenen Augen an Hundeleinen hinter sich her.

Die Gäste applaudierten laut und wollten sofort zu den Mädchen gehen.

»Einen Moment«, sagte Karla. »Diese Mädchen sind kostbarer als so mancher Edelstein. Wer eines davon will, muss ihrer wert sein.«

»Was muss ich bezahlen?«, rief ein dicklicher Mann mit hochrotem Kopf. »Kann ich auch dich haben?«

»Das ist möglich. Doch zunächst gibt es eine Versteigerung unserer Edelsteine.«

Karla zog die seidene Binde von den Augen eines der Mädchen. »Das ist Kyra, sie ist noch Jungfrau. Der Ausrufpreis liegt bei 10.000 Euro. Bietet jemand 12.000?«

Karla blickte um sich und sah, wie ein Gast schnell mit dem Kopf nickte.

»12.000 Euro sind geboten, wer bietet 15.000?« Wieder schaute Karla in die Runde. Der Polizeipräsident fuhr sich mit der Hand diskret an die Nasenspitze. »Kyra geht für 15.000 Euro an unser Ehrenmitglied.«

Jetzt trat Marius vor und griff nach der Leine, die vom Halsband des Mädchens baumelte. Wie einen Hund zog er es hinter sich her, als er damit zu dem Polizeipräsidenten ging. »Das ist mein Geschenk an dich, Hans. Sie ist mindestens das Doppelte wert. Ich hoffe, du weißt das zu schätzen.«

»Aber natürlich, Marius, und ich bin dir sehr verbunden«, erwiderte der Polizeipräsident mit einem schmutzigen Lächeln. Er packte die Leine und verließ mit Kyra im Schlepptau den Salon.

»Mach ruhig weiter«, sagte Marius zu Karla und deutete auf die nackten Mädchen, die noch versteigert werden mussten. »Ich habe kurz etwas Dringendes zu erledigen.«

Als Marius die Doppeltüren hinter sich schloss, atmete er zunächst tief durch. Dann griff er nach seinem Handy und wählte eine Nummer. »Ich habe einen Auftrag für Sie«, sagte er leise. »Wir treffen uns abends im Park.« Er trennte die Verbindung und löschte sofort die Nummer. Mit einem zufriedenen Lächeln ging er zurück in den Salon, wo die Versteigerung gerade ihren Höhepunkt erreicht hatte. Das Schicksal meinte es endlich doch gut mit ihm, und er würde niemals so enden wie sein Vater.

30

Das durchdringende Schrillen der Türglocke zerstörte den eleganten Lauf der Akkorde, und mit einem leisen Seufzer klappte Rebecca den Klavierdeckel zu und stand auf.

»Wahrscheinlich hat Levi wieder einmal seinen Wohnungsschlüssel vergessen«, vermutete sie genervt und ging nach draußen. Sie hasste es, wenn man sie aus ihrem Spiel riss. Denn meistens war dann der Faden gerissen und Rebecca fand nur noch sehr schwer in die zuvor erlangte Leichtigkeit zurück. Wieder schellte die Türglocke.

»Jaja, ich komme gleich!«, rief sie ungehalten und riss die Tür auf. Im selben Moment erhielt sie einen Stoß und taumelte in den Flur zurück. Erschrocken blickte sie auf und sah direkt in die Mündung einer Pistole.

»Psst!« Ein Mann trat in den Flur und schlug hinter sich die Wohnungstür zu. Dann drehte er den Schlüssel um und sperrte ab. Er trug Jeans und ein Blouson und hatte eine schwarze Sturmhaube über sein Gesicht gezogen, sodass Rebecca nur seine dunklen Augen erkennen konnte. »Wenn du den Mund hältst, passiert dir nichts!«, drohte er in hartem Deutsch.

»Was wollen Sie?«, flüsterte Rebecca mit zittriger Stimme und konnte den Blick nicht von der Pistolenmündung abwenden. »Bitte tun Sie mir nichts.«

»Ich habe gesagt, du sollst ruhig sein«, fuhr der Mann sie an und hob die Pistole, so als wolle er gleich zuschlagen. Rebecca zuckte zusammen und wich zurück. »Wo ist das Zimmer deines Mannes?«, fragte der Einbrecher.

»Dort, dort hinten.« Rebecca deutete zu der Tür am Ende des Flurs. Instinktiv langte sie in die Gesäßtasche ihrer Jeans, suchte ihr Handy, doch dann fiel ihr ein, dass sie es neben dem Klavier hatte liegen lassen. Langsam ging sie rückwärts, bis sie an die Tür von Levis Arbeitszimmer stieß.

»Geh hinein!« Mit dem Lauf seiner Waffe stieß er Rebecca vorwärts. Als sie vor dem Schreibtisch standen, blickte sich der Mann um und herrschte Rebecca an: »Wo ist die Tarotkarte?«

»Was für eine Tarotkarte?« Rebecca verstand nicht, was der Mann von ihr wollte.

»Die Karte, die dein Mann hat«, zischte der Eindringling und hob drohend die Waffe.

»Ich habe keine Ahnung, was Sie meinen.«

»Du lügst.« Der Mann packte Rebecca an den Haaren und riss sie zu Boden. Dann presste er ihr den Lauf der Waffe gegen die Schläfe. »Du sagst mir jetzt sofort, wo die Tarotkarte ist, sonst schieße ich dir ein Loch in den Schädel.«

In diesem Moment schrillte ihr Handy im Musikzimmer und der Mann blickte irritiert auf.

Diese kurze Spanne der Unaufmerksamkeit nutzte Rebecca. Sie hielt den Atem an, sammelte alle Kräfte und rammte dem Mann ihr Knie zwischen die Beine. Mit einem wütenden Schrei ließ der Mann die Pistole sinken, krümmte sich zusammen und griff sich mit schmerzverzerrtem Gesicht in den Schritt. Sofort sprang Rebecca auf, stieß den Mann zur Seite und rannte hinaus auf den Flur. Nur drei große Schritte, dann hatte sie die Wohnungstür erreicht. Hastig drückte sie die Türklinke nach unten, doch es war abgesperrt. Hektisch drehte sie den Schlüssel, aber das Schloss war alt und blockierte.

»Geh auf, los, mach schon!« Mit zitternden Fingern bewegte Rebecca den Schlüssel, hörte hinter sich den Einbrecher fluchend aus dem Arbeitszimmer stürzen. Im letzten Moment sprang das Schloss auf und Rebecca öffnete die Tür. Sie machte einen Schritt hinaus ins Treppenhaus, doch in diesem Moment packte sie der Mann von hinten und hielt ihr mit der Hand den Mund zu.

»Das war sehr dumm von dir«, hörte sie seine Stimme an ihrem Ohr. Er schleuderte sie zurück in den Flur, wo sie unsanft auf den Teppich knallte. Dann schloss er die Tür und stellte sich breitbeinig über Rebecca. Er atmete schwer und seine Augen glitzerten gefährlich.

»Jetzt verpasse ich dir eine Kugel«, sagte er und kam mit der Mündung seiner Waffe ganz nahe auf Rebeccas Gesicht zu.

»Bitte, tun Sie mir nichts.« Rebecca rutschte auf dem Boden rückwärts, bis sie die Wand in ihrem Rücken fühlte. Sie starrte auf die Mündung, noch nie hatte sie jemand mit einer Waffe bedroht. Sie spürte die Panik, die sich langsam in ihrem Bauch ausbreitete, von dort nach oben kroch, und kalter Schweiß brach ihr aus.

Du musst kooperieren, du darfst ihn nicht verärgern, sagte sie sich insgeheim vor. Ihn zu reizen würde alles nur noch schlimmer machen. Sie begann zu zittern, noch stemmte sie sich gegen eine Panikattacke, doch sie wusste, dass ihre Kräfte sie bald verlassen würden.

»Ich kann meinen Mann anrufen und ihn fragen, wo er diese Tarotkarte hat«, schlug sie mit bebender Stimme vor.

»Das tust du nicht!« Der Mann drehte sich im Arbeitszimmer hin und her, durchwühlte Papiere auf dem Schreibtisch und öffnete Schubladen. Dabei hielt er immer die Pistole auf Rebecca gerichtet. »Öffne den Schrank«, sagte er nach einer Weile, da er nichts gefunden hatte.

»Wieso denn?«, fragte sie, um Zeit zu gewinnen.

»Du sollst ihn aufmachen!« Der Mann packte Rebecca an den Haaren und zerrte sie durch das Arbeitszimmer, bis sie mit dem Kopf gegen die Schranktüren knallte. »Ist die Karte vielleicht hier drinnen?«

»Ich weiß es doch nicht«, heulte Rebecca und öffnete die Tür.

»Nur alte Lumpen«, meinte der Mann verächtlich und warf angewidert Esthers ›Mantel der Unvergessenen‹ auf den Boden. »Denk nach, wo kann die Karte versteckt sein?« Er versetzte Rebecca einen Fußtritt, sodass sie stolpernd gegen die Wand prallte.

Wieder klingelte Rebeccas Handy. Sie hörte ihre eigene Mailboxansage und dann die Stimme von Levi: »Das war ein ziemlich hektischer Tag. Bin gleich da!«

Auch der Mann hatte die Nachricht gehört, denn er blieb mitten im Raum stehen und klopfte sich mit dem Pistolenkolben gegen die Stirn. »Verdammt!«, fluchte er dumpf und griff in die Tasche seines Blousons. Dann zog er Rebecca hinaus auf den Flur. Dort warf er ihr mit der freien Hand Kabelbinder zu. »Los, fessle dich jetzt selbst!«

Gehorsam streifte sich Rebecca den Kabelbinder über die Handgelenke und ließ sie von dem Mann festzurren. Mit einem zweiten Kabelbinder fesselte er sie an ein Heizungsrohr im Flur. Dann nahm er ein Halstuch von der Garderobe und stopfte es Rebecca in den Mund.

»Wenn du schreist, komme ich zurück!«, drohte er Rebecca und öffnete die Eingangstür. Mit klopfendem Herzen wartete Rebecca, bis sie die sich entfernenden Schritte des Mannes auf der Treppe hörte, dann zog sie mit dem Fuß ihre Handtasche zu sich und leerte sie umständlich aus. Zwischen all dem Krimskrams fand sie auch ihre kleine Nagelschere, die sie nach einigen Anläufen zwischen ihre Finger bekam. Jetzt konnte sie die Kabelbinder durchschneiden, was ziemlich mühsam war.

Als sie es endlich geschafft hatte, befreite sie sich von dem Knebel in ihrem Mund und stand mit weichen Knien auf. Sie musste sich an der Wand festhalten und holte tief Luft, dann ging sie in Levis Arbeitszimmer und sah das Chaos auf dem Boden. Papiere und Bücher lagen verstreut auf dem Teppich, dazwischen der ›Mantel der Unvergessenen‹. Vorsichtig hob Rebecca den geflickten Mantel auf und hängte ihn wieder zurück in den Schrank. Mit schweren Schritten wankte sie zu Levis Schreibtisch und stützte sich vornüber gebeugt darauf ab. Sie sah ihr Gesicht verzerrt in der Scheibe des Fensters und fürchtete, gleich ohnmächtig zu werden. Plötzlich begann sie am ganzen Körper zu zittern, ihre Zähne klapperten und sie konnte nichts dagegen tun. Ihr Zuhause war von diesem Einbrecher beschmutzt, verseucht, seiner Sicherheit beraubt worden. Waren es überhaupt noch ihre eigenen vier Wände, wo sie Kraft schöpfen konnte, oder war das mit einem Schlag vorbei und sie nur noch eine Fremde in ihrem eigenen Heim?

Mühsam schleppte sie sich in ihr Musikzimmer und suchte ihr Handy, das irgendwo neben dem Klavier liegen musste.

»Die Polizei, ich muss die Polizei anrufen. Jawohl, die Polizei«, murmelte sie vor sich hin und versuchte, die richtigen Tasten zu drücken. Doch ihre Hände zitterten so sehr, dass sie das Gerät fallen ließ. Rebecca bückte sich, um es wieder aufzuheben. Sie wollte gerade den Notruf wählen, als eine Hand von hinten nach dem Handy griff und es ihr einfach aus den Fingern zog.

31

Mit einem lauten Schrei wirbelte Rebecca herum und sank dann in die Arme von Levi.

»Beruhige dich«, flüsterte Levi und streichelte ihren Rücken. »Ich bin es. Was ist denn los? Was ist passiert?«

»Oh Gott, Levi, jemand ist in die Wohnung eingebrochen und hat mich mit einer Pistole bedroht. Kannst du dir vorstellen, was ich für eine Angst gehabt habe?«

»Was?«, sagte Levi fassungslos und nahm Rebecca fest in seine Arme. »Wer war das, was war hier los? Was wollte er hier?« Er sah sie besorgt an. »Jetzt bist du in Sicherheit, komm her.«

Rebecca schmiegte sich an seine Brust. »Ich weiß es nicht, der Mann hat nach einer Tarotkarte gesucht. Ich habe um mein Leben gebangt. Als du angerufen hast, hat er mich gefesselt und ist verschwunden.«

»Der Einbrecher hat von einer Tarotkarte gesprochen, bist du dir da sicher?«

»Ja, ich glaube es.« Rebecca nickte und wischte sich mit dem Handrücken die Tränen aus den Augen.

Levi drückte seine Frau wieder fest an sich, während er die Kurzwahl seines Ex-Kollegen Reiter wählte. »Hier Levi. Bei mir ist eingebrochen worden. Rebecca war alleine zu Hause.«

»Oh verdammt, Levi. Seid ihr verletzt? Ist mit Rebecca alles in Ordnung?«

»Ja, aber sie steht unter Schock.«

»Okay, ich schicke gleich jemanden vom Raubdezernat zu euch. Du weißt, das ist nicht meine Zuständigkeit.«

»Hör mal, Reiter, ich rufe dich aus einem ganz bestimmten Grund an. Der Einbrecher hat eine Tarotkarte gesucht. Das kann kein Zufall sein. Ich glaube, er hat es auf die halbe Tarotkarte abgesehen, die ich dir heute gezeigt habe.«

»Wie kommst du darauf?«

»Er hat Rebecca ausdrücklich danach gefragt«, erwiderte Levi. »Also muss er davon gewusst haben.«

»Gut, dann komme ich selbst vorbei«, sagte Reiter bestimmt und legte auf.

Levi steckte das Telefon ein und zog Rebecca aus dem Musikzimmer. »Komm, setz dich in die Küche, bis die Beamten hier sind. Ich mache dir in der Zwischenzeit einen Tee.«

»Es war so schrecklich«, flüsterte Rebecca und schniefte. Voller Mitgefühl betrachtete Levi seine Frau. Zusammengesunken saß sie auf dem Küchenstuhl, doch dann ging ein Ruck durch ihren Körper, sie straffte ihre Schultern und strich sich die Haare aus dem Gesicht.

»Vielleicht war es ja ein Zufall oder der Einbrecher hat uns verwechselt?«, meinte sie dann und wirkte wieder ziemlich gefasst.

»Nein, das ist völlig ausgeschlossen. Der Einbrecher war ganz gezielt in unserer Wohnung.«

»Was ist das denn für eine Tarotkarte, die so wichtig ist?«, fragte Rebecca.

»Darüber bin ich mir selbst noch nicht im Klaren, aber in jedem Fall hängt viel an ihr.« Levi wollte noch etwas ergänzen, doch im selben Moment klingelte es an der Eingangstür.

Draußen standen zwei junge Polizisten, ein Mann und eine Frau, in Uniform.

»Chefinspektor Reiter von der Mordkommission II hat uns verständigt. Wir waren gerade in der Nähe und sind natürlich sofort vorbeigekommen«, sagte einer der Beamten.

»Gut, dass Sie hier sind«, sagte Levi. »Es gab einen Einbruch. Mein Arbeitszimmer wurde durchwühlt. Der Täter hat nach einer Tarotkarte gesucht«, erklärte Levi und deutete in den chaotischen Raum.

»Und hat er diese Karte gefunden?«, fragte einer der Polizisten und drehte sich zu Rebecca.

»Nein«, antwortete Levi an ihrer Stelle. »Diese Karte gibt es nicht bei mir. Der Einbrecher muss etwas verwechselt haben.« Levi wollte auf keinen Fall, dass noch mehr Personen von der Existenz dieser halben Tarotkarte wussten.

»Was ist geschehen?« Reiter stand in der Tür und hielt ein Taschentuch in der Hand.

»Wie bist du hereingekommen?«

»Die Tür stand offen.« Reiter deutete mit dem Daumen nach hinten. »Also, was ist passiert?«

Stockend begann Rebecca zu erzählen.

»Der Täter suchte gezielt nach der halben Tarotkarte«, ergänzte Levi, als Rebecca geendet hatte.

»Stimmt das, Rebecca?«, fragte Reiter, der Levis Frau seit Langem duzte.

»Ja, er hat mir eine Pistole an die Schläfe gehalten und mich nach dieser Karte gefragt.« Rebecca umklammerte ihre Teetasse mit beiden Händen.

»Der Einbrecher hat dich also nach der halben Tarotkarte gefragt.«

»Nein, nicht nach der halben. Nach einer Tarotkarte. Glaube ich wenigstens … Ach, du machst mich ganz unsicher. Jedenfalls ist er dann mit mir in Levis Arbeitszimmer gegangen und hat dort alles durchwühlt.« Rebecca schwieg und trank einen Schluck Tee.

»Könnte es nicht auch ein ganz normaler Einbrecher gewesen sein?«, gab Reiter zu bedenken.

»Ein Einbrecher, der jemanden mit einer Waffe bedroht, ist kein normaler Krimineller, der in Wohnungen eindringt. Das weißt du genauso gut wie ich«, mischte sich jetzt Levi ein. »Hier geht es um die halbe Tarotkarte. Das war der Grund, warum er Rebecca bedroht hat.«

»Immer langsam, Levi. Das ist deine Hypothese. So muss es aber nicht gewesen sein. Wer sollte denn überhaupt Kenntnis von der Tarotkarte haben? Du hast gesagt, es wusste niemand davon.«

»Bis auf dich«, meinte Levi langsam. »Ich habe dir heute in der Kantine davon erzählt.«

»Willst du etwa damit andeuten, dass ich etwas mit diesem Einbruch zu tun habe?« Reiters Gesicht färbte sich puterrot und eine Zornesfalte auf seiner Stirn begann heftig zu pulsieren. »Das nimmst du sofort zurück.«

»Ist ja schon gut.« Levi hob entschuldigend die Hände und strich sich nachdenklich über seinen Bart. »Wir beide saßen in der fast leeren Kantine und haben über den Fall Sophie Bernstein geredet, bis Polizeipräsident Mayer dazugekommen ist.« Levi stoppte und überlegte. »Warte, Mayer hat natürlich etwas davon mitbekommen. Wir haben doch über das Gemälde gesprochen und ich habe ihm die Hälfte der Tarotkarte gezeigt. Er wollte sie dann auch von mir haben. Außerdem ist er ein Freund von Marius Wiener. Erinnerst du dich?«

»Du verdächtigst allen Ernstes den Polizeipräsidenten, dass er mit Einbrechern unter einer Decke steckt? Entschuldige, Levi, aber du leidest an Paranoia.« Reiter faltete sein Taschentuch auseinander und schnäuzte sich kräftig. »So einen Blödsinn habe ich schon lange nicht mehr gehört.«

»Dann erkläre mir bitte plausibel, wieso gerade heute bei uns eingebrochen wurde.« Levi schnaubte aufgebracht.

»Ja, warum? Zufall? Ihr wohnt in einem In-Viertel von Wien, du fährst ein Retroauto, ich meine, da hat sich jemand über euch schlau gemacht. Ganz einfach«, erwiderte Reiter nicht minder erregt.

»Das glaube ich auch, dass uns jemand beobachtet hat, aber ich denke, da steckt etwas anderes dahinter.«

»Sei mir bitte nicht böse, Levi, aber ich glaube, du verrennst dich da in etwas«, sagte Reiter, noch immer gereizt.

Er drehte sich zu Rebecca, die zusammengekauert auf einem Stuhl in der Küche saß. Sie hatte beide Arme um ihre angezogenen Beine geschlungen und ihr Gesicht zwischen den Knien verborgen. »Rebecca, hat der Einbrecher Handschuhe getragen?«, fragte Reiter mit leiser Stimme.

»Wie?« Rebecca zuckte hoch und blickte von Levi zu Reiter. »Ich weiß es nicht.«

»Denk bitte nach«, sagte auch Levi. »Es ist wichtig, dass wir jede Kleinigkeit erfahren.«

»Ich glaube, dass er Handschuhe trug, als er hereinkam. Doch während er die Kabelbinder festzurrte, hat er einen davon ausgezogen«, antwortete Rebecca stockend.

»Ist gut, Liebling«, meinte Levi sanft und wandte sich dann an Reiter. »Rebecca braucht jetzt ihre Ruhe. Ich denke, das reicht fürs Erste.«

»Gut, die Spurensicherung soll sich das Heizungsrohr genauer ansehen.« Reiter ging in Levis Arbeitszimmer, wo die beiden Wachtmeister noch immer dabei waren, Fotos zu machen. »Habt ihr das Raubdezernat schon verständigt?«

»Nein, wir warten auf Ihr abschließendes Urteil, Chefinspektor«, sagte einer der beiden dienstbeflissen.

»Es genügt, wenn Sie die Fotos an das Raubdezernat schicken. Es wurde ja laut der Aussage von Rebecca Kant nichts gestohlen.«

»Wird sofort erledigt.« Der junge Polizist drückte sich an Reiter vorbei hinaus auf den Flur. Vor der Küchentür blieb er stehen.

»Ich glaube nicht, dass jemand ganz gezielt bei Ihnen eingebrochen ist, um eine mysteriöse Tarotkarte zu stehlen.«

»Lieber junger Kollege.« Reiter nahm den Wachtmeister am Arm und schob ihn zur Eingangstür, ehe Levi antworten konnte. »Sparen Sie sich Ihre unpassenden Bemerkungen. Jetzt schicken Sie die Bilder an das Raubdezernat und verfassen den Bericht. Aber ein bisschen plötzlich. Eine Kopie senden Sie bitte an mich.«

Als die beiden Polizisten verschwunden waren, kam Reiter wieder zurück in die Küche. »Dieser Wachtmeister hat im Grunde recht. Du konstruierst hier einen Zusammenhang und bildest dir etwas ein.«

»Warum hast du mich dann vor ihm verteidigt?«, wunderte sich Levi.

»Weil du früher einmal mein Vorbild warst.«

32

Die dicke Daunendecke hatte Olivia fest über ihren Kopf gezogen und am liebsten würde sie den ganzen Tag verschlafen, wenn sie an die Kälte draußen dachte. Plötzlich erinnerte sie sich wieder an die Worte von Pfarrer Thomas: »Glauben Sie mir bitte, es geht ihnen gut. Michael und Juli haben ihren Frieden gefunden.«

Sie wollte nicht daran denken, was diese Worte vielleicht bedeuten konnten, und innerlich ärgerte sie sich über das Schweigen dieses Priesters. Aber sie hatte damals bei der Heimfahrt vom Semmering beschlossen, nicht mehr darüber nachzugrübeln, sondern endlich an ihr zukünftiges Leben zu denken. Sie wollte sich einfach nicht mehr so allein fühlen. Die Einsamkeit in ihrem Herzen erschreckte sie und diesen Zustand musste sie ändern.

Olivia stand auf, um sich in der Küche eine Tasse Kaffee zu holen. Erst jetzt fiel ihr auf, dass Leopold nicht wie sonst um diese Zeit in der Küche saß. Mit einem unguten Gefühl ging sie schnell auf den Flur. Als sie die Tür öffnete, hörte sie lautes Lachen aus Leopolds Zimmer. Leise ging sie den Korridor entlang und lugte durch einen Türspalt. Leopold und Sibel saßen gemeinsam auf dem Bett und hatten vor sich eine Landkarte liegen.

»Ich habe in einer Krankenstation am Amazonas gearbeitet«, hörte sie Leopold mit überraschend klarer Stimme sagen.

»Interessant. Ich war Arzthelferin, während mein Mann in Österreich arbeitete.« Sibel wirkte nicht mehr so verstört wie noch vor einigen Tagen. »Er hat uns ja nur wenig Geld geschickt und ich musste sehen, wie ich die Kinder durchbringe.«

Olivia wollte die beiden nicht weiter stören, deshalb ging sie zurück in die Küche. Unruhig saß sie am Tisch, als die Tür aufging und Sibel hereinhuschte.

»Ich will dich nicht behelligen«, sagte Sibel und senkte den Kopf. »Leopold möchte gern einen grünen Tee.«

»Ihr versteht euch gut, nicht wahr?«, fragte Olivia.

»Ja, dein Vater ist ein so kluger Mann, nur manchmal ein wenig sprunghaft in seinen Gedanken.«

»Das ist seine Alzheimer-Erkrankung.«

»Es tut mir so leid für Leopold.«

»Die Gespräche mit dir inspirieren ihn aber. Mach nur weiter so, das ist die beste Therapie für euch beide.«

Als Sibel die Küche wieder verlassen hatte, schweiften Olivias Gedanken zurück zu dem Treffen mit Oskar. Genauso wie Sophie war auch Oskar ein Schauspieler. Und beide waren sicher große Egozentriker. Das musste man ja in diesem Beruf sein. Aber weshalb sagte Oskar, dass sich Sophie von ihm getrennt hätte, und Sophie genau das Gegenteil? Wer von den beiden hatte gelogen?

»Vielleicht weiß Anna etwas darüber«, überlegte sie und griff nach ihrem Handy. Anna Hauser war Journalistin und seit der Studienzeit eine Freundin. Anna hatte Olivia schon mehrmals interessante Informationen geliefert, zuletzt bei dem

Mordfall Rosa Hohenwald, in den Olivia persönlich verwickelt gewesen war.

Sie hatte Glück und erwischte Anna auf dem Weg in die Redaktion.

»Du willst etwas über Sophie und Oskar wissen?«, fragte Anna und sprach weiter, doch die Verbindung war zu schlecht und Olivia hörte nur abgehackte Wortfetzen.

»Ich komme zu dir in die Redaktion«, sagte Olivia, ehe sie auflegte.

»Bring bitte Kaffee mit«, hörte sie noch, dann war die Verbindung komplett abgerissen.

Kurze Zeit später stand Olivia vor dem modernen Hochhaus am Donaukanal, in dem sich die Redaktion des Lifestyle-Magazins befand, für das Anna arbeitete. In jeder Hand hielt sie einen Kaffeebecher und musste die Eingangstür mit der Schulter aufstoßen.

»Meine Lebensretterin«, begrüßte Anna sie, die bereits im Foyer wartete. Sie griff nach dem Kaffeebecher und nahm einen großen Schluck. »Ah, das ist etwas anderes als die Brühe in der Redaktion. Gehen wir rauf. Wieso interessiert dich die Story von Sophie Bernstein so?«, fragte Anna auf dem Weg nach oben.

»Ich hatte mit ihr vor Jahren in der Krisenintervention zu tun. Jetzt hat Levi Kant den alten Fall wieder ausgegraben und ich unterstütze ihn. Ihr Mörder wurde ja nie gefunden«, gab Olivia bereitwillig Auskunft.

»Levi Kant? Das ist ein interessanter Typ. Du arbeitest also schon wieder mit ihm zusammen?«, fragte Anna mit einem leichten Lächeln.

»Wir verstehen uns beruflich bestens.« Olivia drehte verlegen ihren Kaffeebecher zwischen den Fingern. Sie hatte Levi immer nur als Freund gesehen und daran sollte sich auch nichts ändern.

»Alles klar«, meinte Anna und nahm einen weiteren Schluck Kaffee.

Mit einem leisen Klingeln stoppte der Aufzug und die Türen öffneten sich. Die angenehme Entspanntheit in der Kabine wich einem lauten Stimmengewirr und einer hektischen Geschäftigkeit.

»Gehen wir in einen Besprechungsraum«, sagte Anna und schlängelte sich zwischen den Schreibtischen hindurch, die dicht an dicht den Raum bis zum letzten Winkel ausfüllten. Überall saßen Redakteurinnen vor ihren Notebooks und schrieben oder telefonierten.

»Hier arbeiten ja nur Frauen«, wunderte sich Olivia, die noch keinen einzigen Mann in dem Großraumbüro entdeckt hatte.

»Hier ist auch die Gesellschaftsredaktion.« Anna lachte. »Das ist eine Frauendomäne.«

»Findest du? Frauen verstehen doch genauso viel von Wirtschaft und Politik wie die Männer«, widersprach Olivia.

»Da gebe ich dir recht. Aber ich bin froh, dass ich diesen Job habe«, erklärte Anna, als sie im Besprechungsraum waren und die Tür hinter sich geschlossen hatten. »Die Redakteurinnen draußen sind fast alle freiberuflich tätig. Das ist richtiger Stress.« Anna stellte den Kaffeebecher auf den Tisch. »Aber das ist nicht das Thema. Was willst du wissen?«

»Ich habe Oskar kennengelernt und er scheint unter dem Ende der Beziehung gelitten zu haben«, begann Olivia.

»Oskar und Sophie waren zwei aufstrebende Schauspieler und gleichzeitig ein Liebespaar. Beide waren attraktiv und auch im Fernsehen präsent. In einer TV-Show haben sie sich dann öffentlich verlobt. Aber irgendwann ging die Beziehung in die Brüche. Keiner weiß, weshalb. Kurz darauf wurde Sophie aus dem Ensemble entlassen, dann führte sie den sinnlosen Prozess um das Gemälde und verschwand von der Bildfläche.

Man munkelte, sie wäre ohne festen Wohnsitz. Erst als man sie nach einem Streit ermordet hat, habe ich wieder von ihr gehört. Einfach tragisch, das Ganze.«

»Ich glaube nicht an einen Mord im Affekt«, sagte Olivia. »Levi hat eine Nachricht von Sophie erhalten, in der sie um ihr Leben fürchtet.«

»Aber sie ist doch seit drei Jahren tot?« Anna machte eine verblüffte Miene.

»Der Brief wurde Levi von einem Boten zugestellt. Und niemand weiß, wer ihn geschickt hat«, erklärte Olivia. »Levi und ich gehen davon aus, dass Sophie gezielt wegen des Gemäldes umgebracht wurde.«

»Das ist ein starkes Stück.« Anna nickte beifällig, und Olivia wusste, dass ihre Freundin großes Interesse an der Story hatte. »Habt ihr denn Beweise für euren Verdacht?«

»Noch nicht, deshalb bin ich bei dir. Die Trennung von Oskar kam also völlig überraschend?«

»Es gab kein Drama, das die Trennung angekündigt hätte. Nichts.«

In diesem Moment ging die Tür auf und ein junger Mann mit Dutt und schwarzem Vollbart kam herein.

»Der erste Mann hier«, sagte Anna. »Das ist Roger, unser Pressefotograf. Ich unterhalte mich mit meiner guten Freundin Olivia.«

»Hi!« Roger hob die Hand. »Wir haben einen Termin bei der Eröffnung der veganen Eisdiele von der Frau des Bürgermeisters, schon vergessen, Anna?«

»Ach du Scheiße!« Anna hielt sich die Hand vor den Mund. »Das habe ich komplett verschwitzt. Olivia hat mich so mit ihrer Geschichte gefesselt. Sie glaubt nämlich, dass Sophie Bernstein vor drei Jahren wegen dieses Gemäldes ermordet wurde.«

»Sophie, die Schauspielerin, deren Leiche man im Regenwaldhaus gefunden hat?« Roger blickte interessiert in Olivias Richtung. »Eine sehr eigenartige Geschichte.«

»Wieso das?«, hakte Olivia sofort nach.

»Ich hatte ein Fotoshooting mit den beiden. Da war alles noch in Ordnung. Die beiden sollten in einer modernen Romeo-und-Julia-Inszenierung die Hauptrollen spielen. Das wäre der Durchbruch gewesen. Dafür sollte ich eine Fotostrecke machen. Aber die beiden harmonierten nicht miteinander. Ich fragte nach dem Grund und sie sprachen von einer Challenge bei Romeo und Julia. Der Bessere von beiden würde einen Vertrag am Burgtheater bekommen. Das hat Sophie ziemlich gestresst. Und drei Monate später war sie tot.«

»Das ist ja schier unglaublich.« Olivia dachte kurz nach, ehe sie dem Pressefotografen eine weitere Frage stellte. »Von wem ging denn dieser menschenverachtende Wettkampf aus?«

»Weiß nicht, vielleicht hatte ein Sadist die Idee«, erwiderte Roger grinsend und hob seine Kamera. »Hat dir eigentlich schon mal jemand gesagt, dass du ein ausgesprochen interessantes Gesicht hast?«, meinte er dann und drückte ab.

»Lassen Sie das bitte. Ich will nicht fotografiert werden«, winkte Olivia ab. Seit dem Verschwinden von Michael und Juli hatte sie ihre Lockerheit verloren und fand sich ausgesprochen unfotogen.

»Aber wieso denn? Du bist eine sehr hübsche Frau. Und du wärst ein ideales Model für Frauen um die vierzig«, fuhr Roger fort und drückte erneut auf den Auslöser.

»Danke, aber ich bin noch keine vierzig«, schoss Olivia zurück und spürte einen Stich in ihrem Inneren. Hatte sie ihre Jugend vielleicht an den falschen Mann verschwendet? Und war es jetzt zu spät, um nochmals von vorne zu beginnen? Roger schien ihre Betroffenheit zu merken, denn er lenkte sofort ein.

»Es war als Kompliment gemeint.«

»Danke, Roger, wartest du bitte draußen?«, mischte sich jetzt Anna ein. Als Roger den Besprechungsraum verlassen hatte, warf sie Olivia einen vielsagenden Blick zu.

»Jetzt weißt du, warum wir keine Männer in der Redaktion wollen.«

33

Levi fühlte sich in seinem schwarzen Anzug unwohl. Das lag aber weniger an dem Kleidungsstück als vielmehr an der ganzen Atmosphäre, die ihn umgab. Er stand mit Rebecca in dem großen Clubzimmer des Palais Fürstenhof, dessen Wände mit roten Samttapeten ausgekleidet waren. Über einem ausladenden Kamin hing das berühmte Gemälde ›Die Kartenlegerin‹ von Anton von Kuhn.

Das also ist das Bild, für das Sophie so gekämpft hat, dachte Levi und betrachtete das Kunstwerk. Dann hörte er wieder dem Sänger zu, der Schuberts Winterreise in all seiner Traurigkeit perfekt wiedergab. Als der Bariton geendet hatte, herrschte zunächst ergriffene Stille, ehe dann der tosende Applaus aufbrandete, und auch Levi applaudierte höflich.

»Das war ein wunderbares Konzert«, sagte Rebecca und ihre Augen leuchteten. »Es wäre schade gewesen, wenn wir die Matinee abgesagt hätten.«

»Das hat dir sicher gutgetan, hierherzukommen«, meinte Olivia, die neben ihr stand. Rebecca hatte ihr erzählt, dass sie überfallen worden war. »Du musst dein normales Leben weiterführen, darfst dich nicht als Opfer fühlen.«

»Wenn das so leicht wäre«, erwiderte Rebecca. »Aber ich bin guten Mutes.«

»Das freut mich«, meinte Olivia mit einem Lächeln. Dann mischte sie sich unter die Gäste.

»Wie schön, dass Olivia uns begleitet hat«, sagte Rebecca. »In ihrer Anwesenheit fühle ich mich sehr entspannt. Ich habe das Gefühl, als wäre sie eine langjährige Freundin, obwohl ich sie noch nicht so gut kenne.«

»Bald ist wieder alles normal«, stimmte Levi ihr zu. Unauffällig blickte er sich um. Unter den Gästen waren eine Menge Prominente und Politiker, die Levi aus dem Fernsehen und den Zeitungen kannte. Mitten in einer Menschentraube entdeckte er Marius Wiener, der gerade eine amüsante Geschichte über die Entstehung des Hotels zum Besten gab, die alle Zuhörer mit lautem Gelächter quittierten. Als er Levis Blick bemerkte, löste er sich von seinen Gästen, griff nach einem Tablett mit Gläsern und kam damit auf Levi und Rebecca zu.

»Es freut mich, dass Ihnen unsere Darbietung gefallen hat.« Marius gab Levi und Rebecca je ein Glas in die Hand und prostete ihnen zu. »Auf die Zukunft unserer Künstler«, sagte er. Dann wendete er sich Rebecca zu. »Sie sind also die hervorragende Satie-Spezialistin«, sagte Marius bewundernd. »Ihr Manager hat mir vorgeschwärmt, wie tief Sie beim Klavierspiel in das Denken von Erik Satie eindringen können.«

»Ich bemühe mich, das Wesen der Komposition zu erfassen«, erklärte Rebecca erfreut und zwirbelte eine Locke zwischen den Fingerspitzen. »Ihr Bariton, der gerade Schuberts Winterreise gesungen hat, war wirklich hervorragend«, machte sie Marius ein Kompliment.

»Das freut mich sehr. Die anwesenden Musikproduzenten prophezeien ihm eine steile Karriere.« Marius griff nach Rebeccas Arm und zog sie ein wenig näher zu sich. »Im Vertrauen, ich habe natürlich dafür gesorgt, dass auch jemand von einer renommierten Plattenfirma hier ist.«

»Da hat der Künstler ja viel Glück, dass Sie ihn eingeladen haben«, fand Rebecca anerkennend.

»Das nächste Mal könnten Sie an seiner Stelle sein. Das wäre Ihr Durchbruch als Künstlerin. Was sagen Sie dazu?« Er wandte sich lächelnd an Levi, der schweigend zugehört hatte.

»Natürlich wäre das großartig, denn meine Frau ist eine sehr begabte Pianistin.«

»Dann sind wir uns ja einig«, erwiderte Marius gut gelaunt. Er führte Rebecca zu einer Gruppe von Gästen, die sich gerade angeregt unterhielten. »Ich stelle Ihnen den Europamanager der Plattenfirma vor. Sprechen Sie mit ihm über Satie. In der Zwischenzeit plaudere ich ein wenig mit Ihrem Mann.«

Mit einem unbehaglichen Gefühl sah Levi, wie Rebecca sich sehr angeregt mit dem Plattenproduzenten unterhielt.

»Sind Sie neidisch?« Plötzlich stand Marius wieder neben ihm.

»Nein, ich freue mich, dass sich Rebecca hier so wohlfühlt.«

»Es ist natürlich mein voller Ernst, dass ich mich um den Konzertabend für Ihre Frau kümmere.« Marius legte eine Hand auf Levis Schulter und dirigierte ihn in eine Ecke des roten Salons. »Aber zuerst müssen die amerikanisch-iranischen Verhandlungen erfolgreich in meinem Hotel stattfinden.« Marius machte eine Pause, so als würde er nachdenken, ehe er weiterredete. »Und ich habe eine Bitte an Sie.«

»Ich dachte mir schon, dass an den Auftritt meiner Frau eine Bedingung geknüpft ist«, erwiderte Levi nachdenklich. Sein Bauchgefühl hatte ihn also nicht getrogen. Marius Wiener war clever und benutzte Rebecca subtil als Druckmittel. Nichts war umsonst in dieser Welt.

»Aber es ist doch immer ein Geben und Nehmen«, antwortete Marius. »Ihre Frau hatte Depressionen und ist jetzt auf dem Weg zurück ins Leben. Da ist ein Erfolgserlebnis besonders wichtig.«

»Woher wissen Sie das?«

»Man hat so seine Quellen«, wich Marius geschickt aus. »Und wie steht es eigentlich mit Ihrem Bein? Sie hinken ein wenig, obwohl die Verletzung jetzt schon über fünf Jahre alt ist. Es gibt aber neue Therapien, die Sie wieder fast völlig fit machen können. Leider sind diese Behandlungen sehr teuer. Aber das Geld dafür könnte Ihre Frau mit Konzerten und Plattenaufnahmen verdienen.«

»Was muss ich dafür tun?«, unterbrach Levi den Redefluss.

»Stellen Sie Ihre Nachforschungen über den Mord an Sophie Bernstein ein. Ich kann jetzt keine schlechte PR für unser Hotel gebrauchen. Nicht vor der Vertragsunterzeichnung mit der amerikanisch-iranischen Delegation.«

»Warum sollten meine Nachforschungen ein schlechtes Licht auf Sie und Ihr Unternehmen werfen?«

»Weil es dann mit Sicherheit wieder um den Streit wegen der Eigentumsverhältnisse der ›Kartenlegerin‹ geht.« Unbewusst ballte Marius die Hände zu Fäusten. »Mir hat dieser Prozess damals mit der unberechenbaren Sophie sehr geschadet. Also denken Sie über meinen Vorschlag nach. Für Ihre Frau wäre es ein Karriereschub und für Sie eine Chance, wieder ganz gesund zu werden.«

Levi wollte etwas darauf erwidern, doch in diesem Augenblick trat Olivia mit einem Glas Champagner in der Hand zu ihnen.

»Ach, hier bist du«, sagte sie.

»Das ist Doktor Olivia Hofmann«, stellte Levi sie vor. »Sie ist Psychiaterin. Sophie war bei Doktor Hofmann für kurze Zeit in Behandlung.«

»Freut mich, Sie kennenzulernen.« Marius hob interessiert die Augenbrauen. »Sie haben also Sophie therapiert? Konnten Sie ihr helfen?«

»Ich versuche immer, meine Patienten so gut wie möglich zu unterstützen. Aber leider wurde Sophie ja ermordet«, entgegnete Olivia spitz.

»Tja, wirklich sehr schlimm, aber so geht es oft zu in der Welt. Gerade noch glaubt man, das Leben wieder im Griff zu haben, und gleich darauf ist man tot.« Marius lächelte zynisch.

»Sophie kann man nicht wieder zum Leben erwecken, aber man kann für Gerechtigkeit sorgen.« Bei diesen Worten fixierte Olivia Marius lange mit ihren dunklen Augen.

»Gerechtigkeit für Sophie Bernstein? Wie soll das denn funktionieren?«

»Indem man ihren Mörder findet und seiner gerechten Strafe zuführt.«

»Damit wird der armen Sophie auch nicht mehr geholfen. Ich weiß, Mord verjährt nicht«, winkte Marius gelangweilt ab und drehte dann Olivia den Rücken zu. »Ich brauche bald Ihre Entscheidung«, flüsterte er Levi zu. »Und jetzt entschuldigen Sie mich bitte. Ich muss mich um meine anderen Gäste kümmern.«

»Was für eine Entscheidung?«, fragte Olivia.

»Ach, es geht um ein zukünftiges Engagement für Rebecca«, deutete Levi ausweichend an. Er wollte jetzt nicht mit Olivia über diesen subtilen Erpressungsversuch reden. Levi warf einen schnellen Blick zu seiner Frau, die noch immer in ein Gespräch mit dem Plattenproduzenten vertieft war. »Komm, lass uns das Gemälde mal in Ruhe ansehen«, sagte er zu Olivia.

»Was hältst du davon?«, fragte Olivia, als sie vor dem riesigen Bild standen.

»Es hat eine ganz eigenartige Wirkung, wenn man länger davorsteht. Man entdeckt Details, die einem zuvor nicht aufgefallen sind«, beschrieb Levi und trat näher an die Leinwand heran. Mit zusammengekniffenen Augen betrachtete er den Tisch, auf dem die Frau ihre Karten zu einem Fächer ausgebreitet hatte. Eine dieser Karten war aus dem Fächer gezogen und lag ein wenig abseits, halb verdeckt von der Hand der Kartenlegerin.

»Siehst du die Karte neben der Hand der Frau?« Levi wies auf das Bild.

»Ja, was ist damit?«

»Sie sieht aus wie die halbe Karte, die in dem Mantel von Esther versteckt war.«

»Also für mich wäre das ein eindeutiges Indiz, dass dieses Bild doch Sophie gehört.«

»Aber es ist kein Beweis. Jedes Gericht würde von Zufall sprechen«, gab Levi zu bedenken.

Olivia warf einen Blick zu Rebecca, die suchend umherblickte. »Ich kümmere mich um Rebecca«, sagte sie und schlängelte sich durch die Menge.

Levi blieb noch ein wenig vor dem Gemälde stehen, das Sophie so viel Unglück gebracht hatte. Plötzlich hörte er eine Stimme hinter sich.

»Für ›Die Kartenlegerin‹ hat Sophie ihr Leben gegeben.«

Überrascht drehte sich Levi um.

»Wer sind Sie?«

Die Frau trug ein schwarzes kurzes Kleid und hatte einen dunklen Pagenkopf.

»Ich bin Karla.«

»Sie waren also Sophies Freundin«, kombinierte Levi interessiert.

»Und Sie sind Levi Kant. Sophie hat Ihnen damals einen Brief geschrieben. Warum haben Sie ihr nicht rechtzeitig geholfen?«

»Woher kennen Sie mich? Und woher wissen Sie von dem Brief?«, fragte Levi verblüfft.

»Ich war dabei, als Sophie die Zeilen an Sie geschrieben hat.«

»Olivia Hofmann würde sich gern mit Ihnen unterhalten«, sagte Levi und blickte sich im Raum um.

»Ich rede lieber mit Ihnen.« Karla beugte sich ein wenig vor und strich Levi mit dem Handrücken über seinen Bart.

»Bitte lassen Sie das«, wehrte Levi ihre Berührung ab und zuckte zurück.

»Sie erinnern mich an meinen verstorbenen Vater. Deshalb mag ich Sie. Wir müssen uns unterhalten.«

»Was wollen Sie mir mitteilen?«

»Nicht hier. Wir treffen uns übermorgen um zehn Uhr in der Kapuzinergruft. Dort haben Sophie und ich uns immer Särge angesehen und uns vorgestellt, wo wir einmal begraben sein möchten.«

34

Rebecca saß in einem Taxi, das sie zum jüdischen Friedhof Rossau mitten im neunten Bezirk Alsergrund brachte. Während die Häuserfassaden an ihr vorüberglitten, musste Rebecca an den heutigen Morgen denken.

In der Früh war Levi in die Akademie gefahren und Rebecca hatte ihn an das Begräbnis von Moses erinnert.

»Ich werde pünktlich sein«, hatte Levi gesagt und war natürlich nicht zur vereinbarten Zeit erschienen. Deshalb hatte sie ein Taxi genommen und ließ sich bis vor die Türen des Altersheims fahren, das sich in der Seegasse befand. Sie stieg aus, durchquerte das Foyer, ging durch die rückwärtige Tür in den Hof und betrat eine andere Welt.

Eingeschlossen von den düsteren Fassaden des Altersheims befand sich hier ein riesiges, von Gras überwuchertes Gelände mit verwitterten Grabsteinen. Die hebräischen Inschriften erinnerten an die jüdischen Persönlichkeiten, die in dieser Erde begraben waren. So wurde hier im Jahre 1703 der wichtigste Geldgeber Österreichs, Samuel Oppenheimer, beigesetzt, einige Jahre später der Religionsgelehrte Samson Wertheimer.

Rebecca blieb eine Weile vor einigen Grabsteinen stehen, um die Inschriften zu lesen, dann ging sie mit gesenktem Kopf auf das Taharahaus, das Begräbnishaus, zu, wo der Leichnam von

Moses aufgebahrt war. Moses war der jüdische Blumenhändler am Karmelitermarkt und ein guter Freund von Levi gewesen. »Wie schön, dass du zur Kewura, zum Begräbnis, von Moses gekommen bist und unserem Bruder die nötige Ehrerbietung darbringst. Levi kann ich allerdings noch nirgendwo sehen«, meinte der Rabbi, während er den Blick über die Trauergäste schweifen ließ.

»Levi muss gleich kommen«, erwiderte Rebecca. Sie und die anderen Trauergäste warteten noch eine Weile, dann trat der Rabbi vor.

»Levi kommt wohl nicht mehr«, bemerkte er traurig und begann mit der Hesped, der Gedächtnisrede für den Toten. Moses lag in seinen Gebetsmantel gehüllt in einem schlichten Sarg, und auf seine Augen hatte man Tonscherben gelegt. Nach den Trauerreden wurde der Sarg von Mitgliedern der jüdischen Gemeinde zu den Klängen des 91. Psalms zum Grab getragen.

Rebecca dachte an das fröhliche Lächeln des Blumenhändlers, wenn er sich mit ihr unterhalten hatte. Moses war groß und stattlich gewesen und hatte auf Rebecca unverwundbar gewirkt. Er war einige Jahre jünger als Levi und im Gegensatz zu ihrem Mann sehr sportlich gewesen. Umso mehr hatte sie die Nachricht von seinem plötzlichen Tod überrascht. Genauso wie die anderen Trauergäste machte Rebecca einen Riss in den Saum ihres Mantels als Symbol für den Riss in ihrem Herzen. Plötzlich stand Levi neben ihr.

»Entschuldige, dass ich mich verspätet habe, aber es hatte mit dem Fall zu tun«, sagte Levi.

»Wir sind hier auf einer Kewura«, zischte Rebecca. »Hör auf, ständig von dieser Sophie zu reden. Du befindest es ja nicht einmal für nötig, eine Hesped, eine Lobpreisung auf Moses zu halten, obwohl er immer einen Rat und frische Blumen für dich hatte.«

»Jetzt bin ich ja hier.«

»Aber zu spät.« Rebecca drehte sich weg und reihte sich wieder in das Spalier der Trauergäste ein, die Moses die letzte Ehre erwiesen.

Nach der Trauerzeremonie fuhr Rebecca schweigend mit Levi nach Hause und setzte sich anschließend ans Klavier. Sie war so versunken in die Interpretation der Gnossiennes von Satie, dass sie beinahe das Klingeln ihres Handys überhört hätte.

»Wir brauchen Sie heute Abend«, hörte sie eine unpersönliche Männerstimme. »Lara ist ausgefallen und wir haben keinen gleichwertigen Ersatz.«

»Ich weiß nicht, ob das möglich ist«, flüsterte Rebecca und drehte sich zur Tür. Zum Glück war sie geschlossen und Levi, der in seinem Arbeitszimmer saß, hatte von dem Anruf nichts mitbekommen.

»Wir zahlen diesmal auch das Doppelte«, redete der Mann weiter. »Können wir also mit Ihnen rechnen?«

»Ja, gut, ich werde da sein.« Rebecca löschte den Anruf und legte das Handy wieder zur Seite. Mit einem Mal fiel ihr das Spiel unglaublich schwer und die Töne kamen uninspiriert und ohne Leben. Seufzend klappte Rebecca den Klavierdeckel zu und stand auf.

»Noah hat gerade angerufen«, sagte sie, als sie in der Tür zu Levis Arbeitszimmer lehnte. »Die Pianistin für eine Privatfeier ist ausgefallen. Ich könnte einspringen und man zahlt mir das doppelte Honorar. Macht es dir etwas aus?«

»Du bist jetzt abends ziemlich häufig weg«, antwortete Levi und drehte sich auf seinem Stuhl zu ihr. »Ich freue mich aber für dich, dass dein Klavierspiel so gut ankommt.«

»Es macht mir auch großen Spaß und ich habe mich schon lange nicht mehr so leicht und lebendig wie ein Schmetterling gefühlt.«

»Dann ist es sicher richtig, was du machst, auch wenn du deinen armen Mann so oft allein zu Hause lässt. Aber jetzt mach dich schön. Ich habe noch genügend zu tun.«

Rebecca ging ins Schlafzimmer und holte das enge schwarze Kleid heraus, zog es an und legte einen weißen Spitzenkragen um. Dazu die flachen Lackschuhe mit den Schleifen.

»In diesem Outfit siehst du aus wie eine Gouvernante.«

Rebecca wirbelte herum und sah Levi in der Tür stehen. »Danke, das war wohl kein Kompliment«, gab Rebecca zurück und wollte an Levi vorbei ins Bad, doch er hielt sie am Arm zurück.

»Doch. Gouvernanten haben diesen versteckten Sexappeal.« Levi schmunzelte und drückte ihr einen Kuss auf den Mund.

»Dann werde ich das Kleid wohl öfter auch zu Hause tragen«, neckte sie lächelnd und löste sich aus Levis Griff. Im Badezimmer stützte sie sich mit den Händen auf das Waschbecken und starrte in den Spiegel. Das Klügste wäre, jetzt hinauszugehen und Levi reinen Wein einzuschenken. Aber nein, das konnte sie nicht. Sie schminkte sich wie immer dezent und nahm ihre Haare mit einem schwarzen Haarband zurück. Levi hatte natürlich recht. Der Gouvernantenstil machte Eindruck, besonders wenn sie mit strengem Blick den Käfig betrat.

Als sie mit dem Make-up fertig war, schlüpfte sie schnell in ihren Mantel und wollte aus der Tür huschen. Doch dann hielt sie inne und ging zurück zu Levis Zimmer.

»Wünsch mir Glück«, sagte sie.

»Wieso das denn?«, fragte Levi.

»Weil es jeden Abend mein letztes Spiel sein kann.«

35

Sophie will nicht sterben

Sophie treibt durch ihr schwarzes Universum. Sie ahnt, dass sie bald erlöschen wird. Ihr Leben ist nur noch eine Abfolge von Routinen. Aufstehen, vorsprechen für winzige Rollen, schlafen. Der verlorene Prozess hat sie ruiniert. Sie braucht Geld. Ist mit der Miete bereits im Rückstand.

Wieder einmal war Sophie bei einem Casting. Todmüde kommt sie abends nach Hause. Die Entscheidung über den Job fällt morgen. Im Briefkasten liegt ein Schreiben vom Inkassobüro, das mit einer Räumungsklage droht.

»Verdammt!« Mehr gibt es dazu nicht zu sagen. Sophie knüllt das Papier zusammen. Wirft es in den Abfalleimer. In der Kochnische findet sie noch eine Flasche Rotwein. Sie gießt sich ein Glas ein. Denkt nicht mehr an das Inkassobüro. Mehr Sorgen bereitet ihr das unheimliche Geschenk, das vor ihrer Tür lag. Ein Büchlein über das Leben nach dem Tod. Dazu eine abgeknickte Rose. Das könnte Oskar gewesen sein.

Doch Sophie ist zu müde, um sich darüber aufzuregen. Sie schenkt sich noch ein Glas Rotwein ein. Dann noch eins. Denkt an das helle Licht von Tel Aviv, das sie gegen die Dunkelheit von Wien eingetauscht hat. Alles nur wegen des Gemäldes, das sie niemals bekommen wird.

Sophie trinkt die Flasche Wein leer, liegt dann auf der Couch und lauscht auf die Geräusche. Sie hört die Schritte der Passanten, die an ihrem Kellerfenster vorbeigehen. Schnelle und langsame Schritte. Manchmal redet jemand oder sie vernimmt ein Lachen. Dazwischen immer das monotone Pochen des Regens auf dem Asphalt. Doch all das beruhigt sie und sie kann einschlafen.

Mitten in der Nacht wird sie von einer leichten Berührung geweckt. Eine Hand streicht über ihre Haare. Sophie schreckt hoch. Eine Gestalt steht neben ihrem Bett. Sophie schreit und zieht die Decke bis zum Kinn hoch. Noch immer ist sie benebelt von dem Wein.

»Wer sind Sie?« Sie tastet nach ihrem Handy.

»Psst, keine Angst.« Die Gestalt legt einen Finger auf Sophies Mund. »Du weckst ja noch das ganze Haus auf.«

»Wie kommen Sie hier herein?«, fragt Sophie. Sie will noch so viel mehr sagen: *Verschwinden Sie aus meiner Wohnung, aus meinem Leben.* Sie will um Hilfe schreien. Doch sie ist wie versteinert vor Angst.

»Ich wollte nur mal sehen, ob du auch nichts Unüberlegtes machst.« Dann verschwindet die Gestalt wie ein Albtraum, aus dem Sophie nie erwacht.

Am nächsten Morgen kann sich Sophie nur noch dumpf daran erinnern. Aber der Geruch von Oskars Parfüm hängt in der Luft. Er könnte es gewesen sein. Deshalb ruft sie ihn an.

»Bist du in der Nacht in meiner Wohnung gewesen?«

»Nein, wie kommst du denn darauf?« Oskars Stimme klingt falsch in Sophies Ohren. Er hat den Schlüssel zu ihrer

Wohnung angeblich verloren. Sie denkt, dass er lügt. Er will sie zermürben, damit sie keine Rollen mehr bekommt.

»Wieso fragst du?«

»Ich kann niemandem mehr trauen. Gestern Nacht hatte ich einen Albtraum und darin bist auch du vorgekommen.«

»Schade, ich dachte, du hättest etwas Schönes geträumt.«

»In meinem Leben ist nichts schön.«

36

Das blaue Portal leuchtete verheißungsvoll wie ein Himmel voller Sterne und warf einen blitzenden Lichtkegel auf die dunkle Straße. Rebecca stieg die wenigen Stufen hinauf und wünschte sich für einen kurzen Moment, niemals dieses Tor durchschritten zu haben. Oben wurde sie wie jedes Mal freundlich vom Portier begrüßt. Die Mädchen standen bereits im Flur, tranken Cola oder Limonade und erzählten sich gegenseitig Geschichten aus ihrem Alltag. Fotos von Kindern oder Hunden machten dabei die Runde. Als Rebecca eintrat, wurde sie mit einem lauten Hallo begrüßt.

»Hey, ich wusste gar nicht, dass du heute dabei bist«, meinte Gina salopp und ließ die schwarzen Quasten auf ihren Nippeln rotieren. »Das wird dann eine coole Show.«

»Hoffen wir es.« Rebecca griff nach einer Cola und nahm einen tiefen Schluck aus der Flasche. Sie wartete, bis Gina ihre Brüste und ihren Hintern eingeölt hatte, dann machten sie sich auf den Weg. Langsam stiegen sie die schmale Treppe zum Käfig hinauf. Gina schüttelte ihre rote Mähne und drehte sich zu Rebecca.

»Womit fangen wir an?«, flüsterte sie.

»Modern Talking. You're my heart, you're my soul.«

»Wie geil ist das denn?« Gina streckte grinsend den Daumen in die Höhe und riss die Tür auf.

Nach der Show stand Rebecca im Aufenthaltsraum und trank ein Glas Weißwein.

»Hast du den Typen gesehen, ganz vorne?«, fragte Gina, die noch immer fast nackt am Tresen lehnte. »Der hat beinahe einen Herzinfarkt bekommen, als ich direkt vor ihm die Beingrätsche gemacht habe.«

»Heute warst du auch so sexy wie noch nie«, machte Rebecca ihr ein Kompliment.

Die Tür ging auf und Karl, der Geschäftsführer, steckte den Kopf herein. »Rebecca, draußen ist ein Typ, der will dich auf einen Schampus einladen.«

»Du weißt doch, ich trinke nicht mit den Gästen«, blockte Rebecca entschieden ab.

»Er will mit dir auf eine Sophie und ihre Tarotkarte anstoßen.«

»Okay, ich komme.« Rebecca spürte, wie ihre gute Laune verflog und einer unbestimmten Furcht Platz machte. Sie dachte an den Überfall in ihrer Wohnung, doch hier im Club waren viele Leute, da konnte ihr sicher nichts passieren.

Rebecca ging an der Bar entlang zu den Separees. In Nummer drei saß ein Mann, der ihr den Rücken zukehrte. Er hatte dunkelblondes Haar und trug einen dunklen Anzug. Neben sich auf dem Tisch stand ein Eiskübel mit einer Flasche Champagner. Gedankenverloren spielte er mit einem goldenen Zippo-Feuerzeug, das er unentwegt auf- und zuschnappen ließ. Als Rebecca das Separee betrat, blieb er noch eine Weile mit dem Gesicht zur Wand sitzen, dann drehte er sich abrupt um.

»Rebecca, schön, Sie wiederzusehen«, sagte Marius Wiener und klopfte auf das rote Kissen neben sich.

»Was, was machen Sie hier?«, stammelte Rebecca und spürte, dass ihre Knie weich wurden.

»Ich sehe mir gern sinnenfrohe Mädchen an, aber mein besonderes Augenmerk gilt der strengen Klavierspielerin, die den Takt vorgibt.«

»Und was wollen Sie von mir?« Rebecca schluckte und musste sich an der Wand abstützen, um nicht gleich umzukippen.

»Das war ganz großes Drama, was ihr da in dem Käfig abgezogen habt«, lobte Marius und schenkte sich ein Glas Champagner ein. »Darf ich dich einladen?«, fragte er.

»Ich will nichts trinken.« Rebecca atmete tief durch und verschränkte die Arme vor der Brust, um sich ihre Nervosität nicht anmerken zu lassen.

»Aber ich möchte mit dir auf Sophie anstoßen«, sagte Marius und hielt Rebecca auffordernd ein volles Glas hin.

»Ich kenne keine Sophie«, erwiderte Rebecca und musste sich räuspern. Am liebsten wäre sie aufgesprungen und davongelaufen.

»Levi Kant, dein Mann, ist eine sehr integre Persönlichkeit. Du kannst stolz auf ihn sein. Weiß er eigentlich, dass du nachts in einem Bordell arbeitest?«, redete Marius in der Zwischenzeit munter weiter.

»Ich bin hier nur für die Hintergrundmusik zuständig und begleite die Table Dancer am Klavier«, erwiderte Rebecca mit rauer Stimme.

»Das glaubt dir dein Mann doch nie. Hier sind überall Nutten, die sich für viel Geld flachlegen lassen. Es gibt Fotos, die dich im Kreise nackter Mädchen zeigen.«

»Aber ich bin immer angezogen.«

»Tja, aber in der Fantasie deines Mannes bist du bereits nackt und treibst es mit allen.«

»Was wollen Sie von mir?« Rebecca tastete mit der Hand nach der Sofalehne, um Halt zu finden. Die Luft in dem Separee war abgestanden und sie hasste das süßliche Parfüm von Marius

Wiener. Sie wäre gern einfach gegangen. Doch sie blieb, denn das war sie ihrer Selbstachtung schuldig. »Und hören Sie sofort auf, mich zu duzen.«

»Ganz wie Sie wollen, Rebecca. Wir können das Problem aber ganz einfach aus der Welt schaffen«, meinte Marius und ließ das Feuerzeug aufschnappen. »Sie haben etwas in Ihrem Besitz, das ich gern hätte.«

»Ich weiß nicht, wovon Sie sprechen«, hielt Rebecca dagegen, aber sie klang unsicher.

»Das wissen Sie sehr wohl«, entgegnete Marius. »Denken Sie nur an den Überfall neulich. So etwas kann sich jederzeit wiederholen.«

»Sie waren das also und haben mich mit einer Waffe bedroht. Wie abscheulich! Ich rufe jetzt die Polizei«, begehrte Rebecca auf und stieß sich von der Sofalehne ab.

»Jetzt enttäuschen Sie mich aber. Zweifeln Sie so sehr an meinem Intellekt?«, entgegnete Marius mit einem spöttischen Lächeln. »Sehe ich aus wie ein gewöhnlicher Einbrecher? Nein, ich war das nicht. Und sollten Sie die Polizei rufen, dann ist Ihre Karriere vorbei, noch ehe sie begonnen hat. Das Gleiche gilt für Ihre Ehe. Also denken Sie jetzt gut über meinen Vorschlag nach.«

Ohne ein weiteres Wort zu verlieren, stand Marius auf und ging an Rebecca vorbei aus dem Separee. »Keine Spielchen. Wir beobachten Sie«, flüsterte er beim Hinausgehen.

Wie benommen blieb Rebecca noch einige Sekunden alleine zurück. Sie ließ sich auf das Sofa fallen und schenkte sich ein Glas Champagner ein. In einem Zug trank sie das Glas leer, goss sich ein zweites ein, verschluckte sich und musste husten. Angewidert schob sie den Champagner zur Seite und stand auf. Sie zupfte ihr Kleid zurecht und fuhr mit den Händen glättend über ihr Haar. Dann straffte sie die Schultern und ging zur Garderobe.

»Du bist eine echte Künstlerin. Gina schwärmt in den höchsten Tönen von dir«, machte ihr das Mädchen an der Garderobe ein Kompliment.

»Das freut mich«, bedankte sich Rebecca mit einem angedeuteten Lächeln.

Sie zog ihren Mantel an und verließ den Club. In ihrem Kopf rotierten die Eindrücke, aber sie konnte keinen klaren Gedanken fassen. Auf der Suche nach einem Taxi schlenderte sie durch die schneematschigen Straßen. Ein dunkler SUV fuhr im Schritttempo an ihr vorbei, und die getönte Seitenscheibe senkte sich. Der Fahrer war Marius, der ihr freundlich zuwinkte. Plötzlich beschleunigte er und fuhr direkt neben Rebecca durch eine große Pfütze. Das schmutzige Wasser spritzte über sie und lief in dunklen Bahnen ihr Gesicht und ihren Mantel hinunter. Rebecca spürte einen Kloß im Hals und war kurz davor, einfach loszuheulen. Doch dann dachte sie an die Worte, die Olivia auf der Matinee zu ihr gesagt hatte: »Du darfst kein Opfer sein.« Mit aller Gewalt unterdrückte sie die aufkommenden Tränen und traf eine Entscheidung.

37

Die Kapuzinergruft befand sich im ersten Bezirk von Wien am Neuen Markt. Vor dem schmucklosen Kloster, das wie ein Fremdkörper zwischen zwei hohen Bürgerhäusern wirkte, blieb er unschlüssig stehen. Warum wollte sich Karla ausgerechnet hier mit ihm treffen? War das eine morbide Fantasie, die diese beiden Frauen hierhergetrieben hatte?

Dann gab er sich einen Ruck und betrat die Gruft. Obwohl Levi seit Jahrzehnten in Wien lebte, war er noch nie hier gewesen. Das lang gestreckte Gewölbe mit den schwarzen Särgen, in denen die Habsburger, die ehemaligen Kaiser und Erzherzöge von Österreich, ihre letzte Ruhestätte erhalten hatten, wirkte düster und unheimlich. Es war eisig kalt und Levi sah kleine Atemwölkchen aus seinem Mund aufsteigen. Er zog seinen Mantel am Hals enger zusammen. Nur wenige Personen gingen zwischen den riesigen Steinsärgen umher und lasen die Inschriften. Ihre Schritte hallten auf dem dunklen Marmorboden wider. Levi stellte sich in die Mitte der Gruft unter eine hohe Kuppel, von der aus ein fahles Licht hinabschien. Er warf einen Blick auf seine Uhr und sah, dass es schon eine halbe Stunde über der vereinbarten Zeit war. Ungeduldig blickte er umher, konnte aber Karla nirgends entdecken. Nachdem er eine weitere Viertelstunde gewartet hatte, entschloss er sich zu gehen.

Levi hatte den Ausgang schon fast erreicht, als sich eine Hand auf seine Schulter legte.

»Sorry! Ich konnte nicht früher aus dem Hotel weg«, hörte er eine dunkle Stimme. Er drehte sich um und sah Karla, die einen Parka mit Kapuze trug und eine Sonnenbrille aufhatte. Sie stand vor einem Sarkophag, auf dem ein steinerner Totenkopf mit einer Kaiserkrone thronte.

»Das war der Lieblingssarg von Sophie«, erklärte Karla und deutete auf den Totenkopf. »Kaiser Karl VI. war fasziniert vom Tod und wollte seinen Schädel auf dem Sarg platziert haben.« Karla schwieg einen Moment und kam auf Levi zu. »Sophie wünschte sich, in der Kaisergruft begraben zu werden. Aber das war natürlich genauso irreal wie der Wunsch, den Prozess um dieses verfluchte Gemälde zu gewinnen.«

Karla nahm die Sonnenbrille ab und steckte sie in die Tasche ihres Parkas. Levi fiel auf, dass Karla helle Augen hatte, die in einem reizvollen Kontrast zu ihrem schwarzen Pagenkopf standen.

»Wie haben Sie Sophie eigentlich kennengelernt?«, wollte er wissen.

»Sophie stand oft vor dem Hoteleingang oder strich an der Mauer entlang, die den Park abschirmt. Das machte mich neugierig. Ich habe sie eine Zeit lang beobachtet und dann einfach angesprochen, als sie durch den Park irrte. Sophie war feingliedrig und zart, wirkte, als könnte der leiseste Windstoß sie umwerfen. Und genauso ist es ja auch geschehen. Nur dass es kein Windhauch war, sondern ein Sturm. Ach, was sage ich da, ein richtiger Orkan hat sie weggefegt und ausgelöscht.« Karla griff nach Levi und presste ihre Finger um seinen Unterarm. »Sie müssen ihren Mörder finden. Bitte versprechen Sie mir das«, flüsterte sie. »Das Drama begann mit der ›Kartenlegerin‹. Der verlorene Prozess hat Sophie zutiefst getroffen. Nicht nur finanziell, sondern auch mental. Dann geschah noch die

Katastrophe am Theater. Ich bin sicher, dass es auch mit den Vorkommnissen am Burgtheater zu tun hat.«

»Ich weiß. Sophie hat keinen neuen Schauspielvertrag mehr erhalten und ihr wurde auch noch gekündigt«, sagte Levi. »Weshalb eigentlich?«

»Es ist etwas Schreckliches passiert. Bei einer Generalprobe. Sophie konnte nicht darüber sprechen, ohne in Tränen auszubrechen. Sie hat auch mir gegenüber immer nur Andeutungen gemacht. Ab diesem Zeitpunkt ist sie mehr und mehr abgedriftet.« Karla schwieg einen Moment lang und scharrte mit der Spitze ihres schwarzen Stiefels auf dem Boden. »Von jetzt auf gleich hatte Sophie kein fixes Einkommen mehr. Ihre Anwältin bezahlte dann die Miete. Aber natürlich nicht selbstlos. Die Anwältin erdrückte sie mit ihrer Zuneigung. Das wurde Sophie zu viel und sie ist in meine Arme geflüchtet. Ich konnte sie im letzten Augenblick retten.«

»In den Akten steht, dass Sophie die letzten Wochen ohne festen Wohnsitz gewesen ist. Warum haben Sie ihr nicht geholfen?«, fragte Levi.

»Das habe ich sehr wohl getan«, sagte Karla aufgebracht. »Sie hat bei mir gewohnt. Wir waren wie Schwestern. Manchmal haben wir unser Spiel gespielt.«

»Was für ein Spiel?«

»Das war unser Geheimnis und das werde ich auch nach Sophies Tod nicht verraten.« Karla griff nach Levis Hand und zog ihn in eine entfernte Nische, in der ein einzelner schmuckloser schwarzer Steinsarg stand. Sie beugte sich nach unten und betätigte einen verborgenen Mechanismus. Lautlos glitt der gewölbte Deckel des Sarkophags zur Seite und Levi blickte auf ein Gerippe, das ein Zepter zwischen den Knochenfingern hielt.

»Dieses Skelett hat uns fasziniert, als wir den Mechanismus entdeckt haben. ›Es ist das perfekte Versteck‹, hat Sophie gemeint.«

»Versteck wofür?«, fragte Levi und horchte auf.

»Für die eine Hälfte der Tarotkarte, die sie von ihrer Urgroßmutter bekommen hatte. Die andere Hälfte war ja irgendwo hier in Wien.«

»Sophie hat die halbe Karte hier versteckt?«, hakte Levi ungläubig nach.

»Ja, aber er hat sie beobachtet und ist ihr gefolgt. Mitten in der Kaisergruft ist es zu einem Handgemenge gekommen und er hat ihr die Karte weggenommen«, erzählte Karla weiter und ballte unwillkürlich die Fäuste. »Er ist auch schuld an ihrem Tod.«

»Wen meinen Sie?«, fragte Levi.

»Marius Wiener natürlich. Das liegt doch klar auf der Hand. Marius ist ein Psychopath, der von seiner kalten Großmutter erzogen wurde. Sein Vater hat sich erhängt und Marius hat ihn gefunden. Das war seine Eintrittskarte in die Welt des Todes. Keiner hat für die arme Sophie Partei ergriffen. Sie stand einer unüberwindlichen Mauer aus Lügen, Betrug und Korruption gegenüber.« Karla bückte sich und betätigte den Mechanismus. Mit einem leisen Knirschen schob sich die Steinplatte wieder über das Skelett.

»Das ist eine schwere Anschuldigung. Haben Sie irgendwelche Beweise dafür?«

War es wirklich denkbar, dass Marius Wiener Sophie ermordet hatte? Levi wusste aus seiner aktiven Zeit als Kriminalist, dass Menschen zu allem fähig waren, wenn es um ihren Vorteil oder um ihren Kopf ging. Und selbst wenn Karla einen stichhaltigen Beweis für ihre Anschuldigung hätte, dann wäre es noch immer ein weiter Weg bis zu einer Verurteilung von Marius Wiener.

»Nichts Konkretes, leider«, sagte Karla und senkte den Kopf. »Aber sie alle stecken unter einer Decke. Ich nenne nur einige Namen: Albin, der Notar, Karl, der Bankdirektor, Oswald, der Richter. Sophie konnte niemandem mehr trauen, alle haben sich gegen sie verbündet. Wenn sie mich nicht gehabt hätte, dann wäre Sophie schon viel früher daran zerbrochen.« Interessiert beobachtete Karla Levis Reaktion.

»Waren Sie verliebt in Sophie?«, fragte Levi ganz direkt, denn Karlas Anteilnahme für Sophie ging über eine bloße Freundschaft hinaus.

»Viele waren in Sophie verliebt«, antwortete Karla vage, doch eine sanfte Röte färbte ihre Wangen. »Wir haben uns immer besser verstanden. Vielleicht war es Liebe, wer weiß das schon.«

»Manchmal tötet man auch aus Liebe«, erwiderte Levi.

»Das stimmt. Denn die Liebe ist viel kälter als der Tod.«

38

Das neue Fahrrad war seit Langem das erste Geschenk, das sich Olivia selbst gemacht hatte. Früher hatte sie fast ihr ganzes Einkommen für ihre kleine Tochter Juli verbraucht oder um für Michaels Schulden aufzukommen. Nach der Praxis war sie sofort zu dem Laden in der Leopoldgasse gefahren, und der Eigentümer der kleinen Firma hatte ihr stolz das schwarz lackierte ›Glanzrad‹ übergeben. Jetzt freute sich Olivia auf die erste Ausfahrt mit diesem besonderen Rad mit den weißen Felgen. Plötzlich läutete ihr Handy und Olivia griff genervt nach dem Rucksack auf dem Boden.

»Stell dir vor, ich war in der Kapuzinergruft und hatte ein interessantes Treffen mit Karla, der Freundin von Sophie«, hörte sie Levis Stimme.

»Was hat sie denn erzählt?«, fragte Olivia neugierig.

»Es gab damals einen Vorfall am Burgtheater, weswegen Sophie gekündigt wurde. Du hast doch Sophies ehemaligen Freund kennengelernt?«

»Du meinst Oskar Heller?« Sofort tauchte Oskars einnehmendes Gesicht mit den geheimnisvollen blauen Augen wieder vor Olivia auf. »Was ist mit ihm?«

»Vielleicht weiß er etwas über diesen Vorfall.«

»Oskar hat damals nichts Besonderes erwähnt. Aber die Direktorin des Burgtheaters muss doch sicher auch darüber Bescheid wissen. Reden wir einfach mit ihr«, schlug Olivia vor.

»Gut, wenn du Zeit hast, dann treffen wir uns gleich im Burgtheater.«

»Aber wie willst du so schnell einen Termin bei der Direktorin bekommen?«

»Ich erwähne, dass ich Kriminalbeamter bin und es um Sophie Bernstein, ihre ehemalige Schauspielerin, geht. Da bekommen wir sicher im Handumdrehen einen Termin. Dieser kleine Trick hat doch auch bei der Anwältin Lydia Klinger funktioniert.«

»Alles klar. Ich beeile mich.«

Olivia setzte sich auf ihr neues Fahrrad und radelte die steile Berggasse hinauf. Ihr Ehrgeiz war angestachelt und so versuchte sie, mit einem niedrigeren Gang die Steigung zu bezwingen. Auf Höhe der Liechtensteinstraße schaltete die Ampel auf Rot, doch Olivia wollte nicht anhalten und fuhr einfach weiter. Ein seitlich herannahender Wagen machte eine Vollbremsung, und der Fahrer rief ihr einen Fluch zu.

Kurz darauf hatte Olivia das Burgtheater erreicht und kettete ihr Fahrrad mit dem neuen Sicherheitsschloss an einen Laternenpfahl. Von Levi war weit und breit nichts zu sehen.

Olivia setzte sich auf die Stufen und beobachtete das Treiben im gegenüberliegenden Café Landtmann. Ein Paar schlenderte von der überdachten Terrasse auf den Bühneneingang des Theaters zu. Es war Oskar, der Arm in Arm mit einer gut aussehenden grau gesträhnten Frau um die sechzig über den Platz ging. Oskar warf einen kurzen Blick zu Olivia, machte aber keinerlei Anstalten, sie zu grüßen oder wenigstens zu signalisieren, dass er sie kannte. Er blickte einfach durch sie hindurch. Olivia hatte das Gefühl, als würde er die Frau dabei noch stärker an sich drücken.

»Du bist ja so verdammt cool«, zischte Olivia verhalten und stand auf. »Es ist doch immer dasselbe mit mir«, redete sie laut vor sich hin, während sie vor dem Burgtheater auf und ab ging. Als Psychiaterin wusste sie natürlich, dass dieses Verhalten von Oskar reine Berechnung war, aber trotzdem fühlte sie sich als Frau gekränkt. Denn es war eine Tatsache, dass Olivia immer auf diesen Männertyp hereinfiel. Es waren Männer, die gern ihre Spielchen spielten und sich ihrer Wirkung auf Frauen voll bewusst waren und dieses Wissen zu ihrem Vorteil einsetzten. So war es auch bei Michael gewesen. Instinktiv hatte ihr Mann gespürt, dass sich Olivia emotional stark zu ihm hingezogen fühlte. Ob das bei Michael umgekehrt auch der Fall gewesen war? Früher hätte sie das ohne zu zögern bejaht, aber jetzt war sie sich dessen überhaupt nicht mehr sicher.

Während sie darüber nachdachte, tauchte endlich Levi auf und brachte sie auf andere Gedanken.

»Wir können sofort mit der Direktorin sprechen«, verkündete Levi. »Es gibt zwar eine große Probe, aber sie nimmt sich für einige Fragen gern die Zeit.«

Sie gingen zum Bühneneingang und der Portier ließ sie anstandslos passieren, als Levi seinen Namen nannte. Es war derselbe Korridor, den Olivia vor ein paar Tagen mit Oskar genommen hatte. Wieder gelangten sie in den hinteren Bühnenbereich. Doch diesmal war die Bühne nicht still und dunkel, sondern die Lichtkegel greller Punktstrahler huschten über den Boden, verloren sich in dem dunklen Zuschauerraum. Vom Schnürboden hingen Motorräder an dicken Seilen herunter, und auf dem Boden hockten Frauen mit hüftlangen

Haaren in einem Kreis und skandierten Texte zum Rhythmus der Musik.

»Was haben Sie hier zu suchen?« Eine Frau löste sich aus dem Schatten des Bühnenvorhangs und trat auf sie zu. Olivia erkannte die attraktive grauhaarige Frau von vorhin.

»Wir sind mit Frau Olga Maurer, der Direktorin, verabredet«, erklärte Levi.

»Das bin ich«, antwortete die Frau und stellte sich mit verschränkten Armen an den Bühnenrand. »Wir sind mitten in einer Probe. Also was wollen Sie?«, fragte sie ungeduldig.

»Ich bin Levi Kant, wir haben vorhin telefoniert. Das ist meine Kollegin, Doktor Hofmann. Sie ist Psychiaterin und hat Sophie Bernstein in der Krisenintervention betreut.«

»Sophie war in der Psychiatrie? Das wusste ich gar nicht.« Olga wirkte überrascht. »Davon hat mir Oskar überhaupt nichts erzählt.«

»Oskar Heller?«, vergewisserte sich Olivia, ob sie von derselben Person sprachen.

»Ja, er war doch eine Zeit lang mit Sophie befreundet. Aber Sophie hat sich von ihm getrennt. Beziehungen zwischen Schauspielern halten ja nie lange. Eifersucht und was sonst noch dazugehört«, erklärte Olga im Brustton der Überzeugung.

Plötzlich begannen zwei Frauen auf der Bühne mit schrillen Stimmen laut aufzuschreien. Ein Scheinwerfer tauchte sie in gleißendes Licht und rote Papierstreifen, die wie Flammenzungen wirkten, regneten auf sie herab.

»Was ist das für eine Vorstellung?«, fragte Olivia, die durch das Geschrei abgelenkt war und zur Bühne blickte. »Es sieht nach einem Hexensabbat aus.«

»Gut beobachtet«, sagte Olga. »Wir proben gerade die Bühnenfassung eines italienischen Horrorfilms, bei dem es um

Hexen geht. Aber Sie sind sicher nicht hier, um mit mir über das Stück zu reden.«

»Nein, uns interessiert der Vorfall, der zur Kündigung von Sophie Bernstein geführt hat«, informierte Levi sie. »Reichte schon ein einmaliges Vorkommnis aus, um Sophie zu entlassen?«

»Wie Sie wissen, ist die finanzielle Situation eines Theaters immer angespannt. Und vor drei Jahren hatten wir gerade mal das Budget für nur einen fixen Vertrag mit einem neuen Schauspieler. Und da gab es eben Oskar und Sophie. Wir mussten uns für einen oder eine von ihnen entscheiden. Was passiert denn da oben schon wieder?« Olgas Miene verfinsterte sich und sie ging vor bis an den Rand der Bühne. Mit zusammen-gekniffenen Augen blickte sie in den dunklen Zuschauerraum. Dann klatschte sie in die Hände und schrie in das Dunkel hinein. »Was ist mit den Motorrädern? Die sind nicht nur zur Dekoration hier. Wieso machen die keinen Lärm?«

»Wir dachten, bei der Probe …«, hörte Olivia eine Stimme übers Mikrofon.

»Ich will alles authentisch«, bellte Olga. »Also brummen auch die Maschinen.« Dann kam Olga wieder nach hinten zu Olivia und Levi.

»Entschuldigen Sie. Aber wenn man die Zügel nicht stän-dig straff anzieht, machen Regie und Schauspieler einfach, was sie wollen.«

»Sie wollten uns erzählen, was damals mit Sophie genau vorgefallen ist«, brachte Levi Olga wieder auf den Grund ihres Besuchs.

»Richtig. Es gab vor drei Jahren die Generalprobe von Romeo und Julia. Für Sophie und Oskar war es eine Challenge. Wir konnten so die beiden im direkten Vergleich beurteilen. Denn nur einer konnte ja den Vertrag bekommen. Und Sophies Auftritt lief leider vollkommen aus dem Ruder.«

Olga schilderte in knappen Worten, was an diesem Probentag geschah.

Olivia stellte sich die Situation vor, wenn das Schicksal an dem sprichwörtlichen seidenen Faden hängt und man weiß, dass ein einziger Auftritt für die weitere Zukunft entscheidend ist. Sie selbst würde das wahrscheinlich nicht durchstehen.

»In der ersten Reihe saß unser Hauptsponsor und Förderer Marius Wiener, der Eigentümer des Palais Fürstenhof. Können Sie sich vorstellen, was das für ein Skandal war?«

»Marius Wiener, was für ein Zufall«, kommentierte Levi scharf, verkniff sich aber eine weitere Bemerkung.

»Kann dieses Verhalten nicht auf den extremen Stresslevel zurückzuführen sein, dem die junge Frau damals ausgesetzt war?«, fragte Olivia. Sie wusste aus ihrer Praxis, dass sich besonders sensible Menschen unter enormem Stress in aggressive Personen verwandeln können.

»Das mag schon sein. Aber wenn ein Schauspieler nicht mit Stress umgehen kann, dann ist er komplett fehl auf dieser Bühne«, erwiderte Olga eiskalt.

»Wie rechtfertigte Sophie ihr Verhalten?«, fragte Olivia neugierig weiter. »Hat sie sich später für diese Entgleisung entschuldigt? Oder gab sie eine Begründung ab?«

»Sie tat nichts dergleichen. Ich wollte hinter der Bühne mit ihr reden, doch sie starrte mich bloß mit großen ängstlichen Augen an. Dann drehte sie sich um, rannte in die Garderobe, packte ihre Sachen und verschwand. Die Entlassung wurde ihr am nächsten Tag schriftlich zugestellt. Ich habe sie nie wiedergesehen.«

Olga drehte sich wieder zur Bühne, wo die Hexen-Frauen jetzt auf den lärmenden Motorrädern saßen und an dicken Seilen hängend wie auf Hexenbesen durch die Luft jagten.

»Entschuldigen Sie mich jetzt bitte. Ich muss mich um die Probe kümmern.«

Olivia und Levi verabschiedeten sich von der Direktorin und verließen das Burgtheater.

»Siehst du das auch?«, fragte Levi plötzlich und deutete auf eine schwarze Krähe, die auf der Treppenbrüstung hockte und zu ihnen herüberblickte.

»Ja. Der Vogel scheint uns zu beobachten.«

»Die Krähe verfolgt mich schon seit einigen Tagen. Manchmal glaube ich, dass es der Geist der toten Sophie ist.«

39

SOPHIE WILL NICHT STERBEN

Die Beziehung mit Oskar ist schon einige Zeit vorbei. Trotzdem sieht ihn Sophie recht häufig im Theater. Besonders jetzt, da sie Romeo und Julia proben. Mit diesem Stück fällt die Entscheidung, wer den Festvertrag für ein Jahr bekommt. Es ist der Tag der ersten öffentlichen Probe. Zugleich auch die Challenge, wer von ihnen bleiben darf und wer in die Finsternis hinausgespuckt wird.

Sophie ist angespannt. Die schwarze Welt rings um sie verdichtet sich wieder, seit sie nicht mehr zur Therapie geht. Oskar bemerkt ihre Nervosität. Er versucht sie zu beruhigen.

»Es ändert sich nichts. Wir spielen wie immer und der Bessere von uns erhält eben den Vertrag. Es ist ja höchste Zeit, dass du auch einmal etwas gewinnst«, sagt er grinsend. »Weißt du was, ich mache dir noch schnell einen Tee.«

Nachdem Oskar verschwunden ist, betrachtet Sophie ihr Gesicht in dem grellen Licht des Theaterspiegels. Trotz der dicken Schminke bemerkt sie die Schatten unter den Augen. Während sie leise ihren Text memoriert, muss sie immer wieder an den verlorenen Prozess und die Kostenlawine denken.

Auch an den Selbstmordversuch und den Aufenthalt in der Krisenintervention. Die Gespräche mit Olivia Hofmann haben Sophie gutgetan. Warum ist sie nicht mehr hingegangen? Das wird sie nachholen, wenn sie den Vertrag hat.

»Hier, dein Tee.« Oskar lächelt, doch sein Blick ist berechnend. »Trink, solange er noch heiß ist. Das wird dich entspannen.«

»Danke!« Sophie schlürft das heiße Getränk. Oskar spuckt ihr dreimal über die Schulter. Das bringt Glück. Dann geht er. Sie wundert sich, dass Oskar so freundlich ist. Denn ihr Beziehungsende haben beide nicht gut gemeistert. Sophie denkt auch an die Worte von Olivia Hofmann: »Es gibt immer ein neues Ziel.« Sophies Ziel ist es, einen Vertrag zu bekommen.

»Noch fünf Minuten«, hört sie die Stimme des Bühnenmeisters über den Lautsprecher. »Alle Mitwirkenden bitte sofort hinter die Bühne.«

Sophie betrachtet sich noch einmal in dem großen Spiegel. Doch mit einem Mal ist ihr Gleichgewichtssinn gestört. Sie beginnt zu schwanken, als sie aufsteht, und muss sich an der Kante des Schminktischs festhalten, um nicht zu stürzen. Ihr ist übel. Sie sieht auf das Foto des Gemäldes, das sie an den Spiegelrahmen geklebt hat. Das Bild beginnt plötzlich zu leben. Die Kartenlegerin steht auf und kommt langsam auf Sophie zu.

»Ich lege dir die Karten.« Sie fährt mit der Hand über die verdeckten Karten, verharrt kurz und deckt dann eine auf. Mit einem warnenden Blick zeigt sie Sophie die Karte. »Jemand will deinen Tod! Sei vorsichtig! Du kannst niemandem mehr trauen.«

Die Tür wird aufgerissen.

»Sophie, wo bleibst du!« Die Assistentin wirkt beunruhigt.

»Ich komme!« Du kannst niemandem mehr trauen. Das denkt sie und torkelt hinter der Assistentin her. Die Gänge im

Theater sind eng und schmal. Bühnenarbeiter kommen Sophie entgegen. Ihre Werkzeuge funkeln und sehen aus wie Waffen.

Endlich liegt die Bühne vor ihr. Merkwürdig, der Boden fällt zum Zuschauerraum hin steil ab. Sophie muss sich gegen die Schräge stemmen, um nicht abzurutschen. Sie sieht alles verschwommen. Kann die Personen im Zuschauerraum nur schemenhaft erkennen. Wo ist Oskar? Er muss doch mit ihr auf der Bühne stehen.

»Sophie, was ist los? Wir warten auf deinen Monolog«, hört sie die Stimme von Olga, der Direktorin, wie durch eine Nebelwand.

»Oskar ist nicht da.«

»Wir möchten nur dich sehen. Also los.«

»Okay.« Wieder ist sie allein. Doch diesmal will sie gewinnen. Sie hat ein Ziel.

»Du weißt, die Nacht verschleiert mein Gesicht …« So beginnt der Monolog. Sophie spricht weiter, doch die Worte sind andere: »… sonst färbten Tod und Blut mein Gemüt …«

»Was ist das für ein Text, Sophie?« Olga klingt ungehalten. Sophie blickt in den Zuschauerraum. Oskar sitzt neben Olga und legt seinen Arm um ihre Schulter.

Sophie versteht plötzlich, welches Spiel Oskar mit ihr treibt.

»Du Betrüger! Was hast du in meinen Tee getan? Du willst mich vergiften. Damit ich versage. Doch das wird dir nicht gelingen. Ich bin besser als du!«

Sophie sammelt sich und beginnt von Neuem: »Du weißt, die Nacht verschleiert …« Doch jetzt ist der Text wie weggeblasen. Ihr Magen fängt an zu rumoren. Sie versucht, hinter die Bühne zu laufen. Doch es ist zu spät. Sie fällt auf die Knie. Erbricht sich auf der Bühne. Die Kollegen machen einen großen Bogen um sie. Sie fühlt sich wie eine Aussätzige. Der Stempel ›Versagerin‹ leuchtet auf ihrer Stirn. Wie oft ist das schon passiert? Sophie zählt die Niederlagen nicht mehr.

Benommen sieht sie Olga am Bühnenrand stehen. Marius Wiener beugt sich zu ihr und flüstert ihr etwas ins Ohr. Sophie versteht nur Bruchstücke. »Sorge dafür, dass sie an keinem Theater ...« Olga nickt zustimmend: »Das ist das Erbärmlichste, das ich je erlebt habe. Sophie wird nie wieder auf einer Bühne stehen.«

40

Rebecca schlug einen Akkord auf ihrem Klavier an und der Ton hörte sich falsch an. Sie versuchte es erneut, doch wieder klang es in ihren Ohren schrill und dissonant. Mit einem Seufzer lehnte sie sich zurück und betrachtete ihre Hände. Vorsichtig bewegte sie die Finger, die ganz normal auf ihre Befehle hin vor und zurück tanzten.

»Warum gehorchen mir heute meine Finger auf dem Klavier nicht?«, fragte sie die schwarzen und weißen Tasten.

»Weil du nicht bei der Sache bist. Weil dein Leben in eine dunkle Richtung läuft.«

»Da habt ihr recht«, führte sie ihr Selbstgespräch fort und schlug verstimmt auf eine weiße Taste. Der dumpfe Klang brachte sie zurück in die Realität und da wusste sie, was zu tun war.

»Es ist sicher nicht richtig, was ich vorhabe, aber ich möchte mein Leben mit Levi nicht riskieren«, bestätigte sie sich und stimmte eine traurige Melodie an, die diese Worte düster untermalten.

Abrupt stoppte Rebecca ihr Spiel, stand auf und schlug den Deckel des Klaviers zu. Mit zusammengepressten Lippen ging sie aus dem Musikzimmer und betrat ohne zu überlegen Levis Arbeitszimmer. Sie warf einen schnellen Blick aus dem Fenster und vergewisserte sich, dass ihr Mann noch nicht den Gehsteig entlangkam. Levi war zu Fuß zum Burgtheater gegangen, um sich dort mit Olivia zu treffen, deshalb hatte Rebecca noch ein wenig Zeit. Sie drehte sich um und stand vor dem großen Schrank.

Sie unterdrückte ihr schlechtes Gewissen, als sie die beiden Türen öffnete. Esthers ›Mantel der Unvergessenen‹ mit seinem aus Dutzenden bunten Taschen bestehenden Innenleben hing wie ein exotischer Vogel auf einem Haken. Daneben befanden sich die überfüllten Fächer mit Levis Unterlagen. Rebecca zögerte kurz, doch dann griff sie nach dem Mantel und nahm ihn heraus. Vorsichtig legte sie das brüchige Kleidungsstück auf das Sofa und schlug die beiden Vorderteile auseinander. Sie blickte auf die vielen Taschen und Täschchen, die alle mit kleinen Andenken, Medaillons und Fotografien vollgestopft waren und eine düstere Epoche jüdischer Geschichte so anschaulich dokumentierten.

»Bitte verzeih mir, Esther«, flüsterte Rebecca, als sie anfing, die einzelnen Taschen zu durchsuchen. Die Dinge, die sie dabei hervorholte, trieben ihr die Tränen in die Augen. Es waren sentimentale Kleinigkeiten, oftmals wertlos, und doch verbarg sich hinter jedem dieser Stücke ein tragisches Schicksal. Rebecca verließ beinahe der Mut und am liebsten hätte sie den Mantel wieder zurück in den Schrank gehängt.

Doch dann schob sich das finstere Gesicht von Marius Wiener vor den bunten Mantel und tauchte ihn in ausweisloses Schwarz. »Bringen Sie mir die Karte, dann erfährt Ihr Mann niemals die Wahrheit!«

Ich muss es machen, es bleibt mir keine andere Wahl! Hier ist sie ja! Mit zitternden Fingern zog Rebecca die halbe Tarotkarte hervor und ließ den Mantel fallen, als wäre er aus glühendem Eisen. Das steife Papier war spröde und abgegriffen, die Darstellung des Todes auf der Vorderseite wirkte dilettantisch, und trotzdem hing von dieser halben Karte Rebeccas Existenz ab.

Vorsichtig drehte sie die Karte um. Auf der Rückseite standen mehrere Ziffern, die für Rebecca keinen Sinn ergaben, und das Wort ›Schweizer‹ in Kurrentschrift. Der Rest war abgerissen.

Suchend blickte Rebecca umher. Auf Levis Schreibtisch fand sie eine durchsichtige Plastikhülle, in die sie die Tarotkarte steckte. Dann verstaute sie alles in ihrer Umhängetasche und eilte aus Levis Zimmer. Wieder warf sie nervös einen Blick aus dem Fenster, doch zum Glück war die Straße noch immer menschenleer. Sie zog ihr Handy aus dem Mantel und holte einen Zettel aus ihrer Lippenstifthülse. Umständlich faltete sie das Papier auseinander und wählte die Nummer, die darauf stand.

»Ich habe das, was Sie brauchen. Wir müssen uns sofort treffen«, sagte sie mit kratzender Stimme.

»Gut, ich erwarte Sie in fünfzehn Minuten. Nehmen Sie den Weg über die Terrasse.«

Ohne ein weiteres Wort trennte Rebecca die Verbindung und rief ein Taxi. Als sie an der Eingangstür ihrer Wohnung stand, übermannten sie die Gewissensbisse und sie drückte die Kurzwahl von Levis Handy, erreichte aber nur seine Mailbox.

»Ich liebe dich!«, sagte sie leise und legte schnell auf. Es hatte wieder leicht zu schneien begonnen, und Rebecca war froh, als sie endlich in den geheizten Wagen steigen konnte. Während der ganzen Taxifahrt kam sich Rebecca vor, als würde sie in einem Film mitspielen und der Regisseur müsste jeden Moment »Stopp« rufen. Aber es gab keinen Regisseur und es war auch kein Film noir, sondern die unbarmherzige Wirklichkeit.

Als Rebecca an ihrem Ziel ankam und aus dem Taxi stieg, blickte sie an der Fassade hinauf. Auf den ersten Blick wirkte das Palais in Schönbrunner Gelb frisch und ansprechend, doch als Rebecca zur Terrasse des Seitenflügels ging, sah sie, dass sich Teile des Verputzes gelöst hatten und ein Stück von der

Dachrinne fehlte. Während sie die bröckelnden Stufen hinaufstieg, flatterte eine schwarze Krähe von der Terrasse hoch und verschwand im bleiernen Himmel.

Im Foyer des Hotels herrschte wie immer geschäftiges Treiben und niemand nahm Notiz von ihr, als sie durch die Terrassentür eintrat und zu den Aufzügen huschte.

»Es fühlt sich so falsch an«, murmelte sie, während sie den Knopf zur Büroetage drückte. Der alte Aufzug ächzte und schleppte sich nach oben wie ein hundertjähriger Greis. Rebecca betrachtete ihr Gesicht im Spiegel und sah die kleinen Fältchen um ihre Augen und die Silberfäden in ihrem dunklen Haar. Mit einem Mal fühlte sie sich alt und wie eine Verräterin, die zu ihrer Hinrichtung fuhr.

Im oberen Stockwerk des Hotels befand sich das Büro von Marius Wiener. Rebecca ging über dicke Teppiche, die ihre Schritte dämpften, durch einen Korridor, der einen Knick machte. Dahinter musste das Büro sein. Die Mahagonitür war nur angelehnt und Rebecca zögerte eine Sekunde, ehe sie sich einen Ruck gab und die beiden Flügel aufstieß. Enttäuscht stellte sie fest, dass niemand in dem Raum war. Es gab nur einen riesigen Schreibtisch und dahinter einen Safe, dessen schwere Eisentür offen stand.

Nervös blickte Rebecca umher. Wo nur steckte Wiener? War das eine Falle? Langsam trat sie zu dem Schreibtisch und blieb wie angewurzelt stehen. Der Stuhl dahinter war umgekippt und daneben lag ein Mann auf dem Boden, mit dem Gesicht nach unten.

»Oh mein Gott!« Rebecca schlug sich die Hand vor den Mund und lief um den Schreibtisch herum. Sie kniete sich neben den Mann und drehte ihn auf die Seite. Es war Marius Wiener. Er stöhnte leise und schlug langsam die Augen auf.

»Das werden Sie büßen!«, brachte er mühsam hervor und versuchte sich aufzurichten. Doch dann verzog Marius schmerzverzerrt das Gesicht und sackte wieder zusammen.

»Ich, ich war das nicht!« Rebecca rüttelte Marius an den Schultern, doch er war erneut in eine Bewusstlosigkeit abgeglitten. »Ich habe Sie nicht niedergeschlagen«, stammelte sie und stand mit zitternden Knien auf. Beiläufig warf sie einen Blick in den Safe. Er war leer … bis auf eine schmierige zerrissene Karte, die ganz vorne in einem Metallfach lag.

»Das ist doch die andere Hälfte der Tarotkarte.«

Ohne zu überlegen, griff Rebecca danach und steckte sie schnell in ihre Umhängtasche. In ihrem Kopf überschlugen sich die Gedanken. Was hatte das alles zu bedeuten? Marius Wiener war niedergeschlagen worden, und jemand hatte den Safe ausgeräumt, aber die halbe Karte liegen lassen.

Jetzt war sie im Besitz beider Hälften, aber sie wusste nicht, was sie damit anfangen sollte. Angst stieg in ihr auf. Wenn man sie hier erwischen würde, dann war sie verloren. Sie musste auf der Stelle verschwinden.

Hastig lief sie aus dem Büro und über die roten Flauschteppiche den Korridor entlang. Sie kam gerade bis zur Abzweigung des Flurs, als sich mit einem lauten Quietschen die Aufzugstüren öffneten. Panisch prallte Rebecca zurück und drückte sich in eine Nische. Sie versteckte sich hinter einer großen Blumenvase und hielt den Atem an. Zwei Männer in schwarzen Anzügen gingen schnell an ihr vorüber und verschwanden um die Ecke. Rebecca nutzte die Gelegenheit und rannte zum Aufzug. Das altmodische Scherengitter begann sich gerade kreischend zu schließen, als Rebecca im letzten Moment hindurchschlüpfte und nach unten fuhr. In der Eingangshalle verließ sie unauffällig wie ein Hotelgast den Aufzug, doch da hörte sie bereits schnelle Schritte auf der Dienstbotentreppe und erblickte zwei Gestalten. Sie ließ alle Vorsicht fahren und huschte blitzschnell durch die Terrassentür nach draußen, vorbei an der Krähe, die gemächlich auf der Brüstung hin und her stapfte. Geduckt schlich Rebecca durch den Park, verbarg sich hinter exakt geschnittenen Büschen, rannte dann an der Begrenzungsmauer entlang auf der Suche nach einem Ausgang.

Auf der Terrasse tauchten jetzt die beiden Männer auf und blickten angestrengt umher. Einer von ihnen hielt ein Funkgerät in der Hand, der andere ein Handy. Augenblicklich ließ sich Rebecca auf den Kiesweg fallen und rührte sich erst, als die beiden Männer wieder im Inneren des Hotels verschwanden. Dann rappelte sie sich auf, lief schnell weiter, bis sie ein abbröckelndes Stück Mauer entdeckte, über das sie hinaus auf die Rennbahnstraße klettern konnte.

Sie sprang auf den Gehsteig, war aber noch lange nicht in Sicherheit, das wusste sie. Schnell überquerte sie knapp vor einer Straßenbahn die Straße, lief in eine schmale Gasse, die zurück zum Schwarzenbergplatz führte. Dort hielt gerade ein Bus mit Touristen, die in die Innenstadt strömten, und Rebecca mischte sich unter die Besucher. In einer ruhigen Ecke wischte sie sich die Erde von ihrem Mantel und schnappte nach Luft wie ein in der Falle gefangenes Tier.

Nach einer Weile spürte Rebecca, dass die Anspannung ein wenig von ihr abfiel, dennoch fühlte sie sich wie knapp vor einem Nervenzusammenbruch. Etwas musste geschehen, sie brauchte einen Rat, sonst würde sie hier an Ort und Stelle zusammenbrechen. *Was soll ich jetzt bloß machen?* Levi konnte sie nicht anrufen, er würde ihr diesen Verrat nie verzeihen. Hektisch scrollte sie sich durch das Namensverzeichnis auf ihrem Handy und wählte eine Nummer.

»Hallo, ich bin's. Ich stecke in entsetzlichen Schwierigkeiten. Können wir uns sofort im Café Prückel treffen? Und bitte kein Wort, zu niemandem.«

Dann legte sie auf und wischte sich trotz der Kälte den Schweiß von der Stirn. Auf dem Weg zu dem Kaffeehaus sah sie sich ständig um, glaubte in jedem Passanten einen Verfolger zu entdecken.

Wie soll es jetzt weitergehen? Innerhalb kürzester Zeit war ihr Leben völlig aus den Fugen geraten. Und das Schlimmste daran war, dass sie ihren Mann Levi verraten hatte.

41

Sophie war einer Intrige zum Opfer gefallen. Oskar hatte sie aller Wahrscheinlichkeit nach mit einer Droge außer Gefecht gesetzt, um den Vertrag zu erhalten. Darüber diskutierten Levi und Olivia, als sie vom Burgtheater zurück in Olivias Wohnung gingen.

In der Küche hatten sie Leopold und Sibel begrüßt, die in ein intensives Gespräch über südamerikanische und arabische Kulturen vertieft waren. Elyas, Sibels jüngster Sohn, saß bei ihnen und trank eine Tasse Tee, um sich aufzuwärmen.

»Bewachst du immer noch das Haus?«, fragte Olivia und erzählte Levi, dass Elyas nach der Schule immer vor der Tür stand und aufpasste, dass sein Bruder Usman nicht auftauchte, um den wegen Mordes verhafteten Vater zu rächen.

»Sie hat doch sonst niemanden mehr, der sich um sie kümmert«, antwortete Elyas.

»Aber hier kann deiner Mutter doch nichts passieren«, versuchte Olivia ihn zu beruhigen. »Du kannst ruhig nach Hause gehen.«

»Nein.« Elyas schüttelte bestimmt den Kopf. »Ich bin der einzige Mann in der Familie, der ihr beisteht.« Er trank seinen Tee aus, dann ging er wieder nach draußen auf seinen Posten auf der anderen Straßenseite.

»Komm mit in mein Zimmer«, sagte Olivia und stand auf.

Sie öffnete die großen Schiebetüren und drehte sich zu Levi. »Ich bin noch immer nicht fertig eingerichtet. Es war einfach keine Zeit dafür.«

In der Tat hatte sich seit Levis letztem Besuch nicht viel verändert. Noch immer standen die Pappkartons mit Olivias Habseligkeiten aus ihrer alten Wohnung in dem großen Salon herum, das Futon-Bett war nur durch einen Paravent vom Rest des Zimmers abgetrennt und der Schreibtisch vor dem Fenster wie immer mit Papieren und Unterlagen überhäuft.

Doch auf der Schreibfläche lagen diesmal auch Fotos und eine kleine Schere.

»Oh verdammt, ich hab vergessen, diese alten Erinnerungen wegzupacken.« Olivia machte einen halbherzigen Versuch, die Fotos zu verstauen, doch Levi hatte genug gesehen und wusste, was sie getan hatte.

»Du hast Michael aus allen Aufnahmen entfernt«, meinte er und wies auf ein zerschnittenes Bild, das jetzt nur noch Olivia und Juli zeigte. »Planst du jetzt endlich einen Neuanfang?«

»Vielleicht. Für mich existiert Michael nicht mehr, nach allem, was ich über ihn entdeckt habe«, entgegnete Olivia knapp und räumte ein paar Bücher von einem Stuhl. »Doch jetzt will ich nicht mehr darüber sprechen, sondern über Sophie«, wiegelte Olivia schnell ab.

»Wie du meinst.« Levi fragte nicht weiter nach, sondern setzte sich auf ein Sofa, das mitten im Raum stand.

»Fangen wir mit der simpelsten Frage an, die ich auch meinen Studenten immer stelle«, begann er. »Wer könnte ein Motiv gehabt haben, Sophie zu ermorden?«

»Marius Wiener«, gab Olivia sofort zurück. »Für mich ist Marius auch aus psychologischer Sicht der ideale Verdächtige. Er hätte enorme finanzielle Probleme, wenn er das Bild an die rechtmäßigen Eigentümer zurückgeben müsste. Und der Ruf seines Hotels wäre mit Sicherheit arg ramponiert.«

»Und Wiener hätte eventuell sogar mit strafrechtlichen Konsequenzen zu rechnen, wenn man ihm beweisen könnte, dass er von dem Raub des Gemäldes wusste«, ergänzte Levi. »Deshalb will Wiener auch verhindern, dass die Wahrheit über dieses Bild ans Licht kommt.«

Levi stand auf und ging zu den großen Flügeltüren, die hinaus auf den kleinen Balkon führten. Unten stand noch immer Elyas und blickte ernst die Straße entlang.

»Was ist eigentlich damals beim Prozess geschehen? Weshalb hat Sophie verloren?«, überlegte er laut.

»Darüber hat mir Anna Hauser, meine Freundin, Auskunft gegeben«, begann Olivia. »Es gab ein notariell beglaubigtes Bankgutachten, das eindeutig die Besitzverhältnisse geklärt hat. Die Gegenseite hat eine Menge Zeugen aufgefahren, aber am wichtigsten war der pensionierte Bankdirektor Kurt Großmann, der ja in den Fünfzigerjahren das Gutachten beauftragt hatte. Doch der Richter zweifelte dieses Gutachten an, denn es enthielt keine stichhaltigen Fakten. Er hat die Verhandlung vor der Urteilsverkündung unterbrochen und sich mit den Laienrichtern zur Beratung zurückgezogen. Als es dann zur Urteilsverkündung kam, war er wie ausgewechselt. Er hat Sophies Klage abgewiesen und ihr nicht nur die Kosten des Verfahrens, sondern auch noch jene für die gegnerischen Anwälte aufgebrummt. Das war ein Schock für Sophie.«

Olivia schwieg und stellte sich die Situation bildlich vor. Der Hoffnungsschimmer, den Sophie vor der Urteilsverkündung hatte, und dann der niederschmetternde Richterspruch. Kein Wunder, dass sie danach zusammenbrach.

»Das war ein aussichtsloser Kampf gegen einen übermächtigen Gegner«, fasste Levi zusammen. Er stützte sein Kinn in beide Hände und dachte nach. »Aber wir sollten uns nicht nur auf Marius Wiener konzentrieren. Was ist mit diesem Schauspieler?«

»Du meinst Oskar Heller?«

»Genau. Bei dieser sogenannten Challenge hat er ja sein wahres Gesicht gezeigt. Er ist ein narzisstischer Typ, der über Leichen geht.«

»Es kann sein, dass Oskar etwas mit Sophies Zusammenbruch zu tun hatte. Wahrscheinlich hat er ihr Drogen ins Essen oder Getränk gemischt. Aber Mord, nein, das traue ich ihm nicht zu.«

»Du hältst ihn nicht für einen Mörder, weil du ihn interessant und attraktiv findest«, mutmaßte Levi.

»Was für ein Blödsinn. Das stimmt nicht!«

Levi sah, dass Olivias Wangen rot wurden, und musste schmunzeln.

»Nehmen wir einmal an, die Direktorin des Burgtheaters kommt darauf, dass Oskar Sophie damals bei der Probe unter Drogen gesetzt hat, dann wäre er ja für alle Zeiten erledigt. Und Sophie rehabilitiert. Was bleibt ihm also anderes übrig, als sie zu töten?«, spann Levi seine Theorie weiter.

»Tja, da ist etwas Wahres dran«, lenkte Olivia ein. »Trotzdem steht Oskar auf meiner Liste möglicher Mörder ganz unten. Und wer steht bei dir noch weiter oben?«

»Karla. Aus ihr werde ich nicht recht schlau. Anscheinend stand sie in einer Liebesbeziehung mit Sophie und hat sie bei sich im Hotel versteckt. Also auf mich macht sie einen ziemlich eigenartigen Eindruck.«

Olivia wollte etwas darauf erwidern, doch in diesem Moment klingelte ihr Handy. Sie nahm den Anruf entgegen und sofort meldete sich eine gehetzt klingende Frauenstimme.

»Hallo, ich bin's. Ich stecke in entsetzlichen Schwierigkeiten. Können wir uns sofort im Café Prückel treffen? Und bitte kein Wort zu niemandem.«

»Geht klar.« Olivia trennte die Verbindung und stand auf.

»Ein Patient von mir hat ein gravierendes Problem. Ich muss sofort aufbrechen und ihm Beistand leisten«, sagte sie.

»Etwas Ernstes?«, fragte Levi.

»Wahrscheinlich, aber ich darf über Patienten nicht sprechen.«

»Natürlich, das verstehe ich.« Auch Levi erhob sich und kramte seine Unterlagen zusammen. »Mal sehen, ob meine Frau schon zu Hause ist«, murmelte er und wählte Rebeccas Nummer. »Nur die Mailbox«, meinte er dann und steckte das Handy wieder in die Tasche.

»Lass uns gehen.« Olivia hatte bereits ihre dicke Jacke vom Haken genommen und schlüpfte gerade hinein. Sie ging hinaus auf den Gang und öffnete die Küchentür. Sibel stand am Herd und rührte in einem großen Topf. Leopold saß am Tisch und löffelte genussvoll eine orientalisch duftende Suppe. Olivia schüttelte überrascht den Kopf.

»Du isst doch sonst immer nur Gulasch und Hausmannskost, Papa.«

»Wie kommst du bloß darauf? Ich bin offen für Überraschungen.« Leopold blickte Olivia mit großen Augen an. »Außerdem kocht Fatima einfach vorzüglich.«

»Er verwechselt mich manchmal mit einer Fatima«, meinte Sibel und zuckte mit den Schultern. »Aber das macht nichts. Ihr bleibt doch zum Abendessen?«, fragte sie dann.

»Schön, dass die ganze Familie wieder gemeinsam zu Abend isst. Holst du Juli bitte aus ihrem Zimmer?«, sagte Leopold plötzlich zu Olivia.

»Papa, Juli schläft schon«, antwortete Olivia, denn sie wollte Leopold heute nicht die Illusion nehmen und mit ihm diskutieren.

»Aber Michael und du, ihr bleibt doch zum Essen«, redete Leopold munter weiter.

»Das ist nicht Michael, sondern Levi. Und ich habe leider keine Zeit zum Essen, ein Patient von mir braucht mich ganz dringend«, lehnte Olivia nervös ab.

»Na, dann viel Spaß im Kino, ihr beiden. Und richtet Juli schöne Grüße von ihrem Opa aus. Ich bin so was von hungrig«, plapperte Leopold gut gelaunt und ließ sich von Sibel noch Suppe nachfüllen.

»Obwohl dein Vater die Realität weitgehend ausblendet, scheint Sibel einen positiven Einfluss auf ihn auszuüben«, stellte Levi fest, als sie die Wohnung verließen.

»Kann schon sein«, gab Olivia zerstreut zurück, denn sie war in Gedanken bei Rebecca, die am Handy so verzweifelt geklungen hatte.

Zusammen mit Levi ging sie dann die breite Treppe nach unten und trat hinaus auf die Straße. Sie kettete ihr Fahrrad los und wollte sich gerade in den Sattel schwingen, als Levi seine Hand auf ihren Arm legte.

»Ist alles in Ordnung mit dir? Du machst so einen gestressten Eindruck?«, fragte Levi und musterte sie scharf.

»Nichts, es ist nichts. Ich mache mir nur Sorgen um meinen Patienten«, erwiderte Olivia. Sie lächelte ihm kurz zu und trat dann in die Pedale. Im Rücken spürte Olivia seine skeptischen Blicke und war in dem Moment froh, ihm nicht in die Augen schauen zu müssen.

42

SOPHIE WILL NICHT STERBEN

Sophie rennt durch den Regen. Die Wohnung wurde ihr gekündigt. Sie hat kein Zuhause mehr. Ihr Hoodie ist klatschnass. Der Seesack mit ihren wenigen Habseligkeiten schlägt ihr gegen den Rücken. Beim Klingeln ihres Telefons schrickt sie zusammen.

»Hier ist das Jüdische Museum Wien.«

»Ja bitte?«

»Sie baten um Informationen darüber, wer die derzeitigen Besitzer von Esthers ›Mantel der Unvergessenen‹ sind.«

»Ja, stimmt.«

»Der Besitzer heißt Levi Kant. Ich gebe Ihnen die Adresse. Sie können ihm schreiben.«

»Danke.« Sophie drückt das Handy an die Brust.

Sie läuft über die Ringstraße, kommt zum Stadtpark. Im Park ist es dunkel. Sophie verlangsamt ihre Schritte und überlegt. Wo soll sie schlafen? Muss sie die ganze Nacht laufen, um sich warm zu halten? Nie hätte sie gedacht, dass sie einmal so tief sinken würde.

»Hey du, wohin noch so spät?« Eine Gestalt löst sich aus der Dunkelheit, stellt sich ihr in den Weg.

»Ich gehe zu meinem Freund«, antwortet Sophie. Sie spürt, dass sie nicht sehr überzeugend klingt.

»Wie heißt denn dein Freund?«, fragt der Mann.

Sophie zögert einen Moment zu lang und der Mann grinst höhnisch.

»Du bist allein.«

Sein Gesicht ist ausgemergelt und seine Augen wie tot. Mit spinnenartigen Fingern berührt er Sophie an der Schulter. Seine Hände rutschen weiter nach unten, verharren auf ihrer Brust. Sophie packt ihren Matchsack und schlägt ihn dem Mann vor die Brust. Er taumelt zurück und Sophie dreht sich blitzschnell um. Doch plötzlich steht hinter ihr ein zweiter Mann.

»Sei nicht so aggressiv.« Sein Tonfall ist schleppend. Er wirkt high. In der Hand hält er einen abgebrochenen Ast, mit dem er ausholt. Sophie duckt sich und hält den Arm schützend über ihr Gesicht. Der Schlag geht ins Leere. Am Eingang zum Park steht ein Polizeiwagen. Im rotierenden Blaulicht tanzen die Regentropfen eine geheime Choreografie. Die beiden Junkies lösen sich wie Gespenster in einem Albtraum in der Dunkelheit auf und verschwinden.

Sophie packt ihren Seesack und läuft. Sie läuft und läuft. Läuft, um nicht denken zu müssen. Läuft, um die Vergangenheit hinter sich zu lassen. Läuft jetzt auf ein Ziel zu.

Erst vor der Mauer zum Park des Palais Fürstenhof hält sie inne. Holt Atem. Sie wischt sich die Regentropfen aus dem Gesicht.

»Es gibt immer wieder ein neues Ziel.« Die Worte von Olivia Hofmann sind ihr Leuchtturm. Sophie zieht sich an der Mauer hoch. Hockt auf der Kante und springt ins Dunkel. Sie will endlich ihr Gemälde sehen. Geduckt pirscht Sophie durch den Park. Es ist finster und der Wind peitscht den Regen auf ihre Haut. Sie erreicht die Treppe. Bleibt wie angewurzelt stehen. Blut rinnt über die Stufen. Es wird immer mehr. Bäche von Blut, ein Blutfluss, der alles Böse mitreißt. Sophie watet durch das Wasser. Schleicht über die Terrasse. Eine Krähe sitzt auf der Balustrade und plustert ihr nasses Gefieder auf. Hinter den verregneten Scheiben erkennt sie verschwommen die Hotelgäste. Hört Lachen und Gläserklirren. Sieht Frauen, die sich in ihren Roben anmutig zur Musik bewegen. Sie entdeckt Marius Wiener, der von Tisch zu Tisch geht. Männern die Hand schüttelt, Frauen auf die Wangen küsst. Er wirkt zufrieden und glücklich. Ohnmächtiger Hass lodert bei diesem Anblick in ihr auf. Sophie beißt sich auf die Lippen, um vor Wut nicht laut aufzuschreien.

Kellner servieren Speisen auf großen Tellern. Sophies Magen knurrt, sie hat seit gestern nichts mehr gegessen. Sie hockt sich auf den Seesack und bibbert vor Kälte. Auf der Terrasse ist sie schutzlos und allen Blicken ausgeliefert. Doch noch kann sie sich vom Anblick der feiernden Gäste nicht losreißen. Drinnen wird gelacht, draußen geweint.

Sophie rinnen die Tränen übers Gesicht, vermischen sich mit dem Regen. Eine Frau prostet ihr zu. Das Gesicht ist nur verschwommen zu erkennen. Doch Sophie glaubt, dass die Frau sie anlächelt. Dieses Lächeln schenkt ihr neue Kraft. Noch ist sie nicht am Ende.

Durch den prasselnden Regen hört sie, wie eine Tür geöffnet wird. Sophie zuckt zusammen. Packt ihren Seesack und ist bereit zu flüchten.

»Hey! Was machst du da?«, hört sie eine Stimme. In der Tür steht die junge Frau mit dem schwarzen Pagenkopf.

»Ich bin wegen des Gemäldes hier.« Die Worte sprudeln einfach aus Sophies Mund.

»Du gibst wohl nie auf«, meint die Frau mit dem Pagenkopf bewundernd.

»Nicht, solange ich ein Ziel habe.«

»Dann komm«, flüstert die junge Frau und reicht Sophie die Hand.

»Ich habe dich beim Prozess gesehen. Wieso tust du das für mich?«

»Jetzt ist keine Zeit für Erklärungen. Du willst das Gemälde sehen. Diesen Wunsch kann ich dir erfüllen.«

43

Das rote Rücklicht von Olivias Fahrrad blinkte wie ein Signal, und Levi schien es, als würde es geheime Morsezeichen an ihn senden.

Er musste an die auffällige Hektik denken, die Olivia nach dem Telefonat erfasst hatte. Die schroffe Ablehnung des Abendessens passte so gar nicht zu der Frau, die Levi kannte. Levis sechster Sinn sagte ihm auch, dass sie am Telefon etwas sehr Unangenehmes erfahren hatte. Hatte es vielleicht mit Michael und Juli zu tun? Vielleicht war der Anrufer kein Patient, sondern dieser eigenartige Priester vom Semmering gewesen. Jetzt bereute er es, sie nicht direkt darauf angesprochen zu haben, denn vielleicht hätte er ihr helfen können.

Nachdenklich steckte Levi die Hände in die Taschen seines Mantels und ging an der Rossauer Kaserne vorbei über die Donaukanal-Brücke in den zweiten Bezirk. Er blieb vor der Tür seiner Wohnung stehen und betrachtete gedankenverloren den Stolperstein aus Messing im Pflaster. Dort stand geschrieben, dass in einer Zweizimmerwohnung über neunzig jüdische Männer, Frauen und Kinder zusammengepfercht gelebt hatten, ehe sie von den Nazis in ein Konzentrationslager verschleppt wurden. Überall im zweiten Bezirk gab es diese Stolpersteine auf den Gehsteigen, denn die Leopoldstadt war vor dem Krieg ein hauptsächlich von Juden bewohntes Viertel gewesen. Seit einigen Jahren machte sich hier auch jüdische Kultur und Tradition wieder bemerkbar, was Levi, obwohl er selbst kein strenggläubiger Jude war, mit Stolz erfüllte.

Bevor er die Eingangstür öffnete, warf er einen kurzen Blick nach oben, doch die Fenster, hinter denen Rebeccas Musikzimmer lag, waren dunkel. Seine Frau war also noch nicht zu Hause.

Als er in die Wohnung kam, spürte er sofort, dass etwas nicht stimmte. Langsam ging er den Flur entlang, ohne Licht zu machen. Die Tür zu Rebeccas Musikzimmer stand weit offen und das Licht einer Straßenlaterne warf einen dünnen hellen Streifen durch das Fenster. Einige Notenblätter waren auf der kleinen Ablage verstreut und der Deckel des Klaviers stand offen. Levi drehte sich um und ging in sein Arbeitszimmer, auch hier wurde der Raum von der Beleuchtung in der Gasse nur notdürftig erhellt. Auf dem Boden vor seinem Schreibtisch sah er die Umrisse eines Mantels. Mit der Hand tastete Levi nach dem Lichtschalter. In dem jäh aufflammenden Licht erkannte er sofort, welches Kleidungsstück dort lag. Es war Esthers ›Mantel der Unvergessenen‹.

In Levis Kopf rotierten die Gedanken. *Weshalb liegt der Mantel meiner Großmutter hier auf dem Boden?* Er bückte sich und legte das Kleidungsstück behutsam auf das Sofa. Dann griff er sofort in die eingenähte Tasche, in der die Karte stecken musste. Doch die Tasche war leer. Es war kein Einbruch, die Eingangstür war verschlossen gewesen.

Verdammt, was ist hier passiert? Ratlos blickte er umher, griff zu seinem Handy und wählte Rebeccas Nummer, kam aber wieder nur auf ihre Mailbox.

»Rebecca, wo bist du? Bitte melde dich. Ich mach mir Sorgen«, hinterließ er mit gepresster Stimme eine Nachricht.

Als er das Handy einstecken wollte, bemerkte er, dass eine Sprachmitteilung auf seiner Mailbox eingegangen war. Er betätigte die Wiedergabefunktion und hörte Rebeccas Stimme: »Ich liebe dich!«

Levi ließ das Handy sinken und spürte, wie sein Herz wild zu schlagen begann. Rebecca hatte ein Problem, da war er sich sicher.

Levi presste die Fingerspitzen gegen seine Schläfen, um sich zu beruhigen, um klar denken zu können. Ruhelos ging er im Wohnzimmer auf und ab, versuchte mehrmals seine Frau zu erreichen, aber ihr Handy war noch immer ausgeschaltet.

Plötzlich schrillte die Türglocke. Levi war so in Gedanken versunken, dass er vor Schreck zusammenzuckte.

»Wer ist da?«, fragte er, ohne die Tür zu öffnen.

»Polizei, Wachtmeisterin Schuster«, hörte er eine weibliche Stimme.

»Einen Moment.« Levi entriegelte die Tür und öffnete. Die junge Wachtmeisterin, die den Überfall aufgenommen hatte, stand vor der Tür.

»Kann ich bitte Ihre Frau sprechen?«, sagte die Beamtin und blickte an Levi vorbei in den Flur.

»Warum? Geht es um den Überfall? Da hat sie doch schon alles zu Protokoll gegeben.«

Jetzt tauchte auch Wachtmeister Müller auf, der zuvor seitlich neben der Tür gestanden hatte.

»Was wollen Sie von meiner Frau?«, fragte Levi und machte keinerlei Anstalten, die beiden hereinzulassen.

»Können wir das drinnen besprechen?« Müller lächelte freundlich und schob sich durch die Tür.

»Ist mit Rebecca etwas passiert? Ist sie verletzt?« Levi spürte namenloses Entsetzen in seinem Inneren hochkriechen, er konzentrierte sich auf seine Worte, wollte so normal wie möglich klingen. »Was ist mit meiner Frau geschehen?«

»Das wissen wir nicht.«

»Was soll das heißen?«

»Wo ist Ihre Frau?«, fragte jetzt Müller in einem deutlich härteren Tonfall als seine Kollegin.

»Das weiß ich selber nicht. Ich versuche sie schon seit einiger Zeit vergeblich zu erreichen«, erwiderte Levi und trat von der Tür weg.

»Dürfen wir uns umsehen?«

»Zunächst sagen Sie mir bitte, was hier los ist. Wird meine Frau vermisst, ist sie Zeugin eines Verbrechens?«

»Sie wird von uns gesucht«, hielt sich Müller vage.

»Sie wird von der Polizei gesucht? Warum denn?«

»Darüber dürfen wir Ihnen im Moment keine Auskunft geben.« Wachtmeisterin Schuster hob bedauernd die Schultern. Ihr Kollege Müller machte einen schnellen Rundgang durch die Wohnung und ging dann zur Tür.

»Sollte Ihre Frau in der Wohnung auftauchen, dann verständigen Sie uns bitte«, sagte er. »Es ist zu ihrem Besten, glauben Sie mir.«

»Es tut mir leid, dass wir Ihnen diese Schwierigkeiten bereiten«, murmelte die Wachtmeisterin, als sie sich an Levi vorbei aus der Tür schob.

»Nicht wir machen Schwierigkeiten, sondern seine Frau ist in Schwierigkeiten«, belehrte Müller sie und ging die Treppe hinunter.

Wie benommen stand Levi im Flur und hörte die Schritte der beiden Polizisten auf den ausgetretenen Stufen. Erst als sein Handy klingelte, löste er sich aus seiner Erstarrung.

»Reiter hier«, meldete sich sein früherer Kollege.

»Was gibt es? Geht's um Rebecca?«, fragte Levi aufgeregt.

»Ach, du weißt es also schon?«

»Ich weiß gar nichts!«

»Dann pass auf. Als alter Freund will ich dich nicht im Unklaren lassen. Marius Wiener wurde in seinem Büro überfallen und niedergeschlagen. Er hat den Einbrecher klar beschreiben können und es gab auch ein Bild auf einer seiner Überwachungskameras im Park. Dadurch konnten wir den Einbrecher relativ schnell identifizieren.«

»Schön und gut. Aber was hat das alles mit Rebecca zu tun?«, fragte Levi.

»Sie ist die Person, die in das Büro von Marius Wiener eingebrochen ist.«

»Das kann nicht sein. Weshalb hätte sie das tun sollen?« Levi schüttelte den Kopf, so als könne er dadurch die rotierenden Gedanken in seinem Kopf wieder in eine Ordnung zwingen.

»Sag du es mir. Wie gut kennst du eigentlich deine Frau? Vielleicht hat sie ein Geheimnis, von dem du nichts weißt.«

»Ich kenne meine Frau besser als mich selbst. Und jemanden niederschlagen, das würde sie nie tun. Dafür lege ich meine Hand ins Feuer.« Wütend trennte Levi die Verbindung und starrte die leere Wand an. Welches Geheimnis verbarg Rebecca vor ihm?

44

Olivia erkannte die Person sofort, die im hinteren Teil des Café Prückel saß, obwohl sie einen dicken Schal um ihren Kopf geschlungen hatte.

»Was ist passiert?«, fragte Olivia ohne Umschweife und setzte sich Rebecca gegenüber. Ein Ober erschien und Olivia bestellte einen Tee, ohne Rebecca aus den Augen zu lassen. »Du sagst mir jetzt sofort, was hier los ist«, forderte sie Rebecca auf, die schweigend auf dem weinroten Sofa kauerte und den Blick gesenkt hielt.

»Ich habe beide Hälften der Tarotkarte«, flüsterte Rebecca nach einer Weile. Sie nestelte in ihrer Umhängetasche herum und legte die beiden zerrissenen Kartenhälften zusammen auf das Marmortischchen. »Das Symbol ist ›Der Tod‹ und auf der Rückseite steht ›Schweizer Kantonalbank‹ und eine Nummer.«

»Das könnte ein Nummernkonto sein«, spekulierte Olivia, als sie die Zahlenreihe betrachtet hatte. »Aber zunächst interessiert mich, wie du an die zweite Hälfte gekommen bist.«

»Ich habe sie aus dem Safe von Marius Wiener genommen«, antwortete Rebecca stockend.

»Von Marius Wiener? Hast du die Karte etwa gestohlen? Warum denn nur?«, fragte Olivia überrascht.

»Ich erzähle dir, wie es dazu gekommen ist.« Olivia hörte gebannt zu, als Rebecca von ihren musikalischen Ausflügen in das Bordell berichtete und davon, dass Marius Wiener sie damit erpresste. »Aber ich habe Marius nicht niedergeschlagen. Da muss noch jemand vor mir bei ihm gewesen sein«, beteuerte Rebecca mit leiser Stimme.

»Du hättest die Polizei benachrichtigen sollen oder zumindest Levi. Er hätte sicher gewusst, was zu tun ist.«

»Das ist völlig unmöglich. Ich kann Levi einfach nichts von meiner Tätigkeit in dem Club erzählen. Er würde es sicher nicht verstehen«, erwiderte Rebecca panisch.

»Überleg es dir noch mal. Hat dich jemand gesehen, als du im Hotel warst?«, fragte Olivia.

»Ich glaube nicht, aber zwei Sicherheitsmänner haben mich dann kurze Zeit verfolgt, doch ich bin unerkannt durch den Hotelpark entkommen.«

»Okay, das heißt, niemand weiß, dass du in dem Hotel warst. Das ist gut, denn so haben wir einen Vorsprung und können erst einmal nachsehen, was es mit dieser Zahl auf sich hat.« Olivia deutete auf die Ziffernreihe auf der Karte. »Bevor wir uns auf den Weg machen, rufe ich noch schnell einen ehemaligen Patienten an. Ich habe ihm vor einiger Zeit einmal sehr geholfen.« Olivia wählte eine Nummer und es meldete sich sofort eine Stimme. »Hallo, Ferdinand. Du musst mir einen Gefallen tun. Weißt du, was diese Nummer der Schweizer Kantonalbank in Wien bedeutet?« Nach einer Weile beendete Olivia das Telefonat und sagte zu Rebecca: »Wie ich es mir schon gedacht habe. Diese Nummer gehört zu einem anonymen Bankschließfach.« Sie legte einige Münzen auf den Tisch und stand auf. »Lass uns keine Zeit verlieren.«

Die Schweizer Kantonalbank war eine Privatbank und befand sich direkt neben dem Finanzministerium in der Himmelpfortgasse im ersten Bezirk. Olivia und Rebecca wären beinahe daran vorbeigegangen, so versteckt war das Firmenschild. Auch das Entree hatte nichts mit der Schalterhalle einer herkömmlichen Bank gemein, sondern erinnerte an einen englischen Club. Mehrere Sofas aus dunklem Leder standen in dem holzgetäfelten Raum und der diskrete Schalter im Hintergrund wirkte wie ein gediegener Bartresen. Olivia ging zu dem Mitarbeiter, der dahinter stand und sie eingehend musterte.

»Ich möchte gern dieses Schließfach einsehen«, erklärte sie selbstbewusst und hielt dem Mann einen Zettel mit den Zahlen entgegen.

»Es handelt sich um ein anonymes Schließfach, gnädige Frau. Die Mietzeit läuft noch bis zum Jahr 2045«, erwiderte der Banker mit leicht schweizerischem Akzent, nachdem er auf seinem Computer nachgeschaut hatte.

»Gut, dann möchte ich gern dieses Schließfach sehen«, erwiderte Olivia.

»Selbstverständlich.« Der Bankmitarbeiter drückte auf einen Knopf und kurz darauf erschien ein weiterer Banker in einem dunkelblauen Anzug.

»Bringen Sie uns bitte zu den Schließfächern«, sagte Olivia.

»Aber sehr gern. Folgen Sie mir.«

Sie traten in einen mahagonigetäfelten Lift, der lautlos in den Keller der Bank fuhr. Die Türen öffneten sich und sie betraten einen hell erleuchteten Raum, vor dessen Wänden mehrere Reihen metallisch glänzender Schließfächer installiert waren. Der Bankmitarbeiter zog einen Schlüssel, der an einer silbernen Kette hing, hervor und sagte zu Olivia: »Tippen Sie Ihre geheime Nummer in das Display, dann kann ich mit dem Schlüssel öffnen.«

Olivia tippte die Ziffern ein und ein LED-Lämpchen begann blass zu blinken.

»Die Zahlen stimmen«, meinte der Banker und steckte seinen Schlüssel in das Schloss. Lautlos sprang die Tür des Safes auf.

»Ich lasse Sie jetzt allein.« Der Bankmitarbeiter zog sich diskret zurück.

In dem Schließfach befanden sich zwei Fotos und ein Umschlag. Die Aufnahmen waren alt und schon ein wenig vergilbt. Auf einem der Bilder waren ein Mann mit Schnurrbart und eine attraktive junge Frau mit schwarzen Haaren zu sehen. Auf dem zweiten Foto sah man den Mann mit einem Pinsel in der Hand vor einer Staffelei, auf der ein halb fertiges Gemälde stand.

»Das ist ›Die Kartenlegerin‹«, flüsterte Olivia.

»Dann ist der Mann auf dem Foto mit Sicherheit der bekannte Künstler Anton von Kuhn«, ergänzte Rebecca. »Sehen wir nach, was in dem Umschlag ist.«

Vorsichtig öffnete Olivia das Kuvert und leerte den Inhalt auf einen kleinen Stahltisch, der in der Mitte des Raums stand. Es waren mehrere Urkunden, versehen mit altmodischen Siegeln.

»Was ist das?«, fragte Rebecca.

»Das sind Besitzurkunden«, erwiderte Olivia, die flüchtig einen Blick darauf warf. »Wir bringen am besten alles zu Levi, er soll entscheiden, was weiter damit geschieht.«

»Das ist keine sehr gute Idee«, meinte Rebecca mit einem ängstlichen Seitenblick auf Olivia.

»Irgendwann musst du reinen Tisch machen. Oder willst du ständig mit dieser Lüge leben?«

»Aber Levi ist so glücklich, wenn ich ihm erzähle, dass ich Privatkonzerte gebe. Warum sollte ich ihm diese Freude nehmen?«

»Je länger du mit der Wahrheit hinter dem Berg hältst, umso schmerzhafter wird es für euch beide. Glaube mir, ich

spreche aus Erfahrung. Die Wahrheit zahlt sich immer aus.«
Olivia dachte an die niederschmetternden Wahrheiten, die sie
nach dem Verschwinden von Michael über ihn erfahren hatte.

»Du hast wahrscheinlich recht.« Rebecca straffte ihre
Schultern und nickte.

»Außerdem hast du ja dazu beigetragen, dass die
Besitzverhältnisse des Gemäldes geklärt werden«, sagte Olivia.
Sie steckte die Unterlagen und die beiden Fotos wieder zurück
in den Umschlag und winkte dem Bankmitarbeiter.

»Vielen Dank. Wir sind fertig.«

Schweigend fuhren sie anschließend nach oben. Als sich die
Türen der Kabine öffneten, sah Olivia zwei Männer in Uniform
im Foyer der Privatbank stehen, die sich suchend umschauten.

»Das sind Polizisten«, flüsterte Rebecca und wurde blass.
Nervös zwirbelte sie ihre Haare.

»Niemand kann wissen, dass du hier bist. Gehen wir einfach unauffällig aus der Bank.« Olivia machte einige Schritte in
das Foyer, doch einer der Polizisten hob die Hand.

»Rebecca Kant?«, fragte er Olivia.

»Nein, aber was möchten sie von ihr?«, fragte Olivia, um
Zeit zu gewinnen.

»Sind Sie Rebecca Kant?« Der Polizist musterte zunächst
Rebecca scharf, blickte dann zu dem Banker hinter dem Tresen,
der diskret nickte.

»Wir haben ein paar Fragen an Sie. Würden Sie bitte mitkommen?« Der Polizist packte Rebeccas Arm und winkte dann
Olivia zu sich. »Von Ihnen möchte ich jetzt gern wissen, was Sie
aus dem Schließfach geholt haben. Ist es das?« Er deutete auf
den Umschlag, den Olivia unter dem Arm hielt.

»Es handelt sich hierbei um vertrauliche Unterlagen«,
erklärte Olivia und ging an dem Polizisten vorbei durch das
Foyer nach draußen.

»Geben Sie mir bitte den Umschlag. Wir möchten hier kein Aufsehen erregen«, sagte der zweite Polizist und vertrat ihr den Weg.

»Lassen Sie mich durch. Ich habe mir nichts zuschulden kommen lassen. Das ist Freiheitsberaubung«, brachte Olivia mit fester Stimme vor.

»Sie haben diesen Umschlag widerrechtlich an sich genommen«, erklärte der Polizist.

»Darf ich wenigstens Ihre Dienstmarke sehen, bevor Sie mir mit Gewalt Dokumente abnehmen?«, entgegnete Olivia. »Wie bereits gesagt, das sind vertrauliche Unterlagen aus meiner psychiatrischen Praxis. Ich darf sie Ihnen aus Gründen des Datenschutzes nicht aushändigen.«

Jetzt hatte Olivia bereits die Tür erreicht und stieß sie auf. »Erkundigen Sie sich bei Ihrem Staatsanwalt.«

»Bleiben Sie sofort stehen!«, ließ sich der Polizist nicht einschüchtern.

»Sie dürfen mich nicht festhalten!«

Der Polizist wurde rot im Gesicht und drehte sich Hilfe suchend zu seinem Kollegen um, der noch immer Rebecca am Arm gepackt hatte.

Diesen Augenblick nutzte Olivia und lief hinaus. Als sie den Bürgersteig erreichte, scannte sie blitzschnell die Umgebung. Links schob ein Mann mit einer Schiebermütze sein Fahrrad den Gehweg entlang. Er bemerkte Olivia und hob grüßend die Hand. Olivia erkannte, dass es einer ihrer ehemaligen Nachbarn war, und lief schnell auf ihn zu.

»Herr Stockinger, gut, dass ich Sie treffe. Ich brauche Ihr Fahrrad«, rief sie.

»Aber gern, Frau Doktor.« Mit einem leicht verdutzten Gesichtsausdruck hielt ihr der Mann sein Fahrrad hin.

»Danke, Sie haben mir sehr geholfen. Sie können das Fahrrad bei meiner Praxis wieder abholen.« Olivia steckte den Umschlag in ihre Lederjacke und schwang sich auf das Rad.

»Halt, stehen bleiben!«, hörte sie hinter sich die Stimme des Polizisten, der gerade aus der Bank gerannt kam, doch da hatte sie schon das Ende der Gasse erreicht.

Beim Musicaltheater Ronacher bog sie auf den Parkring ab und radelte dann Richtung Stadtpark. Als sie den Eingang des Parks erreichte, sprang sie von ihrem Fahrrad und schob es schnell durch die Gartenanlage. Erst im hinteren Teil des Parks wurde sie langsamer und setzte sich dann auf eine Bank. Sie zog ihr Handy aus der Lederjacke und wählte die Nummer von Levi.

»Ich bin's, Olivia«, sagte sie atemlos.

»Na endlich. Ich kann weder dich noch meine Frau erreichen. Die Polizei war bei mir. Man sucht Rebecca.«

»Ich weiß. Rebecca steckt in Schwierigkeiten. Man hat sie gerade festgenommen.«

»Wo ist sie?«, fragte Levi aufgeregt.

»Sie wird wahrscheinlich gerade auf die Wache im ersten Bezirk gebracht.«

»Okay. Dann fahre ich sofort dorthin. Ich melde mich wieder«, sagte Levi und wollte das Gespräch beenden.

»Halt, warte. Wir müssen uns unbedingt sehen, bevor du zu Rebecca fährst. Ich habe Dokumente aus einem Schließfach, mit denen wir die Besitzverhältnisse des Gemäldes klären können.«

»Hat das nicht Zeit bis später?«

»Nein, denn ich werde auch von der Polizei gesucht. Da ist es sicher besser, ich habe keine Unterlagen bei mir«, wandte Olivia ein.

»Alles klar, wo bist du grade?«

»Ich bin im Stadtpark.«

»Gut, dann treffen wir uns in der Mall, die ist ja ganz in der Nähe. Am besten im Untergeschoss bei der S-Bahn.«

»Ich warte, bis du kommst.«

Olivia atmete tief durch, als sie sich auf den Weg machte. Während sie den herbstlichen Park in Richtung Mall durchquerte, musste sie wieder an die tote Sophie denken, die für das Gemälde ihr Leben gelassen hatte und der erst jetzt, Jahre später, Gerechtigkeit widerfahren würde.

45

Marius Wiener stand auf der Terrasse seines Hotels und starrte auf die schwarze Krähe, die vor ihm die Stufen auf und ab hüpfte. Sein Kopf brannte noch immer von dem Schlag, den er abbekommen hatte, aber mehr als das schmerzte ihn der Verlust der halben Tarotkarte aus seinem Safe. In der spiegelnden Scheibe der Terrassentür betrachtete er das hässliche Pflaster auf seiner Schläfe und versuchte, sich an den Überfall zu erinnern. Aber sosehr er sich auch anstrengte, es wollte ihm nicht gelingen, den genauen Ablauf zu rekonstruieren.

Zum Glück war die Polizei jetzt endlich abgezogen, die seine übereifrigen Sicherheitsmänner alarmiert hatten, als sie ihn auf dem Boden fanden. Marius hatte die Sache heruntergespielt, dann aber doch Rebecca Kant als mögliche Täterin angegeben, denn er entsann sich, ihr Gesicht zwischen zwei Ohnmachtsanfällen gesehen zu haben.

Rebecca war es also gewesen, die ihn niedergeschlagen und die halbe Tarotkarte geraubt hatte. Sie war jetzt im Besitz beider Hälften und es würde nicht lange dauern, dann wüsste sie, dass sich das Schließfach in der privaten Kantonalbank befand. Zur Sicherheit hatte er dort angerufen und ein Foto von Rebecca gemailt. Die Polizei würde Rebecca verhaften und sein Freund, der Polizeipräsident, würde dafür sorgen, dass der Inhalt des Schließfachs zu ihm gelangte.

Nervös strich sich Marius durch sein Haar und zupfte an seinem Stecktuch herum. Die Zeit raste dahin und entgegen allen Vorsichtsmaßnahmen hatte er dem Polizeipräsidenten Mayer eine direkte Nachricht auf dessen Handy geschickt. Das Mobiltelefon in seiner Tasche vibrierte und hastig griff Marius danach.

»Wieso rufst du mich auf dem Handy an?«, fragte der Polizeipräsident verstimmt. »Jeder kann unsere Gespräche mithören, wenn er will.«

»Hör auf mit der Paranoia. Wer sollte dich schon abhören?«, schoss Marius zurück.

»Immerhin bin ich der Polizeipräsident von Wien.« Marius hörte, wie Mayer tief durchatmete. »Das ist der letzte Gefallen, den ich dir tue. Ab jetzt will ich nichts mehr mit dir zu tun haben. Ist das klar?«

»Ich hab's verstanden. Wo ist sie?«, fragte Marius und ging nicht weiter auf die Bemerkung des Polizeipräsidenten ein. *Spätestens wenn er wieder Lust auf eines meiner Mädchen hat, wird er sich schon beruhigen*, dachte Marius.

»Sie wurde von meinen Beamten festgenommen, aber die Psychiaterin Olivia Hofmann war bei ihr und ist mit einem Kuvert geflüchtet.«

»Olivia Hofmann? Verdammt, was hat die denn mit alldem zu tun?«, fragte Marius.

»Ich weiß es nicht. Aber eine Überwachungskamera hat Olivia Hofmann in der Mall im dritten Bezirk gefilmt. Sie scheint dort bei der S-Bahn auf jemanden zu warten. Den Umschlag hat sie bei sich.«

»Danke. Ich bin dir einen Gefallen schuldig«, sagte Marius.

»Du hast mich nicht richtig verstanden. Ich brauche keinen Gefallen von dir, denn wir werden uns nicht mehr sehen. Und bitte ruf mich nie wieder an.«

»Auch nicht, wenn neue Mädchen in den Club kommen?«, fragte Marius.

»Ich sagte nie wieder.« Ohne sich von Marius zu verabschieden, trennte der Polizeipräsident die Verbindung.

Mayer meint es tatsächlich ernst, dachte Marius verwirrt und drehte das Handy zwischen seinen Fingern. Dunkle Wolken zogen sich am Horizont zusammen. Die schwarze Krähe stakste auf der Brüstung umher und pickte mit ihrem spitzen Schnabel winzige Körner auf.

»Verschwinde, du Mistvieh!«, schrie Marius und ging mit weit ausholenden Armbewegungen auf den Vogel zu, aber die Krähe hob bloß den Kopf und blickte ihn mit ihren schwarzen Augen durchdringend an, so als wolle sie tief in sein Inneres sehen.

Marius ließ die Arme sinken und drehte sich um. Mit finsterer Miene verließ er die Terrasse, durchquerte das Foyer und ging durch das Entree ins Freie auf die Straße. Sein Fahrer wartete neben dem schwarzen SUV, doch Marius winkte ihn beiseite.

»Ich fahre heute selbst«, sagte er und setzte sich ans Steuer.

Marius kam zügig voran und sah bereits nach wenigen Minuten die Mall, die von einer breiten Fußgängerstraße geteilt wurde. Er parkte seinen Geländewagen vor dem Hilton Hotel im Halteverbot und lief quer über den Fußgängerbereich zum Abgang, der zur S-Bahn führte. Als Marius die Rolltreppe nach unten hastete, sah er bereits Olivia Hofmann am Rand des Gleises stehen.

Marius schlich, hinter Reklametafeln verborgen, vorsichtig näher. Olivia hatte den Umschlag an die Brust gedrückt und ging nervös auf dem Bahnsteig auf und ab. Immer wieder warf sie einen schnellen Blick zur Rolltreppe und achtete nicht darauf, was in ihrem Rücken passierte. Marius war jetzt auf gleicher Höhe mit Olivia, nur durch eine schmale Anzeigentafel von ihr getrennt. Ein Windstoß kündigte eine einfahrende S-Bahn an. Marius trat direkt hinter Olivia und holte tief Luft. Die Schweinwerfer des Triebwagens tanzten bereits über die Gleise. Wie in Trance griff Marius mit einer Hand nach dem Umschlag. Gleichzeitig versetzte er Olivia mit der anderen Hand einen kräftigen Stoß in den Rücken. Olivia taumelte auf den Rand des Bahnsteigs zu, ließ das Kuvert los, ruderte mit den Händen durch die Luft, um das Gleichgewicht zu halten. Sie stieß einen erstickten Schrei aus, der von den kreischenden Bremsen der S-Bahn übertönt wurde, die in diesem Moment in die Station einfuhr.

46

Während Levi in seinem Saab durch die Stadt fuhr, versuchte er ständig, seinen Ex-Kollegen Reiter am Handy zu erreichen. Endlich hatte er ihn an der Strippe.

»Wieso wurde Rebecca überhaupt festgenommen? Es ist ja überhaupt nicht erwiesen, dass sie Marius Wiener angegriffen hat«, fragte er erbost und beschleunigte den Wagen, um noch bei Gelb über eine Kreuzung zu gelangen.

»Es tut mir leid, Levi. Ich habe nichts mit dem Fall zu tun«, verteidigte sich Reiter. »Das Ganze ist merkwürdig. Aber der Befehl für die Festnahme kam von ganz oben.«

»Dann ist also Mayer, der Polizeipräsident, auch involviert. Wie ich es mir gedacht habe. Wahrscheinlich hängt es mit dem ominösen Club in dem Hotel zusammen. Wo ist Rebecca jetzt überhaupt?«

»Sie befindet sich auf der Polizeistation im ersten Bezirk in Gewahrsam.«

»Kannst du denn gar nichts unternehmen, um Rebecca da rauszuholen? Du weißt doch, wie sensibel sie ist«, drängte Levi und drückte auf die Hupe, während er an einer Kolonne vorbeiraste.

»Ich versuche mein Bestes«, sagte Reiter. »Wo bist du eigentlich?«, fragte er dann.

»Muss noch etwas Dringendes erledigen, dann komme ich aufs Revier«, antwortete Levi.

»Weißt du, wo Olivia Hofmann sich aufhält?«

»Nein, wie kommst du darauf?« Levi wollte Olivia nicht auch noch in Gefahr bringen.

»Nur zu deiner Information. Olivia Hofmann ist ebenfalls zur Fahndung ausgeschrieben. Das kam gerade über den internen Newsticker herein. Weißt du Näheres darüber?«

»Ich habe Olivia schon seit Tagen weder gesehen noch mit ihr gesprochen.«

»Gesetzt den Fall, du siehst sie rein zufällig, dann richte ihr aus, dass sie sich mit einem Anwalt auf der nächsten Polizeistation einfinden soll.«

»Wie gesagt, ich habe keine Ahnung, wo sie ist.« Levi trennte die Verbindung und bog beim Museum für angewandte Kunst links ab. Er überquerte mit dem Wagen die Stubenbrücke mit den Lemurenköpfen von Franz West und sah das Einkaufszentrum The Mall im dritten Bezirk vor sich auftauchen. Levi parkte den Saab in einer Seitenstraße und ging die Fußgängerzone entlang. Die Fahrt hatte länger gedauert als gedacht, und er hoffte, dass Olivia noch auf ihn wartete und nicht bereits von der Polizei aufgegriffen worden war. Als er das Hilton Hotel passierte, sah er einen schwarzen SUV mit dem dezenten Logo des Palais Fürstenhof im Halteverbot stehen.

»Verdammt«, fluchte Levi. »Dass dieser Wagen hier steht, kann kein Zufall ein.«

So schnell er konnte, rannte Levi über den Platz, der die beiden Flügel der Shoppingmall trennte, und bahnte sich seinen Weg durch die Menschenmassen, die heraus- und hineinströmten. Während er sich zwischen den Passanten hindurchdrängelte, ignorierte er den Schmerz in seinem Bein, der ihn wie glühende Nadeln traktierte. *Irgendwann wird es jetzt Zeit, mit der Physiotherapie zu beginnen.* Endlich hatte er den Infopoint erreicht und blieb kurz stehen, um sich zu orientieren.

Als er an der Station ankam, sah er eine S-Bahn mit geöffneten Türen und eine Menschentraube auf dem Bahnsteig. Aber Olivia war nirgends zu entdecken, sosehr Levi sich auch umsah. Aus der Menge löste sich plötzlich ein Mann und lief auf die Rolltreppen zu. Es war Marius Wiener, der mit flatternden Rockschößen den Bahnsteig entlanglief. In der Hand hielt er ein Kuvert und sein Gesicht war vor Anstrengung verzerrt. Jetzt hatte Marius Wiener die Rolltreppe erreicht, ohne Levi zu bemerken. Levi wartete noch einen kurzen Augenblick, dann stellte er sich vor die Rolltreppe und streckte sein steifes Bein aus. Marius stolperte und fiel der Länge nach auf den Boden. Er ließ das Kuvert fallen, rappelte sich wieder auf und wollte stöhnend weiterhasten. Doch Levi packte ihn am Arm und hielt ihn fest.

»Das Spiel ist aus, Marius Wiener!«

47

Marius rannte den Bahnsteig entlang und kümmerte sich nicht um die Schreie der aufgebrachten Passanten in seinem Rücken. Er hatte das Kuvert mit den Dokumenten und nur das zählte. Zu guter Letzt war er doch als Sieger vom Platz gegangen. Er hatte den Fluch der ›Kartenlegerin‹ durchbrochen und jetzt würde es nur noch glückliche Tage für ihn geben. Vor sich sah er die Rolltreppe, die nach oben in die Mall führte. Dort konnte er in der Menschenmenge untertauchen und problemlos zu seinem SUV gelangen.

Marius hatte die Rolltreppe fast erreicht, als ihm plötzlich ein Mann den Weg verstellte und seinen Fuß ausstreckte. Marius wollte noch ausweichen, aber es war zu spät. Er fiel über das Bein, krachte auf den Boden und das Kuvert segelte davon. Mit schmerzverzerrtem Gesicht rappelte er sich wieder hoch, doch da packte ihn der Mann am Arm. Jetzt erkannte Marius auch, um wen es sich handelte: Es war Levi Kant.

»Das Spiel ist aus, Marius Wiener!«, rief Levi und drehte Marius den Arm auf den Rücken.

»Das Gemälde gehört unserer Familie! Niemand hat das Recht, es uns streitig zu machen.« Marius versetzte Levi einen Tritt gegen das Schienbein. Levi taumelte zurück und Marius bückte sich, um das Kuvert aufzuheben, doch dann bemerkte er zwei Polizisten, die oben an der Rolltreppe auftauchten.

»Wir sind verflucht, das Gemälde hat uns nur Unglück gebracht«, zischte er Levi Kant zu und deutete auf das Kuvert, das auf dem Boden lag. Dann drehte sich Marius um und rannte an der Rolltreppe vorbei zu den breiten Stiegen, die ins Obergeschoss führten. Dort schob er sich durch die Menge der Passanten, lief zu einem wenig belebten Seiteneingang und verließ das Shoppingcenter. Langsam beruhigte sich Marius wieder, zwang sich, gelassen weiterzugehen. Als er den Block umrundet hatte, sah er seinen Wagen. Er griff in die Tasche seines Sakkos, um den Autoschlüssel hervorzuholen, konnte ihn aber nicht finden. Wahrscheinlich war er ihm bei dem Sturz aus der Tasche gerutscht.

»Verflucht«, murmelte er und rief ein Taxi. Er fühlte sich wie im Krieg, von dem ihm seine Großmutter Agnes oft erzählt hatte. Während er verzweifelt über einen Ausweg aus seiner Situation nachdachte, erreichte das Taxi endlich das Palais Fürstenhof. Ohne sich um die verwunderten Blicke des Portiers zu kümmern, eilte er durch das Foyer und fuhr mit dem Aufzug nach oben. Das Blut pochte in seinen Schläfen, als er auf die Flügeltüren des Clubzimmers zuschritt. Voller Wut stieß er sie auf, sodass sie gegen die Seidentapeten krachten, und ging direkt auf ›Die Kartenlegerin‹ zu.

»Du schaffst es niemals, mich zu besiegen!«, rief er und hob drohend die Faust gegen das Bild.

»Haben Sie ein Problem, Herr Wiener?«, hörte er plötzlich eine Stimme in seinem Rücken.

»Wer ist da?« Marius wirbelte herum und sah im Halbschatten eine Gestalt in einem seiner Josef-Hofmann-Clubsessel sitzen, den Rücken ihm zugewandt. »Wer sind Sie?«

»Das tut im Moment nichts zur Sache. Mein Unternehmen hat mich beauftragt, Ihnen mitzuteilen, dass wir die Kreditlinien für das Palais Fürstenhof nicht länger offen halten.«

»Was hat das zu bedeuten?«, krächzte Marius und blickte von dem Mann im Halbschatten zu dem Gemälde hinauf. »Die iranisch-amerikanischen Verhandlungen finden doch hier im Hotel statt. Wir stehen knapp vor Vertragsabschluss.«

»Die amerikanische Delegation hat sich bereits gestern anders entschieden«, hörte Marius die emotionslose Stimme des Mannes. »Die Gespräche finden nun im Hotel Imperial statt.«

»Das kann nicht sein«, lamentierte Marius. »Wir waren uns doch in fast allen Punkten einig.«

»Nun, es sind Gerüchte im Umlauf, dass Ihre Familie gar nicht der rechtmäßige Eigentümer der ›Kartenlegerin‹ ist. Man munkelt, es könnte sich um Raubkunst aus der Nazizeit handeln, die einer jüdischen Familie gestohlen wurde. Die Amerikaner sind in diesem Punkt sehr sensibel und wollen damit nichts zu tun haben.«

»Aber das ist doch lächerlich. Das Bild ist seit Generationen im Familienbesitz«, versuchte Marius verzweifelt, das Ruder doch noch herumzureißen.

»Ersparen Sie mir bitte Ihre Begründungen. Nach der Absage der Amerikaner sehen auch wir keinen Grund mehr, Ihr Haus weiter zu finanzieren«, sagte der Mann und stand auf. »Wann werden Sie das Palais verlassen?«, fragte er wie beiläufig und ging zur Tür.

»Das Palais verlassen? Wieso das denn? Warum sollte ich aus meinem Hotel ausziehen?« Marius sah dem Mann verwirrt hinterher, der gerade die Flügeltür schloss.

»Das Hotel gehört ab dem heutigen Tag unserem Unternehmen. Die dafür nötigen Unterlagen liegen dort auf dem Tisch. Sie haben vierundzwanzig Stunden Zeit, um Ihre Sachen zu packen und zu verschwinden.«

Nach diesen Worten trat der Mann hinaus auf den Flur und schloss die Flügeltüren hinter sich. Wie betäubt blieb Marius im Clubzimmer zurück. »Ich muss mein Hotel verlassen«, wiederholte er ungläubig.

Er taumelte durch den großen Raum mit der hohen Kuppel und trat zu den bodentiefen Fenstern. Die schweren Vorhänge waren zugezogen und die geflochtenen Schnüre, die man zum Aufziehen des schweren Stoffes benötigte, baumelten lose bis zum Boden. Marius packte eine dieser Kordeln und riss sie aus der Verankerung. Dann drehte er sich um und ging mit schleppenden Schritten zurück zu dem Gemälde.

»Bist du jetzt zufrieden?«, fragte er kraftlos. »Du hast es endlich geschafft. Ich muss aus meinem Hotel verschwinden. Alles, was meine Großmutter Agnes aufgebaut hat, ist verloren. Vielleicht soll ich enden wie mein Vater. Vielleicht ist das wirklich die beste Lösung. Denn dann hast du absolut keine Macht mehr über mich. Und ich bin endlich frei.«

Marius kletterte auf einen Clubsessel und warf die Kordel über einen Kronleuchterhaken. Dann knüpfte er eine Schlinge und legte sie sich um den Hals. Mit einem Ruck zog er sie so eng zusammen, dass es ihm fast die Luft abschnürte. Das war ein erster Vorgeschmack auf das, was gleich kommen würde. Immer wieder warf er zornerfüllte Blicke auf ›Die Kartenlegerin‹.

»Jetzt kannst du deinen Triumph auskosten«, fauchte er. Er starrte auf das Gemälde und hatte auf einmal das Gefühl, als würde sich das Bild vor seinen Augen verändern. Die Tarotkarten auf dem Tisch der Kartenlegerin lagen alle mit der Rückseite nach oben, doch eine Karte war aufgedeckt. Marius war das bisher nie aufgefallen, doch jetzt sah er es überdeutlich, denn der Maler hatte sogar einen dünnen Lichtstrahl darauf geworfen. Die aufgedeckte Tarotkarte war ›Der Tod‹.

»Du hast gewonnen! Aber ich auch! Denn der Bann ist jetzt gebrochen.«

Mit dem Fuß stieß Marius den Stuhl um und spürte den kräftigen Ruck der Kordel an seinem Hals. Unterbewusst stellte er fest, dass er nicht einmal seinen eigenen Tod perfekt gestalten konnte. Das Seil hatte ihm nicht das Genick gebrochen, sondern würgte ihn unerbittlich langsam zu Tode. Hilflos zappelte Marius mit den Beinen in der Luft, seine Finger gruben sich in die Haut, als er vergeblich versuchte, die Kordel von seinem Hals zu lösen. Irgendwo wurde eine Tür aufgerissen, während Marius langsam in unwirklich graue Sphären eintauchte. Aus einem hellen Nebel kam ein Mann auf ihn zu. Es war sein Vater, der ihn behutsam an der Hand nahm. Der Druck um seinen Hals löste sich und er konnte wieder frei atmen. »Was hast du mit Sophie gemacht? Hast du sie getötet?«, fragte ihn sein Vater sanft. »Ich habe Sophie …«, stammelte Marius.

»Ich kann dich nicht verstehen. Du musst deutlicher sprechen.« Sein Vater betrachtete ihn mit einem gütigen Ausdruck im Gesicht. Marius wollte seinen Vater nicht enttäuschen und bemühte sich, eine Antwort zu geben. Doch irgendwie fand er nicht die richtigen Worte. Ein gleißender Schmerz durchzuckte ihn wie ein Stromstoß. Sein Herz schlug noch einmal wild und voller Leben. »Komm mit mir.« Sein Vater streckte die Hand aus und Marius ergriff sie, um sie nie wieder loszulassen. »Ja«, erwiderte Marius und fühlte sich auf einmal glücklich und geborgen. Dann setzte sein Herzschlag aus und Sekunden später war er tot.

48

»Ich habe Sophie …« Die Stimme von Marius Wiener war so leise, dass Levi sein Ohr dicht an dessen Mund legen musste.

»Was haben Sie gesagt? Ich kann Sie nicht verstehen. Sie müssen deutlicher sprechen«, sagte Levi und hob den Kopf von Marius ein wenig an.

»Gehen Sie bitte zur Seite.« Der Notarzt schob Levi weg und legte noch einmal die Plattenelektroden für die Elektroschocks auf Marius' Brust. Sein Körper bäumte sich auf, noch einmal spürte der Notarzt den Puls, doch dann war kein Leben mehr in Marius vorhanden.

»Wir sind um wenige Augenblicke zu spät gekommen.« Levi stand auf und ging auf das Gemälde zu. »Das Bild hat der Familie nur Unglück gebracht«, sagte er zu Olivia, die neben ihn getreten war.

»Woher hast du gewusst, dass Marius Wiener hier ist?«, fragte Olivia.

»Wohin sollte er sonst? Er hatte doch nur noch sein Hotel«, erwiderte Levi.

»Hat Marius Wiener noch etwas gesagt, ehe er starb?«

»Er wollte etwas über Sophie sagen«, antwortete Levi. »Aber er ist mitten im Satz gestorben.«

Olivia blickte Levi enttäuscht an. »Aber alles spricht dafür, dass er Sophie getötet hat.«

»Ja, das glaube ich auch. Marius stand mit dem Rücken zur Wand. Sophie hätte ihn und seine Familie ruinieren können. Er hatte ein überzeugendes Mordmotiv«, meinte Levi. »Und vielleicht findet die Mordkommission ja doch noch Indizien oder sogar die Tatwaffe.«

»Das heißt, für uns ist der Fall abgeschlossen.«

»Ja, und auch für die Mordkommission. Wenn ein Mörder stirbt, dann wird der Fall nicht weiterverfolgt.«

»Es ist irgendwie frustrierend, dass Marius Wiener für den Mord nicht zur Rechenschaft gezogen wird«, sagte Olivia. »Auch mich wollte er ja töten.«

»Stimmt, aber du hast Glück gehabt.«

»Nicht nur das, sondern auch genügend Kraft. Ich konnte die Balance halten, sonst wäre ich vor die S-Bahn auf die Schienen gefallen. Das Radfahren hat mir geholfen.«

»Wie meinst du das?«

»Durch die Muskelkraft in den Unterschenkeln konnte ich den Stoß austarieren«, antwortete Olivia mit ironischem Unterton, aber Levi merkte an ihrem Blick, dass sie den Schrecken noch immer nicht ganz überwunden hatte.

»Wenigstens haben wir bewiesen, dass dieses Gemälde nicht der Familie Wiener gehört.« Levi deutete auf das wattierte Kuvert, das Olivia noch immer unter dem Arm trug.

»Aber wer bekommt jetzt das Gemälde?«, fragte Olivia.

»Nun, das Außenministerium wird in Tel Aviv nachfragen, ob es Verwandte von Sophie Bernstein gibt. Aber das ist nicht mehr unsere Angelegenheit.«

Levi drehte sich um und sah zu, wie zwei Männer der Gerichtsmedizin den toten Marius Wiener in einen Kunststoffsarg legten.

»Ich muss mich jetzt endlich um Rebecca kümmern«, sagte Levi.

»Dann mal los!« Olivia nickte wissend.

»An deiner Stelle würde ich auch verschwinden, denn Reiter hat mir gesagt, dass nach dir gefahndet wird.«

»Nach mir?«, fragte Olivia.

»Ja, wegen Diebstahl dieser Dokumente.« Levi deutete auf das Kuvert.

»Die Unterlagen bekommt mein Rechtsanwalt, bis die ganze Sache geklärt ist«, erwiderte Olivia. Sie drehte sich um und ging schnell aus dem Clubzimmer.

»War das nicht Doktor Olivia Hofmann?«, fragte ein übergewichtiger Polizeiinspektor, der gerade eingetroffen war.

»Nein, da müssen Sie sich getäuscht haben. Es war eine Hotelangestellte«, gab Levi zur Auskunft.

Als er im Hotelfoyer aus dem Aufzug stieg, waren bereits die ersten Journalisten eingetroffen, die Levi mit Fragen bestürmten.

»Ich habe nichts dazu zu sagen«, blockte Levi ab und verließ das Palais Fürstenhof.

Kurz darauf traf er in der Polizeiwache im ersten Bezirk ein. Er klingelte an der Sicherheitstür und eine junge Polizistin öffnete ihm.

»Ich will zu meiner Frau Rebecca Kant«, sagte er.

»Kommen Sie bitte mit.« Die Beamtin führte Levi einige Stufen nach oben und gemeinsam gingen sie durch einen gelb gestrichenen Korridor. Im hinteren Teil befanden sich ein Raum mit Tischen und Stühlen und zwei Arrestzellen. Die Zellen waren leer, doch im Aufenthaltsraum saßen Rebecca und Reiter und tranken Kaffee aus Pappbechern.

Als Levi eintrat, sprang Rebecca auf und umarmte ihn. »Levi, endlich bist du hier«, flüsterte sie und küsste ihn auf den Mund.

Auch Reiter erhob sich und schüttelte Levi die Hand.

»Entwarnung«, meinte Reiter. »Du kannst Rebecca sofort mitnehmen. Ich habe mit dem Untersuchungsrichter gesprochen. Es wäre eine Unverhältnismäßigkeit der Mittel, wie das in schönem Amtsdeutsch heißt. Auch die Fahndung nach Olivia Hofmann ist aufgehoben.«

»Und ich habe Marius Wiener nicht niedergeschlagen«, erklärte Rebecca. »Er lag bereits bewusstlos auf dem Boden, als ich in den Raum gekommen bin.«

»Das wird die Spurensicherung klären. Wenn es fremde Fingerabdrücke gibt, dann bist du natürlich entlastet«, meinte Reiter.

»Das hoffe ich«, sagte Rebecca mit einem Seufzer.

»Was wolltest du überhaupt bei Marius Wiener?«, fragte Levi, der keine Erklärung dafür fand, was Rebecca in dem Büro zu suchen hatte.

»Er wollte wegen des Konzerts mit mir sprechen«, antwortete Rebecca und wurde rot im Gesicht. »Dann habe ich die halbe Karte im Safe gesehen und sie ohne nachzudenken eingesteckt.«

»Dann wäre ja auch das geklärt.« Levi fragte nicht weiter, sondern drückte Rebecca fest an sich. »Wenn es hier nichts mehr zu erörtern gibt, dann würden wir jetzt gern gehen.«

»Natürlich, ich habe mit den Kollegen bereits alles arrangiert.« Reiter trank den letzten Schluck Kaffee und warf den Pappbecher in einen Papierkorb. Dann nahm er aus der Jackentasche ein Streichholz und steckte es sich salopp zwischen die Lippen.

»Probierst du es mal wieder ohne Giftstängel?«

»Na ja, seit dem Rauchverbot in allen Lokalen macht es keinen Spaß mehr.« Reiter zwinkerte kurz. »Du hattest wieder einen guten Riecher, Levi«, meinte er dann anerkennend.

»Ich hätte nicht geglaubt, dass Marius Wiener ein Mörder ist.«

»Man kann eben in die Menschen nicht hineinsehen«, erwiderte Levi. »Es ist oft nur eine dünne Linie, die uns von dem Bösen trennt. Eine falsche Bewegung und es gibt kein Zurück mehr.«

49

SOPHIE WILL NICHT STERBEN

Karla ist Gesellschaftsdame im Palais Fürstenhof. Sie bewohnt ein winziges Dachzimmer, hat aber noch ein zweites Zimmer für ihre Kleider. Sophie ist dankbar, dass Karla sie im Hotel wohnen lässt. Sie hat sonst niemanden, der ihr hilft.

»Warum machst du das für mich?«, fragt Sophie. Sie sitzt auf dem Bett und trägt Karlas enge schwarze Jeans. Sie passen perfekt.

»Du tust mir leid. Jetzt, wo sie dich auch aus dem Theater geworfen haben.«

»Das ist keine gute Basis für eine Beziehung«, meint Sophie.

»Es ist besser als nichts«, erwidert Karla.

Sie steht auf und geht ins Nebenzimmer. Wühlt in ihren großen Schränken herum. Kommt mit einem Plastikkopf zurück, auf dem eine schwarze Perücke thront.

»Setz die Perücke auf«, befiehlt sie.

Mit geübtem Griff dreht Sophie ihre Haare zu einem Dutt zusammen und zieht die Perücke darüber.

»Der Spiegel ist im Nebenzimmer.« Karlas Miene ist undurchsichtig. Sophie kann sie nicht deuten.

»Unglaublich, wie ähnlich wir uns sehen.« Sophie ist völlig überrascht, als sie mit Karla vor dem Spiegel steht.

»Wir sind fast wie Zwillinge, wenn du ein wenig mehr Make-up auflegst.«

Sophie ist nicht bei der Sache. Sie denkt an ihr Ziel. Ganz in der Nähe ist ›Die Kartenlegerin‹. Ihr Gemälde, das sie noch nie gesehen hat.

»Du sagst ja gar nichts.«

Karla nimmt Sophie an den Schultern und dreht sie zu sich. »Bleib hier, solange du willst.«

»Aber wenn mich jemand findet?«

»Es kommt nie wer nach oben. Der Dachboden ist verflucht.«

»Was ist passiert?«

»Gleich neben meinem Ankleidezimmer hat sich der Vater von Marius erhängt. Seitdem kommt niemand mehr hierher. Wir sind also ungestört.«

»Das ist gut.« Sophie kommt zur Ruhe. Sie liegt auf dem Bett. Probiert Karlas Kleider. Betrachtet sich mit der Perücke im Spiegel. Schminkt sich wie Karla. Immer wieder denkt sie an das Gemälde. Sie kann die Aura der ›Kartenlegerin‹ spüren. Bald wird sie ihr gegenüberstehen. Sie ist ihrem Ziel schon ganz nahe gekommen.

»Ich will endlich das Gemälde sehen«, sagt sie zu Karla.

»Das Clubzimmer ist immer versperrt. Nur wenn die Mitglieder des Clubs dort sind, wird es geöffnet.« Mit schmerzverzerrtem Gesicht greift Karla nach einer schwarzen Uniform.

»Ist heute ein Treffen?«

»Ja, und du willst nicht wissen, was dort passiert.«

»Hat es damit zu tun?« Sophie deutet auf die Striemen auf Karlas Rücken.

»Das gehört dazu«, erwidert Karla knapp. Sophie merkt, dass sie nicht darüber sprechen will.

»Ich kann deine Rolle übernehmen.«

»Das wird nicht funktionieren. Die Clubmitglieder sind sehr speziell.«

»Du erklärst mir, was mich erwartet. Ich bin doch Schauspielerin.«

»Ich überlege es mir.«

Sophie schmiert Salbe auf Karlas geschundenen Rücken.

»Wer macht so etwas?«, fragt sie leise.

»Für viele ist das Prügeln Therapie.«

»Weshalb hörst du nicht auf?«

»Weil ich nicht kann. Ich habe doch nur das Hotel.« Karla dreht sich um und nimmt Sophie die Cremetube aus der Hand. Wirft sie auf den Boden. Streicht Sophie über die Wange. »Zieh die Uniform an.«

»Warum?«

»Weil du jetzt Karla bist.«

Kurze Zeit später steht Sophie vor den großen Flügeltüren, hinter denen sich ›Die Kartenlegerin‹ befindet. Sie ist nervös wie vor einem Auftritt. Die schwarze Perücke sitzt perfekt und Karlas schwarze Uniform passt wie angegossen.

»Karla, Sie sind schön wie immer«, sagt ein Mann, als sie eintritt. Sophie kennt die Vorlieben des Mannes. Später wird er mit Handschellen an ein Bett gefesselt sein, und zwei junge Mädchen kümmern sich um ihn.

Langsam geht Sophie durch die Reihe der Männer. Manche kennt sie aus dem Fernsehen, andere aus Zeitungen. Die Mädchen, die nackt umhergehen, sind sehr jung. Zwei Frauen in Sophies Alter tragen ebenfalls schwarze Uniformen. Sie klopfen den Mädchen mit Reitgerten auf den Hintern.

Marius Wiener steht mit hochrotem Gesicht neben dem Kamin. Ein Lächeln erhellt seine finstere Miene, als er Karla erblickt. Er hebt die Hand und winkt ihr zu. Zum Glück wird er von einem Gast in ein Gespräch verwickelt.

»Sie sehen verändert aus, Karla.« Sophie dreht sich um. Es ist Richter Oswald, der den Vorsitz in ihrem Prozess geführt und sie ruiniert hat. Sophie kocht vor Wut. Doch sie unterdrückt ihre Emotionen.

»Ich brauche dringend Erleichterung.« Oswald nimmt Sophie am Arm und zieht sie zur Seite. »Bringen Sie mir in fünf Minuten die Kleine da«, flüstert er und zeigt auf ein verschrecktes Mädchen, das wie zwölf aussieht.

»Du Schwein!« Sophie fährt mit ihrer Hand zwischen die Beine des Richters. Sie drückt zu.

»Böses Mädchen!«, stöhnt Oswald und verdreht die Augen. All das gehört zum Spiel.

»Los komm!« Sophie winkt dem schüchternen Mädchen. Es ist groß, hat einen unterentwickelten Busen und dünnes Blondhaar. Später könnte es Model werden. Wenn es diesen Schrecken überlebt. Karla hat Sophie von dem Clubmitglied erzählt. Sie weiß, was sie jetzt erwartet. Richter Oswald sitzt nackt auf einem Stuhl. Seine Kleider liegen sorgfältig gefaltet daneben. Er sieht zu, wie Karla das Mädchen auf das Bett setzt und seine Haare mit einem großen Eisenkamm bürstet.

»Gestehe deine Verbrechen«, sagt der Richter drohend und steht auf. Das Mädchen weicht zurück, als Oswald ihm eine Ohrfeige verpasst. Er reißt Sophie den Kamm aus der Hand und schlägt die eisernen Zähne in den Arm des Mädchens.

»Karla. Wir brauchen ein Geständnis! Fesseln!«, befiehlt er Sophie. Dann stürzt er sich wie ein Tier auf das Mädchen und holt mit einem Gummiknüppel aus.

Sophie lehnt wachsbleich an der Wand. Sie muss eingreifen, sonst stirbt das Mädchen vielleicht. Also geht sie dazwischen.

»Wir sperren sie in einen Käfig«, schlägt sie Oswald vor und schickt das Mädchen weg.

»Ich gestehe«, sagt sie dann und zieht ihre Uniform aus. »Ich habe das Mädchen angestiftet. Bestrafen Sie mich.«

»Karla, Sie überraschen mich!« Oswald schnappt nach Luft. Lässt sich dann aber auf das Spiel ein. Er verpasst Sophie mit seinem Gummiknüppel einen Schlag in die Nieren, sodass sie auf das Bett fällt. Sie spürt, wie der Knüppel in sie eindringt. Sie beißt die Zähne zusammen, um vor Schmerz nicht laut aufzuschreien.

»Legen Sie ein Geständnis ab!«, keucht der Richter an ihrem Ohr, während er den Gummiknüppel immer tiefer in sie hineinstößt. Sophie windet sich, aber das macht den Richter nur noch aggressiver. Schließlich kann sie sich nicht mehr beherrschen und schreit mit schmerzverzerrtem Gesicht: »Ich gestehe!«

Als Sophie alle Verbrechen gestanden hat und dafür bestraft wurde, geht sie mit steinerner Miene wieder in den Clubraum. Jeder Teil ihres Körpers schmerzt und brennt wie Feuer. Aber das ist es wert, denn sie steht vor dem Kamin, über dem das Gemälde hängt. In Wirklichkeit ist es unheimlicher als auf den Fotos. Die Farben werfen düstere Schatten. Aus der Shagpfeife der Kartenlegerin steigt schwarzer Rauch auf. Die Karten führen ein Eigenleben. Die Karte ›Der Tod‹ liegt aufgedeckt auf dem Tisch und wird von einer geheimen Lichtquelle erhellt. Sophie wendet sich ab. Auf dem Fenstersims sitzt eine schwarze Krähe. Sie flattert aufgeregt mit den Flügeln, als Sophie sich wieder zu dem Gemälde dreht. Die Kartenlegerin sieht sie mit wissenden Augen an. Sophie ist am Ziel ihrer Wünsche.

50

Die S-Bahn raste mit einem Höllentempo auf Olivia zu, die wie angewurzelt auf den Schienen stand. Die grellen Scheinwerfer zielten auf Olivias Kopf, und sie musste die Augen schließen, so geblendet war sie von dem gleißenden Licht. »Spring zur Seite!«, gab ihr Gehirn den Befehl, doch ihre Glieder gehorchten nicht, und sie konnte sich keinen Millimeter bewegen.

Als ihr Handy klingelte, riss Olivia die Augen auf. Sie saß in ihrer Praxis und war in einen Tagtraum abgeglitten. Der Vorfall in der S-Bahn-Station beschäftigte sie tiefer, als sie gedacht hatte. Darüber musste sie unbedingt mit ihrem Supervisor Ulf sprechen. Denn dieses Erlebnis durfte sich nicht in ihr Unterbewusstsein graben, sich dort verankern und zu einem Trauma werden.

Plötzlich wurde sie von einer inneren Unruhe erfasst. Sie erinnerte sich wieder daran, dass sie vor Tagen verzweifelt nach einer Aufnahmedatei gesucht hatte. Dann war Leopold plötzlich in ihr Zimmer gekommen und wie so oft hatte sie alles stehen und liegen lassen. Olivia hatte ja nur mehr ihren Vater, und die wenigen klaren Momente wurden immer rarer. Aber Leopold war gut versorgt und spielte mit Sibel Mikado. Also hatte Olivia Zeit und sie klappte ihren Laptop auf.

In diesem Moment klingelte ihr Handy.

»Hallo?«

»Hier spricht Pfarrer Thomas vom Semmering.«

»Pfarrer Thomas?«, wiederholte Olivia ungläubig und spürte, dass ihr Herz wild zu schlagen begann. »Geht es um meinen Einbruch in der Kirche? Ich komme natürlich für den Schaden am Fenster auf.«

»Vergessen Sie das. Es gibt wahrlich wichtigere Dinge im Leben. Deshalb rufe ich Sie auch an.«

»Hat Ihr Anruf etwas mit Michael und Juli zu tun?«

»Kommen Sie übermorgen zu mir. Dann breche ich mein Schweigen.«

Nachdenklich saß Olivia an ihrem Schreibtisch und die Worte des Pfarrers klangen in ihren Ohren nach. »Dann breche ich mein Schweigen.« Am liebsten wäre sie sofort zum Semmering gefahren, doch Pfarrer Thomas hatte dezidiert von übermorgen gesprochen. Also musste sie sich noch gedulden. Seufzend widmete sie sich wieder ihrer Arbeit und aktivierte den Laptop.

Angestrengt suchte sie den Ordner, in dem sie die Therapiegespräche mit Sophie Bernstein gespeichert hatte. Sie hatte die einzelnen Files nach Themenbereichen benannt und sortiert. Aufmerksam scrollte sie durch die Ordner ›Ehrgeiz‹, ›Zwang‹, ›Gerechtigkeit‹ bis hin zu ›Obsessionen‹. Doch nirgends war das Gespräch über Sophies Selbstmordversuch gespeichert. Olivia konnte sich genau erinnern, darüber mit Sophie gesprochen zu haben. Wo war nur der Ordner abgeblieben? Sie tippte Selbstmord in das Suchfeld ein und fand endlich eine Datei mit diesem Titel in einem allgemeinen Ordner. Sie klickte darauf und öffnete das File.

»Heute wollen wir über Ihren Selbstmordversuch sprechen. Ist Ihnen das recht, Sophie?«, hörte Olivia ihre eigene Stimme aus dem

Lautsprecher. Es war das gesuchte Therapiegespräch mit Sophie, das sie falsch abgelegt hatte.

»Ja, warum nicht?« Sophies Stimme klang erschöpft.

»Haben Sie sich ausweglos und verloren gefühlt, als Sie den Entschluss gefasst haben, zu sterben? Erzählen Sie mir von der Stimmung, in der Sie sich damals befanden.«

»Ich hatte den Prozess durch eine bösartige Intrige verloren und wusste nicht mehr weiter. Ich war ruiniert. Mein Ziel, das Gemälde wiederzubekommen, war in weite Ferne gerückt. Ich dachte mir: ›Wie viele Schicksalsschläge kann denn ein Mensch aushalten?‹«

»Dann beschlossen Sie, all dem ein Ende zu setzen?«

»Nein, aber dann ist sie wieder in meinem Leben aufgetaucht. Wollte mich trösten. Aber ihre Liebe war so besitzergreifend. Ich habe zu ihr gesagt: ›Lass mich in Ruhe.‹ Doch sie hat nicht lockergelassen. Sie hat mich mit Geschenken überhäuft. Mir im Hausflur aufgelauert. Einmal hat sie die ganze Treppe zu meiner Wohnung mit Blumen bestreut.«

»Sagen Sie mir, wer diese Frau ist?«

»Nein«, sagte Sophie bestimmt und Olivia erinnerte sich, wie Sophie die Beine anzog und sich in dem Stuhl zusammenkauerte. Deshalb insistierte sie auch nicht weiter.

»Wie Sie wollen. War diese Frau in Sie verliebt?«

»Ja, so könnte man das nennen.«

»Und wie ist das mit Ihnen. Waren Sie verliebt?«

»Für mich war das eine kurze Affäre. Ich war mitten in dem Prozess. Ich konnte an nichts anderes denken als an die Kosten. Wie eine unüberwindliche Mauer sind sie rasant in die Höhe geklettert, je länger der Prozess dauerte. Abends lag ich in ihren Armen und habe geweint. Ich wusste nicht mehr ein noch aus.« Sophies Stimme brach und sie räusperte sich heftig. Olivia hörte das leise Schluchzen und sah das blasse Gesicht mit den roten widerspenstigen Haaren deutlich vor sich. Sophie trug einen Army Parka und hatte die Handgelenke dick verbunden. Sie kauerte in dem Stuhl

283

vor dem Schreibtisch und spielte mit einer Haarlocke, während sie redete. Für Olivia war plötzlich alles wieder gegenwärtig.

»*Ich fühlte mich geborgen*«, sagte Sophie leise. »*Doch dann ging es Schlag auf Schlag. Im Schlafzimmer habe ich eine Notiz entdeckt. Eine Überweisung an sie. Auf einmal ist mir klar geworden, dass sie auch ein falsches Spiel mit mir treibt. Sie hat sich von Marius Wiener bezahlen lassen. Ab diesem Moment sah ich das Licht am Ende des Tunnels nicht mehr.*«

Olivia schloss die Augen und holte sich die Situation erneut ins Gedächtnis. *Sophie beugte sich vor und ihre hellen Augen glänzten feucht. Auf ihrer weißen Haut bildeten sich hektische rote Flecke.*

»*Ich habe nur für ›Die Kartenlegerin‹ gelebt. War so sicher, dass sie eines Tages mir gehört. Doch plötzlich war alles vorüber. Zerplatzt wie eine Seifenblase. Meine Träume nur noch eine winzige Pfütze auf dem Boden. Da bin ich ins Bad gegangen. Es war ein plötzlicher Impuls, alles zu beenden. Ich habe mich in die Wanne gelegt. Das Blut betrachtet, das aus meinen Gelenken quoll.*«

»*Sie wollten also wegen des Gemäldes aus dem Leben scheiden?*«

»*Natürlich, weil ich begriffen habe, dass ich das Bild nie bekommen werde. Aber sie hat mich gefunden und hierhergebracht. Sie glaubte doch tatsächlich, dass ich mich ihretwegen umbringe.*« *Sophie stieß ein bitteres Lachen aus.* »*Für sie ist immer alles schwarz oder weiß … wie im Gerichtssaal.*«

Olivia stoppte die Aufnahme und lehnte sich zurück. Sie überlegte kurz, denn irgendetwas an dem Gespräch mit Sophie hatte sie irritiert. Sie spulte zurück, hörte sich noch einmal verschiedene Passagen an. Als sie das Therapiegespräch ein drittes Mal abhörte, wusste sie, was sie gestört hatte. Sie öffnete ihren Rucksack und suchte eine Visitenkarte.

Dann griff sie zum Handy und wählte eine Nummer. Olivia nannte ihren Namen und wurde sofort durchgestellt.

»Was kann ich für Sie tun?«, fragte eine Frauenstimme.

»Können Sie in meine Praxis kommen? Wie wäre es mit heute Abend?«, sagte Olivia.

»Heute Abend? Ich weiß nicht, ob ich mir die Zeit dafür nehmen kann. Außerdem brauche ich keine Psychiaterin.« Die Frau stieß ein gekünsteltes Lachen aus.

»Sie sind auch nicht das Thema unseres Gesprächs«, erwiderte Olivia.

»So, bin ich nicht? Jetzt bin ich aber gespannt. Was ist es dann?«

»Unser Thema ist der Mord an Sophie.«

51

Die Schatten vor den Fenstern wurden länger und Wien versank im dichten Schneegestöber. Olivia vervollständigte ihre Patientenakten und blickte immer wieder angespannt auf die Uhr. Es war schon zwanzig Minuten über der vereinbarten Zeit. War das Taktik oder hatte sich die Frau dazu entschlossen, überhaupt nicht zu kommen? Während Olivia darüber nachdachte, schrillte die Türglocke. Sie drückte den Öffner der Haustür und straffte ihre Schultern.

»Hier bin ich«, sagte die Frau, ohne sich für die Verspätung zu entschuldigen.

»Danke, dass Sie so schnell gekommen sind«, erwiderte Olivia und bat sie in ihr Arbeitszimmer.

»Jetzt bin ich aber neugierig, was Sie mir zu erzählen haben. Aber Vorsicht, ich bin therapieresistent«, meinte die Frau mit einem amüsierten Lächeln.

Olivia merkte sofort, dass die Frau einen Schutzschild um sich aufbaute, hinter dem sie ihre wahre Persönlichkeit verstecken konnte. Jetzt war es an Olivia, mit ihrer professionellen Erfahrung diesen vorgetäuschten Wall aus Arroganz und Gleichgültigkeit niederzureißen.

»Wie ich bereits am Telefon erwähnt habe, sind nicht Sie Thema dieses Gesprächs, sondern Sophie Bernstein.«

Olivia machte eine kleine Pause und beobachtete die Körperhaltung ihres Gegenübers. Bei der Erwähnung des Namens Sophie hatten sich ihre Pupillen erweitert und sie schlug sofort die Beine übereinander. Das Erstere war ein Zeichen, dass Sophie sie emotional berührte, andererseits deuteten die übereinandergeschlagenen Beine auf eine klare Abwehrhaltung hin.

»War Sophie nur eine Klientin von Ihnen oder gab es da mehr?«, fragte Olivia.

»Ich weiß nicht, was Sie unter mehr verstehen.« Lydia Klinger verzog spöttisch den Mund. »Wir verstanden uns einfach gut und sie tat mir leid.«

»Warum war das so?«

»Sophie war ein naives Mädchen, das sich mit sehr mächtigen Leuten angelegt hat. Sie glaubte an das Gute im Menschen, aber aus meiner Erfahrung als Anwältin weiß ich, dass die Menschen von Grund auf böse sind.«

»Das ist eine sehr pessimistische Einstellung. Waren Sie auch böse zu Sophie? Haben Sie ein falsches Spiel mit ihr gespielt?«, fragte Olivia.

»Vielleicht zu Beginn, doch dann hat sich alles zwischen uns geändert. Aber Sie sehen ja selbst, was aus Sophie geworden ist. Sie ist daran zerbrochen.« Lydia lehnte sich zurück und klopfte mit den Fingerspitzen auf die Armlehnen. Ihr Mund war zusammengekniffen und sie betrachtete Olivia argwöhnisch. »Was soll dieses Gespräch bringen? Ich denke, Marius Wiener ist der Mörder.«

»Wie kommen Sie darauf, dass Marius Wiener Sophie getötet hat?«, fragte Olivia gespielt naiv.

»Es wurde doch bereits in allen Medien darüber berichtet und es ging wohl nur um diese verdammte Tarotkarte mit der Zahlenkombination auf der Rückseite«, zischte Lydia. »Deshalb wurde Sophie getötet.«

»Das glaube ich nicht«, erwiderte Olivia und beschloss, das Gespräch jetzt ein wenig direkter zu führen, um Lydia aus der Defensive zu locken.

»So, was glauben Sie dann?«, fragte Lydia zynisch.

»Sophie wurde aus verschmähter Liebe getötet«, antwortete Olivia ruhig und beobachtete die Reaktion. Lydias Mund begann leicht zu zucken, aber sie hatte sich schnell wieder unter Kontrolle.

»Das ist doch kompletter Unsinn.« Lydia schüttelte verneinend den Kopf.

»Waren Sie verliebt in Sophie?«, fragte Olivia unvermittelt.

»Ich? Wie kommen Sie darauf?«

»Sie haben Blumen auf der Treppe zu Sophies Wohnung verstreut. Das machen im Normalfall nur Verliebte.«

»Wer sagt das?« Lydia schlug die Beine auseinander, richtete sich auf und strich ihren dunkelblauen Blazer glatt. Jetzt war sie nicht mehr in ihrer Abblockhaltung, sondern ging in die Offensive, stellte Olivia fest.

»Außerdem ist das ja nicht verboten.«

»Das stimmt. Aber es ist eine Obsession, die leicht ins Pathologische kippen kann«, gab Olivia zu bedenken.

»Wollen Sie damit etwa behaupten, dass ich eine Psychopathin bin? Das ist eine glatte Verleumdung!«

»Wie würden Sie denn dann Ihr Verhalten bezeichnen?«, schoss Olivia den Ball zurück.

»Vielleicht habe ich große Gefühle oder eine Leidenschaft, die herkömmliche Grenzen niederreißt.« Lydia holte tief Luft, vergaß alle Vorsicht und redete erregt weiter. »Ich habe schließlich den ganzen Tag mit Paragrafen und Verboten und Beschränkungen zu tun. Kein Mensch darf sich mehr frei entfalten oder zu seinen Gefühlen stehen. Und dazu gehört auch die Liebe.« Langsam krempelte sie den Ärmel ihrer Bluse hoch. »Sehen Sie dieses Tattoo?«, fragte Lydia und zeigte Olivia den schön geschwungenen Schriftzug ›Love2Death‹ auf der Innenseite ihres Unterarms.

»»Liebe bis zum Tod‹, ist das Ihr Motto?«, fragte Olivia.

»Nur wenn man den Tod vor Augen hat, kann man richtig lieben. Sophie hat mich geliebt, sie hat meinetwegen sogar einen Selbstmordversuch unternommen, weil sie mit ihren großen Gefühlen einfach nicht fertigwurde, denn unsere Liebe war wie ein Rausch.«

»Sophie hat sich die Pulsadern aufgeschnitten, weil ihr Traum von dem Gemälde geplatzt ist«, widersprach Olivia so gleichgültig wie möglich. Sie wusste, dass es jetzt nur noch ein kleiner Schritt war, bis Lydia die ganze Wahrheit aussprechen würde.

»Das ist eine Lüge!« Lydia beugte sich vor und starrte Olivia direkt in die Augen. Doch Olivia hielt dem Blick stand, ohne mit der Wimper zu zucken.

»Soll ich Ihnen das Gespräch vorspielen? Ich habe alles auf Band«, bot sie ruhig an.

»Es ist gelogen.« Lydia presste ihre Handflächen gegen ihre Ohren und schloss die Augen. Sie beugte sich zur Seite und nestelte in ihrer Handtasche herum, die auf dem Boden stand. »Sie sind an allem schuld«, murmelte sie.

»Nein, das sind eindeutig Sie.«

»Ich wusste natürlich genau, was Sie mit diesem Treffen bezwecken. Sie wollen mir die Schuld am Tod von Sophie in die Schuhe schieben. Doch es ist alleine Ihre Verantwortung, dass Sophie sterben musste«, flüsterte sie mit plötzlich veränderter Stimme.

»Wie das?« Olivia spürte, dass das Gespräch eine unangenehme Wendung nahm. Es herrschte plötzlich eine Atmosphäre von latenter Gewalt und Gefahr. Langsam lehnte sich Olivia zurück und suchte unauffällig nach ihrem Handy in ihrem

Rucksack, der an der Stuhllehne hing. »Erklären Sie es mir«, sprach sie so ruhig wie möglich weiter.

»Ihre Therapiegespräche haben Sophie von mir entfremdet. Ich konnte nicht mehr zu ihr durchdringen. ›Olivia hat gesagt, ich muss mich von meiner Geliebten lösen.‹ Das hat sie mir ins Gesicht geschrien. In einer Regennacht ist sie davongelaufen und ich war am Boden zerstört. Sie hat nicht auf meine Anrufe reagiert und ich wusste nicht, wo sie untergetaucht ist. Bis ich Sophie eines Abends mit diesem Mädchen glücklich in das Palais Fürstenhof schlendern sah.«

»Sie meinen Karla, bei der Sophie zuletzt gewohnt hat?« Olivias Fingerspitzen berührten bereits das Handy und langsam zog sie es hervor.

»Woher soll ich den Namen dieser billigen Nutte kennen? Ich habe mich mit Sophie im Regenwaldhaus zu einer letzten Aussprache getroffen. Aber Sophie war mir in dem Moment so fremd, als würde ich einer unbekannten Frau gegenüberstehen. Da erkannte ich, dass es keinen Sinn mehr hat, um ihre Liebe zu betteln. Sie war kalt wie ein Fisch. Ich wollte sie so heißblütig und leidenschaftlich in Erinnerung behalten, wie sie es zu Beginn unserer Beziehung war. Aber sie hat ganz kühl mit mir Schluss gemacht und mich nur ausgelacht. Da musste ich es tun.« Lydia sackte in sich zusammen und ihr Blick war verschleiert.

»Haben Sie Sophie getötet?«

»Wussten Sie, dass ein Stich in die Lunge tödlich ist? Der Lungenflügel füllt sich mit Blut und man erstickt an seinem eigenen Lebenssaft. Ich wollte Sophie leiden sehen. Für jede Stunde unserer Liebe ein Stoß mit dem Messer. Ein letztes Mal wollte ich ganz tief in sie eindringen. Sie spüren. Bei ihr sein. Erst ganz zum Schluss versetzte ich ihr den tödlichen Stich.«

»Deshalb also die vielen Stiche. Das Zustoßen mit dem Messer war Ihr sexueller Akt, um Sophies Liebe für immer zu besitzen.«

»Ich liebte Sophie eben zu Tode. Aber vielleicht hätte ich sie doch noch umstimmen können. Diese Frage quält mich und lässt mir einfach keine Ruhe.«

»Sie müssen ein Geständnis ablegen, erst dann finden Sie Ruhe.« Olivia legte ihr Handy auf den Schreibtisch. »Ich rufe jetzt die Polizei an«, sagte sie mit ruhiger Stimme.

»Sie können mir nichts beweisen. Es gibt keine Indizien und der tote Marius wurde als Mörder überführt. Niemand wird Ihnen glauben. Alle werden schweigen«, antwortete Lydia, die jetzt ihre Fassung wiedererlangt hatte.

»Man wird Sie wegen Mordes verurteilen.«

»Sie wissen doch gar nichts über das Leben und die Liebe.« Lydia stand auf und zog wieder ihren Blazer an. Dann streifte sie den hellen Mantel über und griff nach ihrer Handtasche. An der Tür drehte sie sich noch einmal zu Olivia um. »In Ihrer kleinen Welt dreht sich alles nur um das Verschwinden Ihrer Familie. Aber in Wirklichkeit ist die Liebe immer an den Tod gekettet.«

52

Rebecca hatte nicht den Mut gehabt, Levi die Wahrheit über ihre Privatkonzerte zu erzählen. Es war ein verschneiter Novemberabend, als Rebecca wieder ihr enges schwarzes Kleid anzog und in ihren Mantel schlüpfte.

»Noah hat mir wieder einen Auftritt verschafft«, sagte sie zu Levi, der in seinem Arbeitszimmer saß und die Seminararbeiten seiner Studenten zum Mord an Sophie Bernstein korrigierte.

»Ist in Ordnung«, meinte Levi und ein Lächeln huschte über sein bärtiges Gesicht. »Es freut mich, wenn du so viele Möglichkeiten bekommst, dein geniales Talent vorzuführen.«

»Du Schmeichler!« Rebecca küsste Levi auf die Stirn. »Ich bin bald wieder zurück«, verabschiedete sie sich und ging nach unten, wo bereits das Taxi auf sie wartete. Als sie aus dem Seitenfenster blickte, erschien ihr die Stadt, wie so oft, wie ein einziges gigantisches Bühnenbild, vor dem sich Tragödien und Liebesdramen abspielten. Vor dem in blaues Neon getauchten Eingang stieg sie aus dem Taxi und betrat den Club. Die Mädchen lehnten mit Cola–Dosen in den Händen an den Türrahmen oder ölten ihre Körper ein. Gina befestigte gerade die schwarzen Quasten auf ihren Nippeln.

»Heute haben wir zwei wieder einen gemeinsamen Auftritt«, sagte sie, als Rebecca ihre Garderobe betrat.

»Wenn du tanzt, dann bekommt mein Spiel einen erotischen Touch«, sagte Rebecca und betrachtete Gina in dem großen Schminkspiegel. »Ich habe meinem Mann übrigens noch immer nicht gesagt, was ich hier mache«, gestand Rebecca und wandte den Blick ab. Der neonerhellte Rahmen des Spiegels brachte die Schatten unter ihren Augen überdeutlich zum Vorschein und ließ sie verlebt aussehen. »Dass du es aushältst, bei diesem Licht überhaupt in den Spiegel zu blicken.«

»Mir macht das nichts aus«, sagte Gina, während sie sich schminkte. »Ich stehe zu meiner Arbeit als Tabledancerin. Deshalb kann ich mich auch jeden Morgen im Spiegel betrachten.«

»Heißt das etwa, dass ich mich nicht ansehen kann, weil ich permanent meinen Mann belüge?«

»So habe ich das überhaupt nicht gemeint«, beeilte sich Gina zu sagen. »Ich verstehe dich gut. Bei einem Mann, der Polizist ist, kann man nicht einfach alles sagen.«

Rebecca antwortete nicht darauf. Im Grunde konnte sie Levi alles erzählen, weshalb zögerte sie dann? Was war verwerflich daran, wenn sie in einem Club Klavier spielte? Aber es war natürlich kein normaler Club, sondern ein Bordell, das war der entscheidende Punkt. Das rote Licht über der Tür begann zu blinken. Das bedeutete, dass es Zeit für den Auftritt von Rebecca und Gina war.

Wie jedes Mal fühlte Rebecca sich leicht beklommen, wenn sie die Tür öffnete und den Raubtierkäfig betrat. Gina war da ganz anders. Breit lächelnd wirbelte sie nackt um Rebecca herum, strich ihr lasziv über den Busen und schwang sich dann im Scheinwerferlicht geschickt an eine Stange. Rebecca blieb im Dunkeln und setzte sich an das gläserne Klavier. Sie begann, ein Stück des vergessenen jüdischen Komponisten Zaminskij zu spielen, das wie ein moderner Popsong klang. Die Akkorde perlten durch den Käfig, umschmeichelten Ginas glänzende

Haut, die sich an der Stange mit gegrätschten Beinen hochschob. Als das Stück zu Ende war, kroch Gina wie ein Tiger über die Bühne und sammelte die Geldscheine ein, die während ihrer Darbietung auf das Parkett geflattert waren.

»Das war wieder einmal große Klasse!« Gina strahlte übers ganze Gesicht, als sie zurück in der Garderobe waren, und zählte die Scheine. »Hundertfünfzig Euro für einen einzigen Auftritt. Das ist Rekord!« Vor Freude klatschte Gina in die Hände und hielt Rebecca drei Zwanzigeuroscheine hin. »Das ist für dich. Du spielst einfach genial.«

»Danke, aber behalte das Geld. Ich kriege ja hier eine Gage bezahlt«, winkte Rebecca ab. Sie dachte an Levi, der einsam in seinem Arbeitszimmer saß und auf sie wartete. Heute würde sie ihm reinen Wein einschenken, das nahm sie sich fest vor. Sie zog gerade ihren Mantel an, als der Geschäftsführer in die Garderobe kam.

»Du hast ja eine richtige Fangemeinde, Rebecca.« Er grinste anerkennend.

»Wie meinst du das?«

»Nun, im Separee drei sitzt ein älterer Typ, der dich gern sehen möchte.«

»Aber ich habe doch gesagt, dass ich mit den Gästen nichts trinke oder sonst was tue«, blockte Rebecca entschieden ab.

»Das habe ich ihm auch gesagt, aber er ließ sich nicht abwimmeln. Er sagt, er will mit dir über einen gewissen Levi Kant reden.«

»Levi Kant? Hast du dich da nicht verhört?«, fragte Rebecca und alles Blut wich aus ihrem Gesicht.

»Nein, Levi Kant, das hat er deutlich gesagt. Was ist? Du siehst ja aus, als wäre dir ein Gespenst begegnet. Soll ich ihn hinauswerfen?«, fragte der Geschäftsführer besorgt.

»Nein, nein, ich gehe schon zu ihm«, erwiderte Rebecca. Hastig verließ sie die Garderobe und verschwand im vorderen

Teil des Clubs, wo sich die Separees befanden. In ihrem Kopf überschlugen sich die Gedanken. Wollte man sie schon wieder erpressen? Aber diesmal würde sie nicht darauf eingehen, denn heute Nacht würde sie Levi alles beichten.

Langsam schob sie den dicken Vorhang zur Seite und betrat das Separee. Es war dunkel, denn der Gast hatte die Beleuchtung ausgeschaltet. In dem spärlichen Licht, das durch den Spalt in das Separee sickerte, sah sie den obligaten Sektkübel auf dem Tisch und die Silhouette eines Mannes, der mit dem Rücken zu ihr stand.

»Sie wollen mit mir über einen Levi Kant reden?«, fragte Rebecca und nahm all ihren Mut zusammen. »Es tut mir leid, aber ich kann Ihnen keine Auskunft geben.«

»Ich denke doch«, sagte der Mann und drehte sich um. In dem schmalen Lichtstreifen sah Rebecca ein kantiges Gesicht mit einem grau gesprenkelten Dreitagebart. Sie kannte dieses Gesicht nur zu gut. Es war das ihres Mannes.

»Levi! Was machst du denn hier?«, fragte Rebecca entgeistert und wusste nicht, ob sie weinen oder lachen sollte.

»Ich sitze hier, sehe mir die Mädchen an und warte auf eine hübsche Pianistin, die ich auf ein Glas Champagner einladen kann.«

»Seit wann weißt du schon, dass ich hier spiele?«, erkundigte sich Rebecca ungläubig.

»Ach, schon eine ganze Weile«, gestand Levi und öffnete die Champagnerflasche.

»Wie bist du dahintergekommen?« Rebecca ließ sich auf das Sofa fallen und fuhr sich nervös mit den Händen durch ihre dunklen Locken.

»Du vergisst, dass du mit einem ehemaligen Ermittler verheiratet bist«, sagte Levi lächelnd und schenkte Rebecca ein Glas ein. »Was war das für ein Musikstück, das du gespielt hast, während das Mädchen an der Stange tanzte?«, fragte er dann.

»Das ist von Lasar Zaminskij. Er hat es für ein ähnliches Etablissement geschrieben.« Rebecca holte tief Luft und war froh, dass Levi nicht näher auf den Club und die Mädchen einging. »Karla hat mich auf diesen vergessenen jüdischen Komponisten aufmerksam gemacht. Zaminskij hat wirklich gute Musik geschrieben.«

»Du kennst Karla?«, wunderte sich Levi und prostete Rebecca zu.

»Ja, ich habe mich bei der Matinee im Palais Fürstenhof lange mit ihr unterhalten. Da haben wir natürlich auch über Musik gesprochen. Sie hat mir dann von diesem wunderbaren Komponisten erzählt, den ihre Urgroßmutter noch persönlich gekannt hat.«

»Davon hast du mir nie etwas gesagt.« Levi stellte sein Glas auf den Tisch.

»Ich fand es nicht so wichtig. Karlas Urgroßmutter muss übrigens auch deine Großmutter gekannt haben.«

»Wie bitte? Sie kannte Esther? Woher denn?«, fragte Levi interessiert. »Stammte ihre Urgroßmutter etwa auch aus Wien?«

»Du bist aber neugierig.« Rebecca legte die Hand auf Levis Oberschenkel. »Sind das die einzigen Themen, die dir einfallen, während du mit einer Frau in einem Separee sitzt?«

»Du hast meine Frage nicht beantwortet«, drängte Levi und wirkte angespannt.

»Tut mir leid.« Rebecca zog ihre Hand wieder zurück. »Ihre Urgroßmutter ist bereits gestorben, aber sie wohnte nicht in Wien, sondern in Tel Aviv. Dorthin ist sie nach dem Krieg gezogen.«

»Sie wohnte in Tel Aviv und sie kannte Esther. Verdammt, ich habe etwas übersehen.« Levi sprang so schnell auf, dass er das Glas umwarf. Der Champagner verteilte sich sirrend über das Tischchen und tropfte auf den dicken Flauschteppich.

»Was ist denn los?«, fragte Rebecca verwirrt.

»Ich kann dir das jetzt nicht erklären. Wir treffen uns später zu Hause. Ich war dir übrigens nie böse!«, rief er noch beim Hinausgehen und war auch schon verschwunden.

Rebecca sah ihm verwundert hinterher und stand ebenfalls auf. Sie zog ihren Mantel an und fühlte sich trotz Levis merkwürdigem Verhalten erleichtert. Levi wusste also, wo sie nachts Klavier spielte. Jetzt hatte das Lügen endlich ein Ende.

53

Das Licht vor dem Eingang des Clubs verlieh dem dichten Nebel einen bläulichen Schimmer, als Levi zu seinem Wagen hastete. Er wäre gern noch bei Rebecca geblieben, aber die Erkenntnis, die eine Bemerkung von ihr in ihm ausgelöst hatte, duldete keinen Aufschub. Karlas Urgroßmutter hatte Esther in Wien gekannt. Warum wusste er nichts davon? Er hatte auch keine Ahnung, wie Karla mit Nachnamen hieß.

Als er das Palais Fürstenhof erreichte, hatte es leicht zu schneien begonnen. Die zarte weiße Schneedecke verzauberte den Park des Hotels zu einer Märchenlandschaft, die in der Dunkelheit leuchtete. Das Hotel war bereits geschlossen und wirkte ohne Gäste kalt und schäbig. Im Foyer lehnten Leitern an den Wänden und die Möbel waren mit Leintüchern abgedeckt. Levi hatte Glück, denn ein Mann vom Sicherheitsdienst saß in der verwaisten Portiersloge.

»Polizei«, sagte Levi und hielt seinen Dozentenausweis ans Fenster. »Wir führen noch immer Ermittlungen zu dem Selbstmord des früheren Besitzers Marius Wiener durch.«

»Jetzt, mitten in der Nacht?«, wunderte sich der Security-Mann.

»Unsere Ermittlungsarbeit hält sich nicht an fixe Tageszeiten«, erklärte Levi und klopfte mit den Fingern auf die Theke.

»Natürlich, verstehe, ich lasse Sie sofort herein.«

»Gibt es noch Personal im Hotel?«, wollte Levi wissen.

»Ja, einige der früheren Angestellten wohnen noch in ihren Zimmern, bis sie eine andere Bleibe gefunden haben. Aber Ende des Monats müssen alle raus.«

»Was geschieht mit den Kunstwerken?«, fragte Levi weiter.

»Deshalb sind wir ja hier. Die Bilder und Möbel werden streng bewacht. Soll ich Sie nach oben begleiten?«

»Danke, nicht nötig, ich kenne den Weg.«

Da der Lift nicht mehr in Betrieb war, musste Levi über die Treppe in den zweiten Stock hinaufgehen. Über die dicken Teppiche näherte er sich langsam den großen Flügeltüren. Wenn ihn sein Bauchgefühl nicht trog, dann würde er hinter dieser Tür die Antwort auf seine Frage finden.

Mit beiden Händen zog er die Flügel auf und trat ein. Das riesige Clubzimmer mit der Kuppel lag im Dunkel, nur ein Spotlicht beleuchtete ›Die Kartenlegerin‹. Davor stand ein Stuhl, auf dem eine Person saß.

»Guten Abend, Sophie«, sagte Levi und ging auf die Person zu. Karla drehte sich um und wirkte keineswegs überrascht, Levi hier zu sehen.

»Woher wissen Sie, dass ich hier bin?«, fragte sie.

»Das Gemälde ist Ihr Leben. Jede freie Minute sitzen Sie davor und träumen davon, dass es eines Tages Ihnen gehört.«

»Das haben Sie richtig erkannt«, bestätigte Karla, zog sich mit einem Ruck die schwarze Perücke vom Kopf und warf sie in die Ecke. Mit einem Mal war sie wieder Sophie.

»Wie haben Sie herausgefunden, wer ich wirklich bin?«

»Sie haben sich mit Rebecca, meiner Frau, unterhalten und dabei von Tel Aviv gesprochen und auch erwähnt, dass Ihre

Urgroßmutter meine Großmutter Esther gekannt hat. Damit haben Sie sich verraten.«

»Gut kombiniert«, machte ihm Sophie ein Kompliment. »Noch vor einigen Wochen hätte ich das geleugnet, aber jetzt brauche ich keine Angst mehr zu haben. Alle sind tot. Und ich bekomme das Gemälde.«

»Hoffentlich bringt es wenigstens Ihnen Glück«, meinte Levi skeptisch. »Denn dieses Gemälde hat vielen Menschen Unglück und Tod gebracht.«

»Da haben Sie leider recht«, sagte Sophie und zog einen zweiten Stuhl vor das Bild. Sie wartete, bis Levi sich gesetzt hatte, dann deutete sie auf das Gemälde. »Auch Karla war ein Opfer der Kartenlegerin.«

»Karla wurde also an Ihrer Stelle ermordet«, schlussfolgerte Levi.

»Ja, sie wollte sich mit einer bestimmten Person im Regenwaldhaus treffen, um mir zu helfen. Karla hat mir eine Notiz hinterlassen, dass sie dort noch eine Verabredung hat und etwas später nach Hause kommt. Karla war viel stärker als ich und wollte mir beistehen, um mich endgültig von dieser Frau zu lösen. Deswegen hat sie in jener Nacht wieder meine Rolle übernommen. Ich bin ihr gefolgt, aber leider zu spät gekommen. Karla war bereits tot. Ich habe nur mehr gesehen, wie sie das Messer in ihrer Handtasche versteckt hat.«

»Wer ist sie?«

»Lydia, die Anwältin. Sie hat geglaubt, dass ich in sie verliebt war. Aber ich habe sie verabscheut, als ich dahintergekommen bin, dass sie hinter meinem Rücken, zusammen mit Marius Wiener, ein falsches Spiel getrieben hat.«

»Lydia Klinger hat für Marius Wiener gearbeitet?« Levi hob erstaunt die Augenbrauen.

»Er hat sie bezahlt, damit sie mich ausspioniert und mich mit dem Prozess ins Verderben stürzt. Das ist ihr auch beinahe gelungen.«

»Sie haben also gesehen, wie Lydia Klinger Karla ermordet hat?«, vergewisserte sich Levi.

»Ja, und ich bin jetzt auch bereit, das vor der Polizei auszusagen.«

»Weshalb haben Sie sich die ganze Zeit über versteckt gehalten?«, erkundigte sich Levi.

»Weil ich Angst um mein Leben hatte. Ich wusste natürlich, dass man eigentlich mich ermorden wollte. Es stand ja in der Zeitung, dass ich tot war. Und dabei wollte ich es auch belassen. Ich habe im Hotel die Rolle von Karla übernommen, schließlich bin ich Schauspielerin. So konnte ich an den Clubabenden das Gemälde betrachten und mein Traum blieb am Leben.« Sophie seufzte laut auf und schaute auf das Bild. »Aber jetzt, wo ›Die Kartenlegerin‹ bald mir gehört, will ich sie nicht mehr«, sagte sie und betrachtete Levi von der Seite. »Ihre Großmutter war eine interessante Frau. Die ganze aus Europa geflohene jüdische Gemeinde in Tel Aviv hat von ihr erzählt. Von der kleinen Esther, die den ›Mantel der Unvergessenen‹ getragen und die Erinnerung der armen Seelen vor dem Verschwinden bewahrt hat.«

»Meine Großmutter war eine sehr mutige Frau«, gab Levi Sophie recht. »Haben Sie Marius Wiener niedergeschlagen und die Tarotkarte im Safe platziert?«, fragte er.

Sophie nickte. »Zufällig habe ich ein Telefonat von Marius mit Ihrer Frau Rebecca belauscht. Da wusste ich, dass Rebecca mit der halben Karte kommen würde. Also bin ich als Karla in sein Büro und habe ihn bewusstlos geschlagen. Ich wusste, dass Rebecca mit den beiden Hälften das Richtige tut und die Dokumente holt.«

»Ich nehme an, dass Sie auch den Brief in jener Nacht bei mir abgegeben haben?«

»Ja, das war ich. Ich habe durch einen Praktikanten erfahren, dass der alte Notar einen Schlaganfall erlitten hat und die Kanzlei aufgelöst wird. Da habe ich die Gelegenheit genutzt und den Brief aus dem Büro entwendet. Ich wollte, dass Sie endlich alles aufklären. Damit ich in Ruhe weiterleben kann. Denn ich wusste, niemand sonst würde mir helfen.«

»Alle haben einfach nur geschwiegen«, stimmte Levi ihr zu.

»Das stimmt. Es war ein böses Schweigen.«

54

Am Semmering herrschten bereits winterliche Bedingungen, als Levi und Olivia die kurvenreiche Straße hinauffuhren.

»Danke, dass du mich begleitest«, sagte Olivia und drehte nervös den Lederriemen ihres Rucksacks. Bald war es so weit und sie würde vielleicht die Wahrheit über Michael und Julis Schicksal erfahren.

»Willst du wirklich wieder dorthin? Wer weiß, ob dir der Pfarrer etwas Wichtiges zu sagen hat«, gab Levi zu bedenken.

»Ja, ich möchte endlich wissen, was passiert ist«, antwortete Olivia und verfiel in ein dumpfes Schweigen.

»Lydia Klinger war sich ihrer Sache ja ziemlich sicher«, wechselte Levi das Thema und brachte Olivia auf andere Gedanken. »Sie dachte tatsächlich, dass sie für den Mord an Karla nicht bezahlen muss.«

»Ich finde es nach wie vor unglaublich, dass Sophie drei Jahre lang das Leben einer anderen Frau führte. Wenn du ihre wahre Identität nicht aufgedeckt hättest, dann wäre Lydia davongekommen«, meinte Olivia und vergaß für den Augenblick das Treffen mit Pfarrer Thomas.

»Aber jetzt wird sie natürlich von Sophie belastet, die ja Augenzeugin des Mordes gewesen ist. Und durch die Berichterstattung deiner Freundin Anna Hauser muss auch das

Innenministerium die Ermittlungsakten freigeben. Da finden sich sicher Indizien, die Lydia Klinger zusätzlich belasten. Sie hat übrigens auf Unzurechnungsfähigkeit plädiert, das weiß ich von Reiter.«

»Ob sie damit durchkommt?«, fragte Olivia zweifelnd.

»Das wird die Zukunft zeigen. Innenminister Czech ist im Zuge der neuen Erkenntnisse übrigens zurückgetreten und Polizeipräsident Mayer wurde aus gesundheitlichen Gründen in den Ruhestand versetzt. Die beiden haben ja in dem Mordfall interveniert. Man konnte ihnen zwar keine aktive Mitwisserschaft nachweisen, aber dass sie jetzt entmachtet sind, ist wenigstens eine kleine Genugtuung«, erklärte Levi.

»Was ist mit dem Bankdirektor Karl Großmann, der das falsche Bankgutachten in Auftrag gegeben hat?«, wollte Olivia noch wissen.

»Der Banker ist aufgrund seines hohen Alters verhandlungsunfähig, und der Notar liegt nach wie vor im Koma. So, jetzt sind wir gleich am Semmering.«

Vor ihnen tauchte der kleine Ort auf und der Zwiebelturm der Kirche leuchtete in der kalten Sonne. Als sie näher kamen, sahen sie eine dunkle Gestalt vor dem Kirchenportal stehen. Es war Pfarrer Thomas. Neben ihm stand eine Frau mit verweintem Gesicht.

»Danke, dass Sie gekommen sind«, sagte Pfarrer Thomas mit ernster Miene, nachdem Olivia und Levi ausgestiegen waren. »Das ist meine Schwester Josephine«, stellte er die traurige Frau vor. »Ich habe lange nachgedacht und auch mit meiner Schwester darüber gesprochen. Beide sind wir zu dem Entschluss gekommen, das Schweigen zu brechen.«

»Worüber haben Sie bisher geschwiegen?«, fragte Levi, da Olivia kein Wort hervorbrachte. »Ich bin ein Freund von Olivia und stehe ihr bei.«

»Gehen wir ein Stück diesen Weg entlang«, wich Pfarrer Thomas der Frage aus. »Es gibt hier einen sehr schönen Naturpfad zu unserem beeindruckenden Wasserfall.«

»Mich interessieren diese Sehenswürdigkeiten nicht.« Olivia stemmte die Fäuste in die Hüften und stellte sich vor den Pfarrer. »Sagen Sie endlich, was Sache ist.«

»Deshalb machen wir ja diesen Spaziergang. Also gedulden Sie sich noch ein wenig.«

Pfarrer Thomas drehte sich um und stapfte einen schmalen Pfad entlang, der von niedrigen Schneewällen gesäumt war. Josephine hielt sich dicht hinter ihm und schluchzte unentwegt. Nach einer kurzen Wanderung erreichten sie den Wasserfall. Er war zugefroren und die gewaltigen Eiszapfen funkelten und blitzten in der Sonne wie gigantische Edelsteine.

»Ein imposantes Naturschauspiel, finden Sie nicht?«, fragte der Pfarrer.

»Spannen Sie Olivia bitte nicht länger auf die Folter.« Levi deutete auf Olivia, die nicht einen Blick auf den vereisten Wasserfall geworfen hatte.

»Was ist das dort hinten?«, fragte sie stattdessen und zeigte auf einen schmalen Stein neben dem Wasserfall. »Das sieht aus wie ein Grabstein.«

»Sie haben recht.« Pfarrer Thomas räusperte sich. »Es ist ein Grabstein. Von seiner Bedeutung erzähle ich Ihnen später. Zunächst sollen Sie erfahren, was sich hier vor fünf Jahren ereignet hat. Michael ist nicht zufällig hierhergekommen«, begann der Pfarrer. »Er ist hier aufgewachsen.«

»Wie bitte?« Olivia traute ihren Ohren nicht. Dann fiel ihr ein, dass Michael nie über seine Jugend gesprochen hatte. Sie wusste nur, dass er in einem Heim groß geworden war. »Michael war doch in einem Waisenhaus.«

»Das stimmt, doch er wurde mir als Pflegekind überantwortet.« Pfarrer Thomas blickte versonnen in den blauen Himmel.

305

»Und eines Tages stand mein Michael vor der Tür und hatte dieses kleine Mädchen an der Hand.«

»Juli«, murmelte Josephine und wischte sich die Tränen aus den Augen.

»Ist ja gut.« Pfarrer Thomas tätschelte beruhigend die Hand seiner Schwester. »Wir haben das alles besprochen.«

»Michael hat erzählt, dass Sie gestorben sind.«

»Und Sie haben das geglaubt?«, fragte Olivia entgeistert. »Sehe ich aus wie eine Tote?«

»Natürlich nicht. Aber warum hätte ich Michael nicht glauben sollen? Und ich kannte Sie ja nicht, bis Sie hier aufgetaucht sind.«

»Aber als intelligenter Mann haben Sie doch sicher gespürt, dass eine tote Ehefrau nicht der einzige Grund für Michaels Verschwinden war«, mischte sich jetzt Levi ein.

»Michael hatte enorme Spielschulden und Angst vor seinen Gläubigern. Das waren Typen, die beim Schuldeneintreiben nicht zimperlich sind«, erwiderte Pfarrer Thomas.

»Diese verdammte Spielsucht.« Olivia seufzte, als sie an Situationen dachte, in denen Michael ihr hoch und heilig versprochen hatte, nie wieder in einen Spielclub zu gehen. Diese Versprechen hielten meist eine Woche, dann war wieder alles beim Alten. »Aber warum ist er nicht alleine getürmt, sondern hat Juli mitgenommen?«

»Die Kerle, bei denen er Schulden hatte, waren osteuropäische Kriminelle. Sie drohten, Juli zu entführen und in Rumänien zu verkaufen, wenn er seine Schulden nicht begleicht. Deshalb hat er sie mitgenommen.«

»Mein Gott! Und zu mir hat er nie ein Wort gesagt«, stammelte Olivia.

»Sie hätten auch nichts tun können und er wollte Sie nicht in Gefahr bringen. Hier bei uns war er sicher vor seinen Verfolgern. Mit der Zeit wurde Michael auch ruhiger, und

Juli ging in den Kindergarten. Manchmal fragte sie nach ihrer Mutter, aber wir haben uns alle mit viel Liebe um sie gekümmert. Sie war ein fröhliches Kind, das sehr an ihrem Vater hing, denn sie glaubte ja, dass ihre Mutter tot sei. Das hat ihr Michael erzählt.«

»Auf eine Lüge folgt die nächste«, meinte Olivia mit einem traurigen Unterton. Michael hatte sie häufiger eiskalt für tot erklärt. Das traf sie hart, und ihre Welt wurde erneut freudlos und düster.

55

Die Eiszapfen des Wasserfalls schossen bunte Blitze in den Himmel, die wie Sternschnuppen in der Weite des Universums verglühten. Doch keine der vier Personen interessierte sich für das Spektakel.

»Sie haben uns noch immer nicht erklärt, warum wir hier an dieser Stelle stehen«, sagte Levi.

»Es gibt im Leben immer Sonnen- und Schattenseiten. Für Olivia bedeuten meine Worte Regen und gleichzeitig Sonnenschein. Daraus entsteht ein Regenbogen, der dem Betrachter Glück bringt«, antwortete Pfarrer Thomas kryptisch.

»Sagen Sie mir bitte endlich die Wahrheit«, unterbrach Olivia.

»Eines Nachmittags machten Michael und Juli einen Spaziergang hierher. Juli war übermütig und sprang auf dem Weg hin und her. Plötzlich rutschte sie auf einem Stein aus und stürzte in den Wasserfall.«

»Oh mein Gott, sie ist tot.« Olivia stöhnte auf und krallte ihre Hand in Levis Arm. »Sie ist genau hier ertrunken.«

»Warten Sie.« Pfarrer Thomas hob beschwichtigend die Hände. »Michael sprang hinterher. Mit letzter Kraft zog er Juli ans Ufer, doch dann riss ihn eine starke Strömung fort. Seine

Leiche wurde nie gefunden. Der Grabstein, den Sie hier sehen, wurde im Gedenken an Michael aufgestellt.«

»Oh mein Gott, das ist ja furchtbar! Und was war mit Juli? Sind beide … tot?«, fragte Olivia mit angstvoller Stimme.

»Zufällig kam Franz, der Sohn von Resi, an dem kleinen Teich vorbei und sah Juli bewusstlos am Ufer liegen. Er presste ihr das Wasser aus den Lungen und bettete sie blumenbekränzt auf die Wiese. Ihre Wunden, die sie sich beim Sturz zugezogen hatte, versorgte er mit Kräutern, die er pflückte. Dank der Fürsorge von Franz hat Juli überlebt, bis die Rettung eintraf. Ab diesem Zeitpunkt war Franz Julis großer Bruder und beschützte sie.« Pfarrer Thomas faltete die Hände.

»Deshalb hat mich Franz auch mit der Axt bedroht«, erkannte Olivia. »Er glaubte, ich wollte Juli schaden.«

»So ist es. Franz ist etwas schwerfällig im Denken, wie Sie bemerkt haben. Er wäre nie auf die Idee gekommen, dass Sie wirklich Julis Mutter sein könnten.«

»Das heißt also, dass Juli lebt?«, fragte Olivia hoffnungsvoll. »Aber wo ist sie? Warum ist sie nicht zu mir zurückgekommen?«

»Wir wussten von Michael nur den Familiennamen vor seiner Heirat mit Ihnen. Deshalb tauchten Sie bei unserer Behörde namentlich nicht auf. Juli war für uns ein Waisenkind und wir mussten sie vor den Geldeintreibern schützen. Das haben wir Michael versprochen.« Pfarrer Thomas drehte sich jetzt zu seiner Schwester, die bisher nur mit traurigem Gesicht neben ihnen gestanden hatte. »Josephine hat ein ähnliches Schicksal wie Sie erlitten. Auch ihr Mann und ihr kleiner Sohn verschwanden eines Tages. Allerdings hat man ihre Leichen ein halbes Jahr später gefunden. Sie hatten einen Autounfall. Da war nun Juli, ein Waisenkind, und meine Schwester Josephine, die ihr Kind verloren hatte.«

»Sie haben Olivias Tochter bei Ihrer Schwester in Pflege gegeben«, kombinierte Levi. »Aber das hätten Sie doch den Behörden melden müssen«, wunderte er sich.

»Wir wollten Josephine und Juli helfen. Deshalb hat das Dorf bis jetzt zusammengehalten und geschwiegen. Wir haben eben ein starkes Zusammengehörigkeitsgefühl. Das können Sie aus der Stadt nicht verstehen. Wenn nicht Resi so geldgierig gewesen wäre, hätten Sie nie davon erfahren.«

»Wo ist Juli?« Olivia hielt diese Ungewissheit nicht länger aus. »Ich will sofort zu meiner Tochter!«

»Ich bringe Sie hin«, murmelte Josephine und begann erneut zu schluchzen. »Juli hatte es gut bei mir. Für mich war sie wie eine Tochter. Wir haben auch oft über ihre toten Eltern geredet. Dass sie jetzt beide im Himmel sind und Juli beschützen.«

In Olivias Herz tobten zwei widerstreitende Gefühle. Auf der einen Seite tat ihr Josephine leid, aber auf der anderen wollte sie so schnell wie möglich ihre Tochter in die Arme schließen.

Auf dem Rückweg blieb sie plötzlich stehen und wies auf den Grabstein. »Ich möchte mich von Michael verabschieden.«

Olivia stieg zu dem Gedenkstein empor. Es war ein poliertes Oval, das man vertikal aufgestellt hatte. Auf der Vorderseite stand nur der Name ›Michael Bergson‹ und darunter der Satz: »Er starb, um sein Kind zu retten.«

Als Olivia diesen Satz las, musste sie schlucken. »Oh Michael, du hast so viel kaputtgemacht, aber am Schluss hast du mir Juli zurückgebracht. Das wiegt alles auf«, sagte sie leise und kniete vor dem Stein nieder.

Schweigend gingen sie zurück ins Dorf. Hinter der Scheune, in der Olivia das unangenehme Erlebnis mit Franz gehabt hatte, stand ein schönes Haus mit einem hölzernen Erker. Im Sonnenlicht sah Olivia einen dunklen Haarschopf hinter den Scheiben, der gleich wieder verschwand. Vorsichtig trat Olivia näher und lugte durch das Fenster. Sie sah Juli an einem Tisch sitzen und malen. Mit kräftigen Strichen zauberte sie eine Winterlandschaft auf das Papier. Sie war nicht mehr das kleine Kind, das Olivia in Erinnerung hatte, sondern ein junges Mädchen mit langen schwarzen Haaren und einem bildhübschen Gesicht. Olivia war überrascht, wie groß Juli geworden war. Doch was hatte sie erwartet? Dass sie ein vierjähriges Mädchen sehen würde?

Josephine trat zu Olivia und öffnete leise die Haustür.

»Bist du zurück, Tante Jo?«, hörte sie Julis fröhliche Stimme.

»Ja, ich bin wieder hier. Und ich habe Besuch mitgebracht.«

»Ich bin noch am Malen«, erwiderte Juli.

»Dann kommen wir herein.«

Josephine wollte die Tür aufmachen, doch Olivia hielt sie zurück. »Bitte lassen Sie mich alleine zu meiner Tochter.«

Langsam öffnete sie die Tür. Wie würde Juli reagieren? Würde sie Olivia überhaupt wiedererkennen? Vielleicht zu weinen beginnen und zu Josephine flüchten? Wie auch immer die Reaktion ausfallen würde, Olivia musste es darauf ankommen lassen. Sie stand einige Augenblicke regungslos in der Tür und beobachtete ihre Tochter. Sah die dichten Wimpern, die feinen Gesichtszüge und die von Farben bekleckerten Hände. Jedes kleine Detail sog sie gierig in sich auf.

»Hallo, Juli.«

Olivia begann leise, ›The Girl from Ipanema‹ von Astrud Gilberto zu summen, das sie früher oft als Einschlaflied für ihre Kleine gesungen hatte. Juli hielt mitten in der Bewegung inne und blickte auf. Automatisch stimmte sie in die Melodie ein und riss die Augen weit auf.

»Mama? Du bist doch im Himmel?«, fragte sie ungläubig. »Bist du das wirklich?«

»Ja, Juli, ich bin es!«

Mit einem lauten Freudenschrei rannte Juli los. Olivia ging in die Knie und breitete die Arme aus. Tränen liefen ihr über die

311

Wangen und sie brachte kein Wort heraus, als sie ihre Tochter nach fünf Jahren zum ersten Mal wieder in die Arme schloss.

»Bleiben wir jetzt für immer zusammen?«

»Ganz sicher, meine Kleine. Ich lass dich nie mehr los.«

Nachdem sie sich von Josephine und Pfarrer Thomas verabschiedet hatten, gingen Olivia und Juli Hand in Hand zu Levis Wagen. Die Sonne stand hoch am Himmel und ließ den Schnee auf den Feldern funkeln.

»Mama, ich hab dich lieb.« Die Worte ihrer Tochter brachten das Eis, unter dem Olivias Herz fünf Jahre lang erfroren war, zum Schmelzen. Jetzt wusste sie, dass ihr Leben soeben von Neuem begonnen hatte.

Zeitfracht Medien GmbH
Ferdinand-Jühlke-Straße 7
99095 Erfurt, Deutschland
produktsicherheit@kolibri360.de

Druck:
CPI Druckdienstleistungen GmbH
im Auftrag der
Zeitfracht Medien GmbH
Ein Unternehmen der Zeitfracht - Gruppe
Ferdinand-Jühlke-Str. 7
99095 Erfurt